CB063919

# duas vezes amor

## KATIE COTUGNO

Tradução de
Mariana Kohnert

**ROCCO**
JOVENS LEITORES

Título original
HOW TO LOVE

*Copyright* © 2013 *by* Alloy Entertainment e Katie Cotugno

Todos os direitos reservados. Nenhuma parte desta obra pode ser reproduzida ou transmitida por qualquer forma ou meio eletrônico ou mecânico, inclusive fotocópia, gravação ou sistema de armazenagem e recuperação de informação, sem a permissão escrita do editor.

Edição brasileira publicada mediante acordo com Rights People, London.

Direitos para a língua portuguesa reservados
com exclusividade para o Brasil à
EDITORA ROCCO LTDA.
Av. Presidente Wilson, 231 – 8º andar
20030-021 – Rio de Janeiro – RJ
Tel.: (21) 3525-2000 – Fax: (21) 3525-2001
rocco@rocco.com.br | www.rocco.com.br

*Printed in Brazil*/Impresso no Brasil

Preparação de originais
CAROLINA CAIRES COELHO

CIP-Brasil. Catalogação na fonte.
Sindicato Nacional dos Editores de Livros, RJ.

C891d
Cotugno, Katie
 Duas vezes amor / Katie Cotugno; tradução de Mariana Kohnert. – Primeira edição. – Rio de Janeiro: Rocco Jovens Leitores, 2014.
 Tradução de: How to Love
 ISBN 978-85-7980-198-3
 1. Romance infantojuvenil americano. I. Kohnert, Mariana. II. Título.

14-09567
CDD: 028.5
CDU: 087.5

O texto deste livro obedece às normas do
Acordo Ortográfico da Língua Portuguesa.

Impresso na Gráfica JPA Ltda.
Rio de Janeiro – RJ

*Para Jackie, que leu tudo primeiro.*

# 1

## Depois

Estava procurando por Sawyer há meio século quando o encontrei diante da máquina de raspadinha na loja de conveniência da Rodovia Federal, observando pelo vidro o líquido congelado de cor neon se revirar, como se esperasse que os mistérios do universo fossem revelados lá de dentro.

Pensando bem, talvez esperasse mesmo.

Paro. Encaro. Preciso de chiclete, refrigerante e uma caixa de biscoitos com formato de animais para Hannah, mas já sei que vou sair daqui de mãos vazias. Preciso estar na aula idiota de contabilidade em quinze minutos. A água da tempestade lá fora pinga da minha trança prática e cai no piso de linóleo fosco; uma poça minúscula se forma ao redor de meus pés.

– Oi, Reena. – Do nada, como sempre, sou surpreendida. Ele está tampando com cuidado o copo de plástico, mas ninguém jamais se aproximou de Sawyer LeGrande sem ser notado, e, quando ele se vira para me olhar, não se mostra nem um pouco surpreso. O cabelo dele está quase todo raspado.

– Oi, Sawyer – digo, devagar, e minha mente se enche de ruídos como o de ondas e rugidos. Passo o indicador pelo chaveiro e aperto; o metal frio belisca a pele da palma da minha mão enquanto me ocorre como é injusto que, depois de todo esse tempo sabe Deus onde, ele apareça bronzeado e alegre e me veja parecendo um lixo. Não estou maquiada. Meu jeans tem buracos enormes nos dois joelhos. Estou pelo menos cinco quilos mais gorda do que da última vez que nos vimos, mas, antes que eu me sinta devidamente humilhada, Sawyer já passou pelos salgadinhos de milho e pela carne seca e está me abraçando apertado. Como se fosse algo que fizéssemos muito.

Ele tem o mesmo cheiro, é a primeira coisa que noto, de sabonete e coisas que crescem na terra. Hesito.

– Não sabia – começo, sem ter muita certeza de que ignorância específica vou confessar: todas, talvez; dezoito anos de verdades universais que todos foram inteligentes o bastante para entender, exceto eu.

– Voltei ontem – diz ele. – Ainda não fui ao restaurante. – Sawyer abre um daqueles sorrisos lentos dele, torto, do tipo que venho tentando esquecer desde o sexto ano. – Acho que talvez eu esteja surpreendendo muita gente.

– Acha mesmo? – disparo antes de conseguir me controlar.

Sawyer para de rir.

– Eu... é – responde ele. – Acho.

– Certo. – Não consigo pensar em nada melhor para dizer. Não consigo pensar em nada, e sempre foi assim com

Sawyer, embora fosse de se esperar que eu já tivesse superado, pelo menos, parte disso a esta altura. Quando costumávamos trabalhar no mesmo turno no Antonia's, eu sempre deixava pratos caírem e esquecia quais pedidos iam para onde, misturando as contas. Uma noite, quando eu tinha quinze anos e ele estava no bar, uma mulher em uma das mesas pediu um Sex on the Beach, e levei tanto tempo até criar coragem para dizer as palavras a Sawyer que ela reclamou com meu pai do serviço lento e precisei limpar a cozinha depois que fechamos.

– Minha mãe me contou – diz Sawyer agora, deixando a voz sumir e tentando de novo. – Sobre...

Penso em deixá-lo ali, reticente, pendurado, mas no fim sou eu quem cede primeiro.

– Hannah – preencho o silêncio, imaginando o que mais a mãe dele contou. Não consigo parar de encará-lo. – O nome dela é Hannah.

– É. Quero dizer. – Sawyer parece desconfortável, como se esperasse que outra coisa acontecesse. Que eu simplesmente dissesse, talvez: *Bem-vindo de volta, como foi a viagem, tivemos um bebê*, mas mantenho o maxilar bem travado. *Deixe que ele pondere desta vez*, penso com malícia. *Deixe que ele sue pela resposta, para variar.* A raspadinha é verde-fluorescente, como um alienígena espacial. Minha trança deixou uma mancha úmida na camiseta. Sawyer muda de posição, desconfortável. – Ela contou.

Ficamos de pé ali. Respiramos. Consigo ouvir os murmúrios e o tagarelar do mercado ao nosso redor, tudo frio e iluminado pelos refrigeradores. Há um enorme e chamativo pôster de pretzels acima do ombro esquerdo dele. Imaginei isso de outra forma.

– Bem – digo depois de um minuto, tentando parecer casual, mas errando por muito, como a distância entre aqui e o outro lado do mundo. – Foi legal encontrar você. É melhor eu pegar o que vim comprar, ou, tipo... – Paro, tiro uma mecha de cabelo rebelde da testa, olho para as lâmpadas fluorescentes que zumbem no teto. – Sawyer, preciso mesmo ir.

O maxilar dele se contrai infimamente, o tipo de coisa que alguém não perceberia a não ser que tivesse passado a adolescência inteira olhando para o maxilar dele.

– Reena...

– Ah, amigo, por favor, não. – Não quero facilitar para ele. Não sou obrigada. Afinal, foi ele quem desapareceu, deu o fora sem nem dizer *tchau, até mais tarde, amo você*. Foi ele que simplesmente *partiu*. – Olha, seja lá o que pretende dizer, não se preocupe. Está tudo bem, certo?

– Não, não está. – Sawyer me olha e me lembro com tanta clareza de como ele era quando tinha oito anos, quando tinha onze, quando tinha dezessete. Sawyer e eu só ficamos juntos por alguns meses antes de ele partir, mas ele foi minha paixão por tanto tempo que teria levado meu coração junto, mesmo que jamais tivéssemos sido um casal.

Dou de ombros e olho ao redor para o sorvete, para os mostruários de tabaco mastigável e batatas fritas. Sacudo a cabeça.

– Claro que está.

– Por favor, Reena. – Sawyer se balança sobre os pés como se eu o tivesse empurrado. – Não me deixe na mão aqui.

– Não deixar *você* na mão? – Sai mais alto do que pretendo, e me odeio por mostrar a Sawyer que ainda penso nele, que o carrego dentro de mim. – Todos achavam que você estava morto, jogado em um lugar qualquer, Sawyer. *Eu* achei que você estava morto, jogado em um lugar qualquer. Então, talvez eu não seja a melhor pessoa com quem falar sobre "deixar na mão".

Soa tão antipático e contido que, por um segundo, meu incrível mágico Sawyer parece tão indefeso, tão completamente arrependido, que quase parte meu coração de novo.

– Não faça isso – digo, baixinho. – Não é justo.

– Não estou fazendo nada – diz ele, sacudindo a cabeça, recuperando-se. – Não estou.

Reviro os olhos.

– Sawyer, só...

– Você está muito bonita, Reena.

E assim, do nada, ele voltou a domar leões; essa coisa toda é tão surreal que quase sorrio.

– Cale a boca – digo, tentando parecer séria.

– O quê? Está *mesmo*. – Como se tivesse algum sexto sentido para quase me desestabilizar, Sawyer sorri. – Nos vemos por aí?

– Você vai estar por aí?

– É. – Sawyer assente. – Acho que sim.

– Bem. – Dou de ombros como se minhas mãos não estivessem trêmulas, como se não tivesse a garganta apertada. Eu tinha acabado de me acostumar com a ausência dele. – Moro aqui.

– Quero conhecer aquele seu bebê.

– Bem, ela mora aqui também. – Estou ciente de que há outras pessoas no corredor, clientes normais de uma loja de conveniência que não passaram por nada forte e inesperado hoje. Um deles me cutuca para que eu saia do caminho até os Cheetos. Do lado de fora, ainda chove canivetes, como se talvez o fim do mundo estivesse chegando. Respiro com o máximo de equilíbrio que consigo.

— Tchau, Sawyer.

— Até mais, Reena — diz ele, e, se eu não o conhecesse melhor, acharia que era uma promessa.

# 2

## *Antes*

– Gin – disse Allie, triunfante, jogando a última carta na minha colcha de retalhos e erguendo o queixo pontudo vitoriosamente. – Você já era.
– Ai. Sério? – Voltei a me recostar nos travesseiros e apoiei os pés no colo dela. Tínhamos passado a maior parte da tarde vidradas em uma versão ridiculamente complicada de um jogo de buraco, com um leque de regras próprias rígidas e complexas que jamais conseguimos explicar para mais ninguém, o que não importava, na verdade, pois só jogávamos uma contra a outra. – Desisto.
– Não pode desistir se já perdeu – disse ela, estendendo a mão até minha cômoda para escolher uma música no meu laptop. O pop alegrinho de que Allie mais gostava saiu pelos alto-falantes. – A essa altura é apenas... ceder.
Gargalhei e a chutei de leve.
– Mala.
– É você.

– É sua mãe.

Passamos um tempo num silêncio confortável e familiar. Allie remexia distraída em uma franja na bainha de meu jeans. Na parede havia um pôster da Ponte dos Suspiros em Veneza, outro de Paris ao anoitecer – ambos salpicados de manchas gordurosas nos cantos, da coisa pegajosa que usei para colocá-los e tirá-los do lugar até que estivessem perfeitos. Era a primavera de nosso último ano antes do ensino médio, quase verão; o mundo parecia infinito e impossivelmente pequeno.

– Ei, meninas? – Minha madrasta, Soledad, surgiu à porta, os cabelos escuros presos em coque no alto da cabeça. – Roger e Lyd chegarão a qualquer minuto – disse ela para mim. – Podem descer e arrumar a mesa? Allie, querida – continuou Soledad, sem se incomodar em esperar minha resposta; eu diria que sim, óbvio. Eu sempre fazia isso. – Quer ficar para o jantar?

Allie franziu a testa, olhando para o despertador na minha mesa de cabeceira.

– Eu preciso ir para casa – respondeu ela, suspirando. Allie tinha sido pega furtando *de novo* algumas semanas antes; óculos escuros de plástico e uma echarpe de seda da Gap dessa vez, e os pais dela estavam mantendo as rédeas curtas. – Mas obrigada.

– Tudo bem. – Soledad sorriu e deu dois tapinhas na porta antes de se virar, e o metal delicado de sua aliança bateu na pintura. – Coloque um prato a mais, Serena, por favor – gritou Soledad, olhando para trás. – Sawyer também vem esta noite, eu acho.

Imediatamente, Allie e eu nos olhamos, os olhos arregalados.

– Posso ficar – anunciou Allie depressa, levantando-se como um suricato. – Vou ligar para minha... hã. É. Com certeza posso ficar.

Gargalhei tanto que quase caí da cama, pensando, mesmo enquanto tentava me recompor, que precisaria passar maquiagem.

– Você é tão *descarada* – falei, ficando de pé no carpete e indo em direção ao corredor de modo casual, como se meu coração não estivesse saltando no peito. – Vamos, nerd. Pode dobrar os guardanapos.

Vinte minutos depois, Lydia LeGrande entrou na cozinha como uma tempestade tropical, cheia de confiança e colares volumosos, beijando minha bochecha rapidamente.

– Como você está, Reena? – perguntou ela, sem esperar por uma resposta antes de apoiar uma bandeja de queijos caros no balcão para tirar o plástico de cima. Roger a seguiu com uma garrafa de vinho, movendo o corpo consideravelmente grande com destreza surpreendente, e apoiou a mão nas minhas costas para dizer oi.

– Oiê, garotinha – disse ele.

Os LeGrande eram os amigos mais próximos de meu pai e Soledad, sócios no restaurante onde todos trabalhávamos e parceiros nas férias em Keys e nos shows no Holiday Park. As partidas de Outburst deles eram escandalosas e lendárias. Lydia fizera faculdade com minha mãe. Ela e Roger haviam apresentado meus pais, e, na época que minha mãe morreu de complicações da esclerose múltipla quando eu tinha quatro anos e meu pai estava ocupado demais sentindo ódio de Deus para pensar em coisas como almoços e meias limpas, foi Lydia quem contratou Soledad para morar conosco, sem perceber, na época, que havia encontrado uma segunda esposa para meu pai, exatamente como havia encontrado a primeira. Pouco depois de uma década, eles ainda apareciam bastante para jantar, mas *sem* o filho, na maior parte das vezes.

Naquela noite, no entanto, a sorte estava ao meu lado ou as luas de algum planeta distante estavam alinhadas, porque, como queríamos, Sawyer entrou cabisbaixo atrás deles, de jeans e camiseta e com os cabelos castanhos ondulados. Em seu pescoço estava o minúsculo pendente de meia-lua que ele sempre usava, oxidado e fino.

– Você – disse-lhe meu pai, como um cumprimento, ao voltar do quintal, onde estava acendendo a churrasqueira. Allie e eu ainda estávamos arrumando a mesa; ela segurava um punhado de garfos. – Tenho um disco que quero que ouça. Um disco de verdade. Herbie Hancock. Venha comigo.

– Meu filho está de mau humor – murmurou Roger em tom de aviso, mas Sawyer apenas deu um beijo em Soledad e assentiu para meu pai, seguindo-o até a sala de estar, onde ficava o enorme aparelho de som. Sawyer era afilhado de meu pai, crescera passeando pelos corredores cheios de nossa casa; meu pai tinha ensinado Sawyer a tocar piano mais de uma década antes.

– Oi, Reena – disse Sawyer, distraído, assentindo para mim ao passar, próximo o bastante para que eu sentisse seu cheiro de sabonete e algo levemente morno. Eu tinha visto Sawyer no trabalho alguns dias antes. Ele não aparecia para jantar havia quase um ano.

Engoli em seco, o coração acelerado contra o tórax como pedrinhas contra uma janela.

– Oi.

Sawyer estava dois anos a nossa frente na escola, no segundo ano do ensino médio, embora parecesse bem mais velho – mais perto da idade de meu irmão, Cade, do que da minha. Ele sempre tinha sido assim, desde que eu me lembrava, como se já tivesse vivido mil vidas diferentes. Sawyer ficava no bar no restaurante, aparecia na escola quando queria e me ignorava na maior parte do tempo: não de um jeito malicioso, mas como se ignora a mensagem na lateral de um prédio que se vê todo dia. Eu era parte do cenário, me misturava, tão familiar a ponto de ser completamente invisível a olho nu.

Diferente de Allie. Allie era difícil de ignorar.

– Oi, Sawyer – disse ela, os cabelos cacheados saltando quando Allie virou a linda cabeça. Ela mudara de roupa, pegara emprestada uma de minhas regatas, preta, simples, com listras fininhas, nada muito arrumado. Os ombros de Allie eram cheios de sardas do sol. – Há quanto tempo.

Sawyer parou e olhou para ela com algum interesse. Roger fora com Soledad até o pátio àquela altura, meu pai tinha desaparecido na sala. Lydia estava à vontade na cozinha, como sempre, vasculhando as gavetas de talheres em busca de facas que combinassem com os queijos. Allie apenas sorria.

Eu observava com atenção. Os dois se conheciam, é claro, das diversas festas da minha família – aniversários e formaturas, dos corredores da escola. Mas não eram amigos, nem de longe, e por isso fiquei tão surpresa quando Sawyer sorriu de volta, lenta e confortavelmente.

– É mesmo – disse Sawyer a Allie, erguendo o queixo na direção dela. – Quanto tempo.

# 3

## Depois

– *Sawyer LeGrande* voltou?

Estou lívida quando entro batendo os pés em casa, duas horas inteiras antes do habitual, ao voltar da loja de conveniência, irrompendo na cozinha com a graça e o temperamento de uma granada. Estava dirigindo em círculos de pânico pela tempestade como se, caso não me mantivesse em movimento, algo ruim fosse acontecer, como se o acaso favorecesse os que se movimentam e a sorte já estivesse lançada. Do lado de fora, as palmeiras se dobram em súplica. Meu carro parou em três sinais diferentes.

– *O quê?* – Soledad recobra a atenção com um estalo. Ela estava cortando cenouras no balcão e a faca cai com um ruído na pia; Soledad xinga baixinho em espanhol antes de levar o dedão à boca. Hannah, que está sentada na cadeirinha de bebê macerando um tomate sem casca da horta de meu pai, começa a gritar. Ela é pequena, tem cabelos castanhos e é determinada, minha menina; quando tenta de verdade, o grito dela pode parecer com o de uma criatura dez vezes maior que ela.

– *Mama* – choraminga Hannah, aquele último e prolongado *a* dito como se o universo tivesse sido completamente injusto com ela. Aconchego Hannah contra o corpo e começo a caminhar de um lado para outro como uma felina nervosa, uma leoa ou um lince.

– Está tudo bem – minto, sussurrando absurdos até ela se acalmar, e a polpa aquosa escorre de seus punhos gordinhos. – Aquilo foi assustador. Eu sei. Está tudo bem. – Olho de novo para minha madrasta, que ainda mantém o dedo sangrando na boca e me encara incrédula. – Sawyer LeGrande – repito, como se houvesse algum outro Sawyer e ela não soubesse de quem estou falando. – De pé na frente da máquina de raspadinhas.

Soledad demora um momento para processar essa informação, então pergunta:

– De que sabor?

Hesito.

– Que *sabor*?

– É o que estou perguntando.

– Que droga de pergunta é essa?

– Cuidado – lembra-me Soledad, e olho, culpada, para Hannah. Minha filha já está andando e toda tagarela, absorvendo o universo com uma ganância incrível, e sei que é apenas uma questão de tempo até ela chegar à pré-escola e começar a perguntar à professora por que o lanche do dia está uma merda.

– Desculpe – murmuro, e beijo a cabeça morna e coberta por uma penugem de Hannah enquanto ela amassa um pouco de tomate em meu rosto. – Sua mãe tem a boca suja.

– Você matou aula? – pergunta Soledad, e estou prestes a dizer a posição que a faculdade ocupa em minha lista de prioridades naquele exato momento quando meu irmão entra pela porta dos fundos, meu pai logo atrás. Houve uma reunião de gerência no restaurante esta tarde, lembro-me de repente.

– Senhoras. – Cade me lança um olhar breve e vai direto para a geladeira. Ele ocupava a posição de *fullback* no time de futebol americano do colégio há algum tempo e ainda come como se precisasse ganhar massa para um jogo. – Vi Aaron na academia hoje de manhã.

Eu o ignoro – assim como a referência a meu namorado – como se nem mesmo tivesse ouvido.

– Sabia que Sawyer voltou? – pergunto. Não quero parecer tão louca quanto pareço, tão perto da histeria; respiro fundo, apoio Hannah no quadril e tento conter a enxurrada de emoção. – Sabia?

– Não – diz Cade imediatamente, mas, de súbito, ele desvia o olhar e minha nuca está formigando. Cade franze a testa para ver o conteúdo da geladeira, como se houvesse alguma coisa muito interessante ali. – Bebeu todo o suco de laranja? – pergunta ele.

– Kincade, vou perguntar de novo...

– O quê? – Cade parece irritado comigo agora, com raiva. – Eu não *sabia*, exatamente...

– Cade!

– Reena. – Meu pai se coloca entre nós como se tivéssemos sete e doze anos, e não dezoito e vinte e três, e eu estivesse prestes a dar uma de irmãzinha mimada, com um chute na canela ou um soco na nuca. Como se eu não estivesse de pé ali segurando minha própria filha. – Chega – diz ele, e viro para meu pai. Ele e o pai de Sawyer são amigos desde que eram crianças; são donos do restaurante há mais de uma década, são padrinhos dos filhos um do outro. De modo algum no mundo dos vivos Sawyer LeGrande sequer atravessaria a fronteira do estado da Flórida sem que meu pai soubesse.

– E você? – Exijo saber, tentando manter a voz firme. O cabelo dele já está grisalho nas têmporas. Hannah se encolhe, irritada, em meus braços. – Você devia saber.

Meu pai assente.

– Sim – diz ele, e olha para mim com o rosto sério. Uma coisa que ele nunca faz é mentir.

– E você não me *contou*?

Ele fica em silêncio por um minuto, como se estivesse pensando. A tempestade deixou manchas escuras de água salpicadas na camisa dele.

– Não – responde ele quando está pronto. – Não contei.

Nada disso é informação nova, mas mesmo assim me acerta como um soco, um saco cheio de pedras ou Deus enviando uma enchente por quarenta dias.

– Por que *não?* – pergunto, e sai muito mais triste do que pretendo.

– Reena...

– Soledad, por favor.

– Não contei que ele estava aqui – diz papai, devagar, a calma em pessoa –, porque esperava que ele não ficasse.

Bem.

Os três estão me olhando, esperando. Soledad leva uma das mãos ao coração. Cade ainda está de pé diante da geladeira, todo fortão, cauteloso.

– O suco de laranja está na porta – digo a ele, por fim, e levo Hannah para cima, para uma soneca.

# 4

## Antes

– Estamos ficando velhas demais para isso – declarou Allie de súbito. Estávamos a manhã toda no balanço do canto do jardim enorme e imaculado dos pais dela: só nós duas, como sempre, os cabelos amarelos como milho de Allie roçando a grama conforme ela se lançava para trás o máximo que conseguia.

– Nós *somos* velhas demais para isso – falei. Eu estava de ponta-cabeça no escorrega de plástico, os joelhos dobrados, as mãos tateando, sem sorte, em busca de um dente-de-leão ou alguns capins para arrancar. O pai de Allie era fanático pelo gramado. Tínhamos quinze anos naquele verão, não dirigíamos ainda, sempre pegávamos carona com dois amigos mais velhos de Allie. – Essa é a questão. Cale a boca e balance.

– Está bem – disse ela, rindo. – Talvez eu balance. – Então, pensando melhor e endireitando o corpo com uma sacudida na cabeça de dar tonteira: – Quer tomar um café?

Franzi a testa. Em um minuto, ficaria quente demais para continuar deitada daquele jeito, mas o motivo pelo qual Allie queria ir tomar café era porque a amiga dela, Lauren Werner, trabalhava no Bump & Grind e dava *iced mochas* de graça, e eu odiava Lauren Werner.

– *Você* quer café?

Allie pensou nisso por um momento, os olhos semicerrados por trás dos enormes óculos escuros de aro de tartaruga.

– Não – disse ela, por fim, com um suspiro de derrota. – Só quero *ir* a algum lugar.

Eu estava prestes a sugerir um filme da matinê, ou talvez café na livraria, mas nesse momento a mãe dela surgiu à porta de correr da cozinha, o cabelo do mesmo loiro perfeito de Allie, mas com um corte curto e sério.

– Meninas? – chamou ela, recostada contra o batente, um pé descalço erguido para coçar o joelho da outra perna. – Fiz muffins, se estiverem com fome!

– Não caia nessa – disse Allie imediatamente. – Estão cheios de linhaça.

– Não diga isso a ela! – respondeu a mãe de Allie. A sra. Ballard tinha a audição de um morcego. – Não estão. Experimente um, Reena.

– Tudo bem – concordei depois de um momento. Eu costumava obedecer, e precisava fazer xixi. Virei o corpo para sair do escorrega e caminhei até a casa pelo verde forte e vivo da grama, o calor bem opressor já no começo do dia. – Já vou.

– Pegue o baralho também! – gritou Allie, e qualquer plano de deixar o jardim foi subitamente esquecido. Só estávamos jogando jogos de baralho de idosos naquele verão: bridge, copas. Era uma coisa que Allie nos colocava para fazer, a mais recente em uma longa sequência de verões com temas como *Tranças de maria-chiquinha* e *A filmografia de Katherine Hepburn*. – E papel e caneta!

– Mais alguma coisa, Vossa Majestade? – gritei para ela por cima do ombro.

Allie deu seu maior e mais bobo sorriso, atirando um chinelo de borracha na minha direção.

– Por favooor?

– Veremos.

Fiz xixi, peguei as cartas no quarto dela e abri a caixa de maquiagem na cômoda de Allie em busca do gloss labial Risky Business que ela havia comprado no início da semana no shopping. Peguei um pouco de sombra e dois absorventes internos, mas não vi o gloss e estava prestes a desistir quando meus dedos se enroscaram em uma meia-lua de prata oxidada em uma corda fina que reconheci – imediatamente, sem nem pensar, como se reconhece o próprio rosto no espelho – como sendo de Sawyer LeGrande.

Pisquei. Engoli em seco. Fiquei de pé ali por nem sei quanto tempo, o ar-condicionado central zumbindo baixinho ao fundo e meus pés descalços afundando no tapete cinza-pálido que ia de uma parede à outra, com marcas recentes do aspirador de pó da faxineira dos Ballard, Valencia. Por fim, saí – passei direto pela sra. Ballard, que estava segurando um prato de papel com dois muffins de mirtilo com linhaça, os quais, subitamente, me deixaram um pouco enjoada.

Allie ergueu o rosto quando me aproximei. Ela estava pendurada nas argolas àquela altura, girando o corpo diversas vezes, como fazíamos quando éramos pequenas, as pernas bronzeadas chutando o ar.

– Onde estão os muffins envenenados? – perguntou ela. Então, ao ver meu rosto: – O que foi?

Ergui o colar diante do corpo como se fosse radioativo, o pingente oscilante.

– Você roubou isto? – Exigi saber, e, mesmo para meus próprios ouvidos, pareci estridente.

Allie saiu do balanço. Ela assumiu uma expressão quase acusatória que nunca vi antes, como se uma grade de segurança tivesse sido abaixada.

– Estava mexendo nas minhas coisas? – perguntou ela.

– Se eu estava *o quê?* – Fiquei espantada. Mexíamos nas coisas uma da outra o tempo todo, Allie e eu, sem problemas. Ela poderia descrever o conteúdo das gavetas da minha escrivaninha de cor. – Eu estava procurando pelo Risky Business.

Allie hesitou.

– Ah – disse ela, e, do nada, pareceu normal de novo. Allie pescou o gloss de dentro do bolso traseiro do short. – Aqui.

– Obrigada. – Passei o gloss, ainda a encarando. A lua prateada quicava dos nós de meus dedos, e, quando entreguei o gloss a Allie, ela também pegou o cordão e o escondeu como um truque de mágica. – Então? – Insisti. – Roubou?

– Se eu roubei? – repetiu ela. – O que acha? Que sou algum tipo de clepto assustadora?

– Ah, como se você nunca tivesse roubado nada antes.

Allie inclinou a cabeça para o lado como se dissesse *tem razão.*

– Roubei este gloss, na verdade – admitiu ela.

– *O quê?* – falei. – No shopping? Achei que tivesse pagado por ele.

– Só disse a você que paguei. – Allie deu de ombros. – Foi quando você estava cheirando os perfumes.

Ah, pelo amor de Deus. Sentei bem no meio do gramado, joguei o corpo para trás e olhei para o céu aberto e inclemente. O ar parecia um cobertor molhado.

– Você precisa parar com isso.

– Eu sei – disse ela, e se deitou ao meu lado. Nenhuma de nós disse nada por um minuto. Eu conseguia ouvir o estômago de Allie roncando e o som baixinho de vespas próximas.

– Al – falei, por fim, tentando manter a voz firme, sem querer demonstrar meu estado de histeria. Ela era minha melhor amiga desde que tínhamos quatro anos. – Onde conseguiu esse colar?

Allie suspirou – uma bandeira branca oscilando –, como se eu fosse torturá-la até que me contasse a verdade e fosse mais fácil começar a falar de uma vez.

– Eu não o roubei – disse Allie.

Fiquei sem ar, tonta, embora já estivesse deitada.

– Não achei que tivesse roubado – falei para ela, e ao dizer aquilo percebi que era verdade. – Ele deu pra você?

Allie assentiu. Ela rolou para o lado, se apoiou em um dos cotovelos magros e me encarou.

– Eu ia contar – disse Allie por fim. – Não sabia como.

Pressionei os punhos contra os olhos: cores explodindo como fogos de artifício, algo detonando dentro de minha cabeça.

– Sawyer LeGrande deu esse colar a você – repeti, e quase caí na gargalhada, de tão ridículo que parecia em voz alta. – Desde quando anda com *Sawyer LeGrande*?

Lá estava a agitação em minha voz de novo, aquele tom estridente e louco, mas Allie apenas deu de ombros.

– Algumas semanas?
– Algumas *semanas*?
– Três?
– *Três?* – Sentei-me depressa; agora estava mesmo tonta. O jardim estava muito, muito quente. – E só estamos falando sobre isso *agora*?
– Ah, por favor, Reena – disse ela, também ficando de pé, com as bochechas vermelhas e um toque de desafio na voz. – Como se você fosse a pessoa mais fácil do mundo para falar as coisas. Principalmente isso.
– Não é verdade – falei. – Isso não é verdade e não é justo...
– Desculpe – disse Allie imediatamente, mudando o tom. – Você está certa. Desculpe. Deveria ter comentado com você.
– Deveria ter *comentado* comigo?
– Tudo bem, pode parar de repetir tudo o que eu digo?
– Não estou re... – interrompi-me bem na hora. – Al, essa não é uma pessoa qualquer, é Sawyer Le...
– O que você quer saber?
O que eu queria *saber*? Encarei-a, boquiaberta e idiota. Não fazia ideia do que perguntar. Senti, absurdamente e com algum pânico, que poderia estar prestes a chorar.
– Vamos – disse ela baixinho e depois de um momento me cutucou com o joelho. Allie odiava que as pessoas ficassem com raiva dela; quase não tinha tolerância para isso.
– Não me olhe assim. Não você.
– Não estou olhando para você de jeito algum – falei para ela. – Só estou... olhando para você.
– Seu rosto está estranho.
– Não está! – Gargalhei, um ronco esquisito que não parecia nada com uma risada normal, mesmo para mim. – É assim que eu sou.

– *Não* é assim que você é – corrigiu Allie. – Pare. Só estamos andando juntos. Ele é amigo da Lauren. Eu o vi um dia no Bump & Grind e ele perguntou se eu queria, sabe...
– Se você queria *o quê*, exatamente?
– Se eu queria sair com ele! Não é nada de mais. – De repente, Allie olhou para mim com um pouco mais de atenção, como se estivesse tendo uma ideia. As pontas de suas orelhas estavam vermelhas do sol. – Você não está, tipo... chateada, está? – perguntou ela. – Sei lá, sei que sempre brincamos dizendo que ele é bonito e tal, mas você não, tipo... quero dizer, se você se importa mesmo...
– *Não* me importo – protestei de imediato, como se, caso eu enfatizasse o suficiente a minha mentira, ela pudesse se tornar um pouquinho verdadeira. No fundo, eu sabia que Allie estava certa: eu era famosa por esconder meus sentimentos. Se Allie não soubesse o quanto – o quanto *imensamente* – eu sentia o que quer que sentisse por Sawyer, a culpa podia ser minha por nunca contar.

Era tarde demais para dizer a ela agora, sentada ali, no quintal, como tinha feito centenas de outras manhãs de verão – porque Sawyer já a havia escolhido. Porque os dois já haviam escolhido um ao outro. A única coisa a fazer agora seria proteger a mim mesma com a mentira.

– Está bem – continuei, e dei de ombros de modo casual. – Vocês deveriam fazer o que os faz felizes. – Eu provavelmente teria continuado, teria oferecido ajudá-los a escolher a louça do casamento, talvez, mas, graças a Deus, lá estava a sra. Ballard à porta, a voz como uma buzina do outro lado do quintal vazio.

– Meninas! – Ela parecia irritada desta vez, impaciente. Imaginei o que ela tinha ouvido. – Querem comer ou não?

– Não queremos, mãe! – gritou Allie, e então se voltou para mim, esperançosa. Mas eu já estava me levantando, limpando o short e ajeitando o rosto em uma máscara de calma tranquila e artificial.

– Eu quero – falei, embora não quisesse de verdade. Atravessei a grama, o sol batendo na cortina castanha que eram meus cabelos. – Já vou – gritei, deixando Allie para trás.

# 5

## *Depois*

Desço as escadas, distraída, após colocar Hannah para dormir à noite, pensando que posso ler o material da faculdade na mesa de piquenique do quintal. Está úmido e abafado lá fora, cheio de pernilongos, mas, sinceramente, não é pior do que em qualquer outra noite, e, de toda forma, não consigo ficar dentro de casa.

Passo muito tempo do lado de fora todas as noites, colada à casa com um ouvido atento ao bebê, os pés para cima em uma espreguiçadeira e o lagarto esquisito subindo pelo tronco da laranjeira. O ar úmido faz as páginas dos livros se enroscarem. Faço o dever ou entro no Facebook, falo com Soledad quando ela está com vontade de conversar. Eu costumava tentar escrever lá fora às vezes, até afinal desistir e parar de me cobrar – a tela em branco era como uma acusação infinita de quem eu costumava ser no colégio, tudo o que disse que faria e não fiz.

Mas hoje meu pai chegou primeiro e já está trabalhando com afinco no jardim que cultiva desde que Cade e eu éramos bebês, tirando os pulgões dos tomateiros. Papai está ouvindo Sarah Vaughan pela janela da cozinha. Há terra nas linhas das palmas das mãos dele.

Quase me viro, fujo do problema indo embora – ainda estou com raiva dele pelo que houve mais cedo, com certeza, mas essa não é a história toda, nem de longe. Eu soube assim que o vi que o aparecimento de Sawyer liberaria todo tipo de coisa ruim para meu pai, e só de ficar perto dele sou tomada por uma sensação familiar de frustração e vergonha. Por um segundo, tenho dezesseis anos de novo, estou grávida e desesperada, cada plano cuidadoso para meu futuro se desfaz como sementes ao vento.

Mesmo assim: isso foi antes.

– Como está? – Arrisco, cruzando o quintal para ficar perto dele. O piso está quente sob meus pés.

Meu pai ergue o rosto para mim, depois volta a olhar para as plantas altas e esguias. O médico dele diz que jardinagem faz bem para o coração, embora não seja por isso que meu pai mantém o hábito.

– Tudo bem, acho. – Ele suspira e esfrega uma folha verde espinhenta com o dedão. – Preocupado com o apodrecimento. – Observo-o ir até a abobrinha, de um amarelo forte. Vai terminar nos arbustos de rosas de Soledad, como sempre, podando-os antes que subam na lateral da casa e tomem conta dela como trepadeiras dos contos de fadas.

Muito tempo atrás tínhamos uma piscina elevada no quintal, mas meu pai tirou-a quando éramos crianças, alegando altos custos de manutenção e estatísticas de afogamento infantil.

— Além disso — dissera ele na época —, Roger e Lydia ficam felizes em receber vocês lá. Podem usar a piscina deles sempre que quiserem.

É verdade que Cade e eu passávamos horas lá quando éramos pequenos, pulando da plataforma de mergulho e dando cambalhotas na água azul cristalina. Tento imaginar isso agora, aparecer com Hannah de biquíni. *Só viemos nadar.* Talvez valha a pena só para ver a cara de Lydia.

— O que foi? — pergunta papai, e começa a mexer nos pimentões. Poda tudo com precisão.

Recobro a atenção.

— Hum?

— Você estava rindo.

— Ah. — Nem percebi que ele estava olhando. Algo me diz que papai não se divertiria tanto com a imagem mental quanto eu. — Foi sem querer.

Contei a meu pai que estava grávida e ele não falou comigo por onze semanas. Só o culpo um pouco: os pais dele morreram quando tinha sete anos, e ele foi, literalmente, criado pelas freiras da Paróquia Saint Tammany, na Louisiana. Papai pretendia se tornar padre até conhecer minha mãe; ele se confessa toda sexta-feira e tem uma medalha de São Cristóvão sob a camisa. No coração, papai é músico, mas, na alma, é o mais sério dos coroinhas, e o fato de ele não ter me mandado para um convento até que eu tivesse o bebê é provavelmente um testemunho da misericórdia do Deus para o qual sempre rezamos em minha casa.

Melhorou depois que Hannah nasceu — melhorou, suspeito, depois que eu não estava tão visível e agressivamente redonda — e no último ano, mais ou menos, chegamos a uma trégua desconfortável. Mesmo assim, a raiva que ele guarda de Sawyer é quase infinita, e não me surpreende que eu seja pega nessa maré agora que meu suposto namorado voltou.

Penitência. Certo.

– Eu ia ler aqui fora um tempo – digo, por fim, por falta de coisa melhor. Ainda estou segurando o livro debaixo do braço.

Meu pai franze a testa.

– Está escuro para isso, Reena.

*Vá embora*, é o que ele quer dizer. Não sei por que me sinto impelida a tentar.

– Está escuro para catar pulgões também – observo.

Papai suspira de novo, como se eu estivesse sendo difícil de propósito, como se deliberadamente deixasse de entender.

– Bem – diz ele depois de um momento, e, quando por fim se vira para me olhar, está tudo tão silencioso que consigo ouvir os sprinklers do gramado dos vizinhos ciciando sem parar ao lado. – Acho que tem razão.

# 6

## *Antes*

– Eu sou uma droga – foi a primeira coisa que Allie disse quando atendi o telefone, o número dela surgia no identificador de chamadas pela primeira vez em quase uma semana. Eu estava sentada na cama lendo as revistas de viagens que Soledad tinha comprado na livraria para mim, e me imaginava caminhando pelos mercados de Provença ou sentada na praia em uma baía em Kauai. – Estou devendo um telefonema a você.

– Você não é uma droga – falei, embora na verdade ela fosse um pouquinho. Era o fim do verão. O primeiro ano do ensino médio começaria em alguns dias. Agosto tinha passado voando, em um estranho estado de fuga: eu jogara muito Paciência. Passara muito tempo sozinha. – Está ocupada. Entendo.

– Não, sou uma droga – insistiu Allie. – Sou a pior. Sinto saudades de doer. Venha. Meus pais têm um evento beneficente da firma de advocacia esta noite. Venha – disse Allie quando hesitei. – Vai se lembrar do quanto me ama.

Pensei por uma fração de segundo em recusar, alegando outros planos para passar mais uma noite assistindo reprises de *Law & Order* com Soledad, mas, no fim, seria muito deprimente. Além do mais, eu também sentia saudades de doer.

– É – falei após um minuto. Cheguei ao final da revista *Travel + Leisure* e atirei as páginas lustrosas ao chão. – É claro.

Percorri de bicicleta as ruas familiares que davam na propriedade dos pais de Allie, tudo verde e úmido como a floresta tropical. Meus pneus derrapavam no asfalto. Apoiei a bicicleta na lateral da garagem e cocei distraidamente uma mordida de pernilongo entre o ombro e o pescoço enquanto esperava que Allie abrisse a porta.

Quem a abriu foi Lauren Werner.

– Serena! – disse ela, a voz como uma bala açucarada e levemente pegajosa, não havia nada de orgânico ali. – Não sabia que viria.

Eu a encarei por um minuto, olhei para a blusa justa e os cabelos castanhos como mel.

– É – falei por fim. Eu estava vestindo jeans largo dobrado como calça capri, uma camiseta regata branca da Hanes que poderia ter sido de meu irmão e tamancos Birkenstock. – Idem.

– Allie está por aqui em algum lugar – disse ela, liderando o caminho pelo saguão da entrada como se eu nunca tivesse estado ali, como se precisasse que alguém me indicasse a direção do banheiro e me dissesse onde pendurar o casaco imaginário. Eu a segui inocentemente. Na sala, havia meia dúzia de jovens que eu reconhecia dos corredores da escola, talvez uma ou duas séries a nossa frente, uma garota de minha aula de química; um garoto que trabalhava no balcão da Bump & Grind. Vi mais umas duas pessoas na cozinha: não era uma festa grande, com certeza, mas, mesmo assim, aquilo parecia um sonho em que você está em algum lugar que reconhece, mas parece estranhamente diferente, tudo meio fora do normal. – Sempre me esqueço que vocês são amigas.

– Hã, é – falei vagamente, me esforçando para ignorar o mau humor habitual dela e ainda tentando me recompor. O ar-condicionado não estava funcionando, e o corredor estava tépido e úmido como um aquário. – Somos amigas.

Nesse momento, Allie surgiu, corada e sorrindo, e envolveu meu pescoço com os braços magricelas.

– Oi! – disse, e naquele segundo ela parecia tão feliz em me ver que me esqueci de mim mesma e sorri. Era o que Allie tinha de bom, um dos motivos pelos quais eu a amava tanto: quando concentrava sua energia empolgante em alguém, essa pessoa se sentia o centro do universo. – Você veio!

– Eu vim – respondi, deixando que Allie me girasse no piso frio em uma dancinha. – Sabe – disse depois que ela me soltou e, parando de dançar, começou a me puxar de leve pelo corredor –, você deveria ter mencionado ao telefone que metade da escola estaria na sua casa, assim eu poderia, sabe como é, ter tomado banho.

– Do que está falando? – perguntou Allie, e franziu a testa. – Você está linda.

– Eu pareço ter doze anos.

– Parece artística e bacana.
– Sei. – Ri com deboche. – Não pareço artística nem bacana...
– Oi, Reena.

Dei um salto, olhei ao redor e tentei não arquejar alto demais: ali estava Sawyer, em pé atrás de mim, de jeans e camiseta, corrente de couro no pulso. Segurava um copo de plástico perto dos lábios.

– Oi – falei.

Via Sawyer com bastante frequência, na verdade, no restaurante ou sentado diante de nós na igreja aos domingos, ou tendo aulas com papai em minha casa. Por mais que pensasse nele – e pensava muito – era razoavelmente capaz de segurar as pontas quando ele estava por perto, com o cuidado de não dar na vista e tornar minha vida completamente insuportável.

Eu jamais o vira na cozinha de Allie. Jamais o vira passar o braço casualmente pelos ombros dela, uma das mãos deslizando pelos cabelos finos de minha amiga. Ver aquilo naquele momento foi lento e doloroso, como um músculo se estirando. Eu não sabia para onde olhar.

No fim, não importou, pois ele a levou dali sem esforço; apenas deu um passo para trás e Allie o seguiu, como se Sawyer fosse um ímã ou um som de alta frequência.

– Pegue uma bebida e desça para o porão – gritou ela para mim, distraída. – Vamos jogar *flip cup* em um minuto, o de beber e virar o copo.

E então ela foi embora.

Fiquei de pé ali por um segundo. Tentei parecer muito, muito calma. Por fim, passei pelas duas garotas no balcão, atravessei as portas de correr e o pátio coberto, evitando o caminho iluminado formado pelo refletor instalado nos fundos da casa. Fui direto para o balanço, que estava molhado da tempestade daquela tarde, o ar ainda tão úmido que parecia que eu respirava teias de aranha.

Sentei.

Não era exatamente tímida. Nunca foi isso. Eu só não sabia como *fazer* aquilo, só isso, os papos e o social do colégio. Mais do que isso, não estava a fim de aprender. A vida inteira, Cade implicara comigo por minha total inabilidade para lidar com mais de um ou dois amigos de uma vez; dez minutos na cozinha lotada de Allie fizeram com que me sentisse algum animal selvagem largado em um hábitat totalmente estranho, um tigre na tundra ou um pinguim num bosque. Eu não era impopular. Só era... despreparada.

Era diferente quando eu tinha Allie comigo para me ajudar a enfrentar as situações, pensei enquanto estava sentada ali. Ela falava quando eu sentia que minha língua estava amarrada, vocalizava os sentimentos por nós duas: *Reena e eu achamos aquele filme idiota, Reena e eu adoraríamos ir.* Ultimamente no entanto, parecia que ela não tinha tempo nem paciência para interpretar meus silêncios, e, além do mais, havia tomado a pessoa que eu mais desejava no mundo inteiro.

Era minha culpa, pensei de novo, balançando-me devagar para trás e para a frente sem saber o que fazer. Eu não sabia como me abrir para as pessoas. Não sabia como ser o tipo de pessoa que se abre. Não conseguia entender como Allie...

– O que você está fazendo?

Sawyer se aproximou de fininho pela grama encharcada e ciciante, as mãos nos bolsos. Eu não o vi chegar. Ele também desviou do refletor.

– Hum. – Procurei uma desculpa plausível e, como não encontrei nenhuma, tive que contar a verdade. – Me escondendo.

Sawyer ergueu as sobrancelhas, parou e recostou-se ao escorrega. Ele estava descalço e sua aparência era casual, muito à vontade em ser quem era, todo músculo e ossos.

– De alguma coisa específica?

De todos, na verdade, mas isso não parecia o tipo de coisa que eu podia dizer a Sawyer LeGrande.

– Essa – comecei, enrolando – é uma pergunta muito boa.

– Bem. – Sawyer se sentou no balanço ao meu lado e se balançou um pouco para trás e para a frente, as longas pernas paradas, muito casual, como se fizéssemos aquilo o tempo todo. – Você é péssima em se esconder, porque eu a encontrei, tipo, em um segundo.

– Você estava me *procurando*? – disparei e, então, antes que ele pudesse responder: – Eu não estava brincando de esconde-esconde.

Sawyer pensou.

– Não – disse ele por fim. – Acho que não. – Sawyer se balançou por mais um minuto, calado. Nunca tínhamos ficado sozinhos daquele jeito antes. – Essa não é bem a sua praia, não é? – perguntou ele.

– Qual? – perguntei, só um pouco defensiva. Senti minha espinha se enrijecer, um reflexo: ele chegou bem perto de acertar um nervo. As pontas de meus dedos se enroscaram na borda do balanço. – Pessoas se divertindo?

Sawyer gargalhou, parecendo achar a resposta inteligente, como se eu pudesse ter um segredo para compartilhar.

– Não foi o que eu quis dizer. Um monte de vagabundos fazendo nada. Não sei. Lauren Werner.

Isso chamou minha atenção, como se apenas Sawyer já não fosse suficiente. Semicerrei os olhos um pouco, tentando compreender a expressão no rosto dele. Estava uma escuridão frustrante lá fora; era ótimo para ficar deprimida, lógico, mas tudo o que eu queria era empurrar Sawyer para a luz e apenas... *olhar*.

– Achei que você e Lauren Werner fossem amigos.

Sawyer deu de ombros.

– Nós somos, acho. Mas ela é... Sei lá... – Ele parou. Parecia estar pensando a respeito, como se não tivesse decidido por completo quanto queria revelar. – Sabe como é.

– Eu sei *de verdade* – respondi, e o modo como falei fez Sawyer cair na gargalhada de novo. Sorri. Tentei me lembrar da última vez que o tinha feito rir... há muito tempo, sem dúvida, quando ainda éramos criancinhas correndo por aí com meu irmão, brincando de pega-pega no bosque atrás da casa dele. Eles costumavam levar uma eternidade para me pegar, na época. Eu congelava e ficava em silêncio entre as árvores.

Ficamos sentados ali por mais um minuto, balançando. Eu conseguia ouvir os sapos coaxando acima de minha cabeça. Dentro da casa da Allie, algo caiu no chão, seguido por um rompante de gargalhadas. Eu me retraí.

– Você já quis ter de novo, tipo, oito anos? – perguntou Sawyer, de súbito.

Pisquei para ele, sobressaltada: parecia que ele conseguia abrir minha cabeça e ver dentro dela. Precisei de um segundo para me recuperar, tirei os pés dos tamancos e os esfreguei, com cuidado, na grama fria e úmida.

– Não. – Parecia estranhamente perigoso olhar para ele, como encarar o sol. – Só queria ter idade suficiente para ir embora.

Sawyer não respondeu pelo que pareceu uma eternidade. Por fim, olhei para a frente e o vi me encarar de volta. Algo estranho, novo e pessoal aconteceu entre nós na escuridão, um olhar longo demais para ser acidental. Mais um momento se passou, e ele sorriu.

– Se faz alguma diferença – disse ele e, nesse momento, tocou o ossinho de meu tornozelo com o dele, suavemente –, acho que você parece artística.

– Eu não... – comecei, mas lá vinha Allie atravessando o gramado, uma mancha escura entre a poça de luz que Sawyer e eu tínhamos tão cuidadosamente evitado, como uma atriz no palco, buscando seu lugar.

– Aí estão vocês! – gritou ela alegremente, tão linda mesmo de jeans e regata, curvilínea e de cabelos cacheados. É claro que Sawyer a teria escolhido. – Meus dois preferidos.

– Aqui estamos – concordou Sawyer, os olhos em mim por um segundo a mais antes de voltar a atenção para Allie. – Reena estava se escondendo.

– É porque ela está com raiva de mim – disse Allie, com a sutileza de um elefante, tocando a corrente e dando uma sacudida em meu balanço. Ela cheirava a limonada com malte e ao perfume da mãe.

Sawyer inclinou a cabeça para o lado.

– Não sei quanto a isso – disse ele ao se levantar. – Vejo você lá dentro. – Ele olhou para mim mais uma vez, brevemente. – Até mais, Reena.

– Do que vocês estavam falando? – perguntou ela depois que Sawyer foi embora, tomando o lugar dele no balanço e girando em um círculo para que a corrente se torcesse, e soltou o balanço em uma descarga de tontura. – Você e o menino rei.

– Nada – respondi, e dei de ombros. Coloquei os sapatos nos pés de novo com certa urgência, como se talvez precisasse correr para algum lugar no futuro imediato. – Ele só queria saber o que eu estava fazendo aqui fora.

Allie me olhou de esguelha, o rosto se contorcendo um pouco, como se não confiasse que eu fosse dizer a verdade.

– O que *estava* fazendo aqui fora? – perguntou ela.

– Sério? – Fiquei boquiaberta, uma fagulha quente de irritação se acendeu em meu peito. – Quero dizer... *sério?*

Allie hesitou, os olhos cinzentos arregalados e inocentes – aquela expressão dela de *não sei como isso foi parar na minha bolsa*, em geral reservada para os pais e para os seguranças de shoppings. Não gostei de Allie ter olhado para mim daquele jeito.

– O quê?

– Você me deixou completamente desnorteada com aquelas pessoas lá dentro!

Não conseguia me entender com Allie ultimamente. Parecia que eu precisava me agarrar a ela com as unhas.

– Vim assistir TV e comer pizza ou algo assim, não jogar *flip cup* com um bando de desconhecidos.

– Eles não são *desconhecidos* – corrigiu Allie com o tom de voz afiado. Um raio longínquo piscou a distância, surgiu e sumiu. – São todos da escola. E eu sabia que você não viria se dissesse que Lauren estaria aqui, então...

– É – interrompi. Ela não estava me ouvindo. – Eu sei. É isso que estou dizendo.

– Bem, o que mais posso fazer? – perguntou Allie, bufando um pouco. – *Eles são* meus amigos também, Reena. Eu gosto deles. Não são, tipo, pessoas ruins ou enganadoras. São legais.

– Eu nunca disse que não eram legais – argumentei. – Nem mesmo disse que eles são o motivo pelo qual você desapareceu totalmente da face da terra o verão inteiro, o que...

– Já pedi desculpa! – A voz dela ficou mais alta, quase choramingando. – Se você parasse de dificultar tanto que eu a inclua...

– Talvez eu não queira ser incluída, Al! Odeio isso tudo! Só quero fazer coisas normais, como sempre...

– Jogar baralho e assistir *Punk, a levada da breca*? – Allie franziu a testa. O ar estava pesado ali fora, opressivo. Eu queria subir na bicicleta e sair correndo. – É isso que quer fazer, de verdade? Isso ainda é divertido para você? Por favor, Reena – insistiu ela quando não respondi. – As pessoas gostam de você. Só pensam que *você* não gosta *delas*.

– Bem, eu *não* gosto delas, em geral.

– Você nem as conhece! – explodiu Allie e, então, com maldade: – Você gosta do *Sawyer*.

E *isso*. Nossa. Isso doeu.

– Tudo bem. – Fiquei de pé nesse momento, limpei as palmas das mãos suadas na parte de trás do jeans, molhada pela água do balanço, porque não, *não*, não teríamos aquela conversa, não ali, não quando eu já estava me sentindo estranha e sozinha e com saudades de casa, com vergonha de tudo o que queria e não tinha. Olhei para a fileira de palmeiras no limite da propriedade, tentando manter a compostura. De repente, até o quintal pareceu sinistro, lugares familiares que tinham se tornado ameaçadores e estranhos no escuro. – Você quer ganhar esta briga, Al, pode ganhar, tudo bem. A gente se vê.

– Você está certa – disse Allie imediatamente, levantando-se e me seguindo pelo gramado. – Desculpe. Não estou tentando ser cruel.

– Ah, mesmo? – Parei e a encarei, as mãos nos quadris. Queria apertar o *rewind* naquela noite e naquele verão, queria que aquele universo alternativo bizarro se dobrasse sobre si mesmo de novo e que tudo voltasse ao modo como deveria ser. *Já desejou ter oito anos?*

– Não! – exclamou Allie. – Estou tentando conversar com você. Nossa! Sinto saudades! Quero conversar com você sobre as coisas.

– Sério? – perguntei friamente, e Allie revirou os olhos. – Tipo o quê, exatamente?

– Não sei. – Ela deu de ombros, quase indefesa, as mãos magricelas agitando-se diante do corpo como libélulas. – Sabe o que quero dizer. Ele é... não sei. Ele não é o que pensamos que era.

– Ele é um vampiro? – perguntei com sarcasmo.

Isso a deixou com raiva.

– Está bem – disse Allie, irritada. – *Você* quer ganhar esta briga, Reena? Pode ganhar. Pode me dar um gelo. Mas só estou tentando ser honesta com você. Sei que acha que sou uma pessoa horrível e sei que acha que fiz uma coisa horrível, como se o tivesse *roubado* de você ou algo assim...

– Eu nunca disse isso...

– Mas eu fiz um favor a você. Se não aguenta vir até minha casa e jogar *flip cup* com Lauren Werner, definitivamente não aguentaria transar com Sawyer LeGrande.

Eu me detive por um segundo. Fiquei de pé ali. Pensei, muito claramente, na palavra *arrasada*.

– Olha, Reena. – Assim que disse isso, Allie soube que tinha ultrapassado algum limite, uma linha tão nitidamente demarcada que, depois de invadida, dividiria nossas vidas em quando éramos crianças e quando não éramos, precisamente cortada entre o antes e o agora. Olhei para ela por mais um momento, então me virei. Um trovão soou acima de minha cabeça, alto e agourento. Uma tempestade estava prestes a começar.

— *Reena* – gritou Allie atrás de mim, com mais convicção desta vez, mas a essa altura eu já tinha ido embora.

# 7

## Depois

Uma característica do sul da Flórida é que em todo lugar que se vai o ar-condicionado é forte, inclusive na igreja. Faz dezoito graus dentro da Nossa Senhora da Medalha Milagrosa quando entramos na igreja no domingo, e é assim desde que Deus inventou o sistema de ar-condicionado central. Para todo o sempre, amém.

Somos famílias da igreja, os LeGrande e nós: batismos e crismas, jantares com espaguete e escola dominical. Meu pai e Soledad se casaram neste prédio. No ensino fundamental, eu costumava parar a fim de acender velas para minha mãe. Mesmo quando estava deprimida e grávida, eu me sentava logo atrás dos pais de Sawyer todo fim de semana no sétimo banco, à direita, e, embora ache que a esta altura a família dele e a minha se amem e se odeiem com igual intensidade, o Credo é apenas mais uma coisa que sempre fizemos juntos, até o fim.

Hoje, mal acabei de enfiar os braços gordinhos de Hannah no suéter que Soledad terminou esta semana quando Sawyer entra acompanhado por Roger e Lydia, as mãos dentro dos bolsos do jeans escuro e os óculos escuros pendurados da abertura em *V* da camisa de botão. Todos, até mesmo Sawyer, usam camisa social para ir à missa.

– Oi, gente – sussurra ele quando os LeGrande deslizam para a fileira diante de nós. Meu pai o ignora. Meu irmão apenas olha com raiva. A esposa dele, Stefanie, está boquiaberta de um modo que me faz querer socar sua cara redonda e estranha: *Sim, Stef, ele é bonito. Sim, Stef, ele está de volta.*

Meu Deus, gente. Recomponham-se.

Soledad é aparentemente o único membro de minha família com um mínimo de graça, não que isso seja novidade.

– Oi, Sawyer – responde ela, a voz marcada, como sempre, por traços da infância passada em Cuba. Ao lado de Sawyer, a mãe dele está radiante, iluminada, e por que não estaria? Exatamente como a história prometeu, o filho pródigo retornou. – É bom ver você.

Sawyer dá um beijo na bochecha de Soledad antes de se virar e olhar para Hannah, e, por quase um minuto inteiro, os dois se encaram em silêncio. Não respiro por um momento. Sawyer sempre foi cheio de hábitos nervosos, perpetuamente tamborilando os dedos ou esfregando com força um músculo no pescoço – é uma das coisas que encantam as garotas –, mas agora ele fica parado como uma estátua, parecendo que o sangue tinha secado em suas veias.

Lydia pigarreia. Hannah se mexe. Sawyer olha para mim como se eu tivesse partido o coração pulsante dele.

– Bom trabalho. – É tudo o que diz, e dou risada.

Quando estávamos juntos, eu costumava passar as manhãs de domingo na igreja cutucando as costas de Sawyer, esperava até que ninguém estivesse olhando e, em silêncio, puxava o elástico da cueca dele, que aparecia por cima da calça. Ele esticava o braço para trás e segurava minha mão, nós dois fazíamos uma guerra de polegares até que Soledad ou Lydia reparassem e cutucassem um de nós ou os dois na lateral do corpo.

– Preste atenção – ciciavam elas, e então se voltavam para o padre e nos deixavam em paz.

Éramos namoradinhos. Uma coisa que aconteceu. Agora acabou. Não tem problema.

No meio do salmo, a agitação de Hannah se transforma em choramingo; o corpo dela está morno e pesado em meus braços. Está de mau humor, só isso. Não dormiu bem na noite passada – nós duas dormimos mal ontem, na verdade –, mas neste segundo parece que ela sabe o que estou sentindo, toda aquela intuição infantil assustadora. Neste segundo, parece que ela sabe.

Pego-a no colo e sigo para o corredor, porque em mais um minuto nós duas vamos perder a calma, bem no meio de uma leitura da carta de Paulo para os Coríntios: *Ouçam, conto-lhes um mistério*. Saímos às pressas pelas portas dos fundos, direto para um choque de luz ofuscante.

– Eu nunca gostei muito do apóstolo Paulo mesmo – digo a Hannah depois que nos escondemos no pátio do lado de fora da igreja, feito de arenito e povoado por meia dúzia de estátuas em tamanho natural de anjos e santos, como um coquetel religioso esquisito cujo anfitrião é o apóstolo Bartolomeu. Coloco Hannah de pé e deixo que ela caminhe. O verão no condado de Broward é cruel e assombrado, todas as palmeiras e o emaranhado verde das uvas-bravas envolvem a gruta no gramado. Hannah segura um feixe de barba-de-velho com as mãos gordinhas.

– Minha nossa – digo. – O que você pegou aí, menina?

— Minha nossa — repete ela, e sorrio. Hannah é uma criança linda, de cabelos escuros e olhos amendoados, mesmo levando em conta que sou suspeita, já que a gerei. Desconhecidos nos abordam e dizem isso o tempo todo. — Minha nossa!

Sento-me em um banco de madeira para observá-la. Uma Virgem Maria taciturna vigia do alto de uma fonte seca no canto do pátio, um pedaço de gesso faltante onde o véu deveria tocar o vestido. Penso em minha própria mãe, de quem mal me lembro — apenas uma cascata de cabelo preto e o leve cheiro de lavanda —, e imagino se ela teria algum segredo para compartilhar. Passo o polegar pela ponta afiada da pedra, esperando. Soledad reza a Maria para praticamente tudo, e jura que Maria atende sempre, mas se essa mãe ou a minha tiverem algum conselho para dar, no momento, elas estão se contendo.

— Que grande ajuda vocês são — digo a elas e salto para pegar minha filha antes que ela caia.

# 8

## *Antes*

Eu não tinha amigos no primeiro ano. Tudo bem, estou sendo dramática. Eu tinha amigos. Não almoçava sozinha sentada no vaso sanitário ou nada assim. Na maior parte dos dias, eu simplesmente não almoçava. Ia para a biblioteca. Ficava lendo nas arquibancadas. Quando ia ao refeitório, ficava sentada com Shelby, a nova anfitriã do restaurante. Shelby estava no segundo ano e tinha acabado de se mudar de Tucson com a mãe e o irmão gêmeo, Aaron, embora ele só tivesse precisado de uns dois dias no pântano pestilento do sul da Flórida para decidir que de modo algum poderia morar ali. Aaron pegara um avião para Nova Hampshire para morar com o pai antes de as aulas começarem. Os cabelos de Shelby pareciam uma cenoura neon em chamas, e ela era muito boca-suja; usava minúsculos brincos prateados até o alto da orelha esquerda e estava namorando a capitã da equipe de futebol feminino. Eu automaticamente presumi que ela me considerava muito chata, até o dia em que Shelby apoiou a bandeja bem ao lado da minha e exigiu saber qual era o problema com a comida naquele lugar esquecido por Deus, como se talvez tivéssemos sido amigas a vida toda.

– É uma droga – falei para ela, piscando, agradavelmente surpresa. – Esse é... o problema, basicamente.

Shelby sorriu e me entregou metade do Kit Kat que estava abrindo.

– É o que parece.

Certa tarde, ela me deu uma carona para o trabalho, do último volume dos alto-falantes do Volvo caindo aos pedaços saía o som de uma banda de rock feminina dos anos 1990, enquanto saíamos do estacionamento, ela riu com ironia e gesticulou na direção do para-brisa com o queixo.

– Aquele é o atendente do bar? – perguntou Shelby, semicerrando os olhos um pouco. – Do restaurante?

Segui o olhar dela até a lateral do prédio, meio escondida por uma fileira de arbustos marrons e secos: na sombra projetada pela placa acima da porta lateral da academia, Allie e Sawyer estavam grudados contra o concreto, a palma da mão dele deslizando, determinada, para baixo da saia dela.

– É – respondi devagar. Por um segundo, senti dificuldade para respirar, como se houvesse algo pouco familiar ocupando espaço em meu peito ao lado do coração e dos pulmões. – É, é ele.

– Pessoas se esfregando em plena luz do dia – disse Shelby alegremente, embicando o carro para o trânsito. – É assim que você sabe que os terroristas não venceram. – Então, ela olhou para mim, franzindo as sobrancelhas claras.

– O quê? – perguntou Shelby. – Merda, desculpe. Você é uma daquelas pessoas que odeiam piadas de terroristas?

Isso me fez rir.

– Não odeio nada – menti, olhando pela janela por mais meio segundo antes de inclinar a cabeça para cima a fim de olhar para as nuvens gordas e pesadas.

O ano prosseguiu dessa forma – Halloween, Ação de Graças. Finalmente, consegui licença para dirigir. Passei muito tempo com meu diário. Soledad me observava com cuidado, catalogava os parâmetros cada vez mais estreitos de minha vida adolescente como uma antropóloga conduzindo um estudo de campo: *escola, trabalho, casa. Enxague e repita.* Não contei a ela sobre Allie e Sawyer – jamais contei a ela sobre Allie e eu – mas isso não a impediu de saber.

– Quer conversar sobre isso? – perguntou ela uma vez, um sábado à noite, depois de três episódios de uma maratona de *Bridezillas* na TV a cabo.

Dei de ombros como se não fizesse a menor ideia do que ela queria dizer.

– Falar sobre o quê? – Imaginei, distraída.

Soledad revirou os olhos.

Liguei para Allie uma vez, para constar. Ela não atendeu, e não deixei recado.

Também para constar: ela não me ligou de volta.

A solução, sempre pensei, era sair da cidade.

Sempre gostei de ler sobre lugares estrangeiros – eu assinava a *National Geographic* desde os dez anos –, mas naquele inverno, eu estava completamente insaciável, acampada na cama cercada por livros de viagens da biblioteca, as capas de celofane empoeiradas. Eu planejava. Fazia listas. Ficava acordada a noite toda clicando em blogs e mais blogs, histórias e fotos de mulheres que passaram anos no Marrocos, na Tanzânia e no sul da França – então, mapeava meu próprio itinerário; traçava a rota com caneta de feltro prateada como algum tipo de Rota da Seda imaginária.

Eu queria tanto, tanto, ir embora.

– Aonde vai hoje? – perguntou meu pai certa noite ao surgir à porta de meu quarto segurando uma água tônica com limão. Ele estava tocando piano no andar de baixo e em algum lugar da minha cabeça eu havia registrado distraidamente o silêncio, do modo como percebemos a lava-louças desligando.

– Chicago – respondi, animada, desviando o olhar das fotos de Oak Park no laptop. Meu pai tinha sofrido um enfarte uns dois anos antes, caiu no estacionamento ao sair da minha formatura do sétimo ano do ensino fundamental; eu tentava demonstrar entusiasmo com ele sempre que podia. – Ou talvez Copenhague.

– Chicago é uma cidade de música muito boa – respondeu meu pai, parecendo pensar a respeito, como se fosse um lugar para o qual eu pudesse mesmo ir. – Mas faça uma parada na cozinha primeiro. Soledad está fazendo pesto.

Sorri, fechei o computador e saí rolando da cama.

– Já vou.

Certa manhã, naquela primavera, recebi um bilhete na sala de aula me pedindo para passar no Aconselhamento até o fim do dia, o que me deixou sobressaltada e inquieta.

Nunca tinha sido chamada ali antes. Imaginei se poderia estar em apuros por alguma coisa que não sabia que tinha feito, ou se algum bom samaritano tinha expressado preocupação com minha habilidade de lidar com a tirania do ensino médio em geral.

– Notamos que você é socialmente inepta – imaginei a conselheira dizendo, seu rosto marcado inclinado para o lado a fim de demonstrar estar prestando atenção. – Você olha pela janela constantemente. É obsessiva, passa tempo demais imersa em seu mundo.

– É mesmo? – Imaginei minha resposta ao colocar a mochila no ombro e seguir pelo corredor a caminho da aula de inglês. – Diga algo que não sei.

Passei a manhã toda com um pequeno nó de ansiedade no peito, então, hesitante, bati à porta da sala no início do intervalo do almoço. O ar tinha cheiro de café e poeira. Eu esperava encontrar a sra. Ortum, a conselheira mais velha e com aparência levemente excêntrica que chefiara todos os nossos seminários do nono ano e cujo marido, ao que parecia, ganhara cem milhões de dólares em ações de empresas tecnológicas; mas no lugar dela estava uma mulher jovem de cabelo preto que eu jamais tinha visto, e uma plaquinha na qual se lia sra. Bowen fora colocada sobre a mesa.

– Oi, Serena – disse ela, com um sorriso caloroso. – Entre. – Eu não fazia ideia de como ela sabia quem eu era, mas a mulher era bonita e parecia inteligente de um modo que logo me fez querer agradá-la. Percebi que estava sorrindo.

– Você não está em apuros – disse ela assim que me sentei. As mangas da camisa de botão branca engomada dela estavam dobradas até a metade dos braços. – Todos os que recebi até agora acham que estão em apuros. – Ela pegou uma pasta e deu batidinhas com ela contra a mesa por um tempo. Lendo de cabeça para baixo, vi que continha meus arquivos. – Sou nova aqui, então só estou percorrendo minhas listas para tentar conhecer todo mundo que puder.

Ela me perguntou como estavam as aulas e se eu trabalhava depois da aula, anotando em um bloco amarelo conforme eu respondia o mais vagamente possível. Um anel personalizado turquesa brilhante reluzia no dedo médio de sua mão esquerda. Havia uma moringa com água na mesa ao lado dela, do tipo chique que usamos no restaurante, com fatias redondas de limão flutuando dentro. Parecia estranhamente glamouroso para a escola. A maior parte do corpo docente carregava xícaras de plástico para a viagem com logomarcas de bancos estampadas.

– Já pensou na faculdade? – perguntou ela, por fim, recostando-se na cadeira de aparência desconfortável e me olhando com esperteza. Apoiou a caneta e o papel na mesa.

– Um pouco – respondi, o que era mentira. Na verdade, eu pensava na faculdade constantemente, em aonde poderia ir e nas pessoas que conheceria lá. Havia, naquele exato momento, um catálogo de cursos da Northwestern na minha escrivaninha de casa, tão folheado que estava quase aos pedaços, com o programa de literatura marcado com um post-it amarelo neon. Eu poderia relacionar de cor os requisitos da faculdade de letras e ciências deles. – Mas estou apenas no primeiro ano, então... Imaginei que ainda tinha algum tempo.

– Bem – disse a sra. Bowen –, é sobre isso mesmo que eu queria conversar com você. Andei olhando seu histórico,

Serena, e é muito impressionante. Uma média geral de 4,0 em todos os semestres desde que entrou aqui, várias honras desde o ano passado. Gostaria de vê-la participar de uma ou duas atividades extracurriculares, mas a questão é que, se ficar nesse caminho, continuar participando das aulas avançadas e se der bem nelas, pode ser elegível para se formar um ano antes. – A conselheira inclinou o corpo um pouco à frente, de modo quase conspirador. Ela parecia animada por mim. – Gostaria de se empenhar para isso?

Levei um minuto para absorver a informação. *Um ano antes. Elegível para se formar.* Encarei a mulher por um momento, hesitante, e podia ouvir os ruídos da copiadora emperrando na recepção, junto com um *droga* frustrado da assistente.

A sra. Bowen interpretou minha hesitação como relutância; ela inclinou a cabeça reluzente para o lado, com a mesma pose empática que eu imaginara mais cedo.

– É claro que obviamente não precisa – acrescentou ela. – Conheço muitos alunos que não gostariam de deixar de ser veteranos, de abrir mão dos benefícios. Só queria informá-la que tinha a opç...

– Eu adoraria – interrompi depressa. Pensei em aviões e enormes e frias salas de palestras, a imaginação correndo solta. – O que preciso fazer?

O que a sra. Bowen precisava que eu fizesse era bem simples, pelo menos por enquanto: continuar indo bem nas aulas, fazer uma lista das faculdades para as quais queria me inscrever e comprar um livro a fim de estudar para o exame SAT.

– Vamos encontrar um trabalho voluntário para você no verão – prometeu a sra. Bowen, os olhos brilhando como se ela estivesse tão animada com a perspectiva de fazer aquilo dar certo quanto eu. – Para engordar um pouco seu histórico.

Em maio, duas das garçonetes pediram demissão, então, além de estudar mais, trabalhei como uma escrava, três noites por semana e turnos duplos todo fim de semana. Eu vivia de calça preta e camisa branca engomada. Meu pai e Roger compraram o Antonia's quando eu era pequena, e eu atendia às mesas há quase todo esse tempo, conhecia o cardápio e os clientes regulares de cor. A verdade é que sempre gostei de estar lá: o lugar tinha teto de alumínio e ladrilhos como os do metrô, as toalhas de mesa brancas de linho pareciam centenas de vestidos de comunhão. Havia sempre uma banda ao lado do bar.

Os caras tocando naquela noite estavam entre os meus preferidos, um grupo quase ridículo de velhotes que tocava bastante Sam Coke, e eu cantava junto baixinho enquanto passava alguns cartões de crédito pelo computador na lateral do bar. Em algum momento durante o segundo verso, percebi que não estava sozinha: Sawyer inclinara-se contra a abertura do balcão e me observava, um sorriso secreto e irônico no rosto.

Fechei a boca, corada e surpresa: Sawyer nem estava *trabalhando* aquela noite. Ele não estava escalado. Eu não tinha feito nada legal no cabelo. Ele vestia jeans e uma camiseta, roupas de rua. Emanava o calor do lado de fora.

– Não implique – sugeri, recobrando a consciência depois de um minuto, tentando muito não demonstrar que meus sentimentos por ele não tinham diminuído nem um pouco, embora Sawyer estivesse namorando Allie há mais de sete meses. – Não é legal.

Sawyer deu de ombros e apenas continuou de pé; parecia que não tinha nenhum outro lugar no mundo para estar além de ali.

– Não estou implicando – disse ele para mim, e, na verdade, não parecia mesmo estar. – "Bring It On Home to Me"? É uma música boa.

– É uma *ótima música* – corrigi, e ele sorriu.

– Você parece seu pai.

– Não. Ele gosta de Otis Redding. – Rasguei a nota da impressora e sorri para o cliente. – O que está fazendo aqui?

Sawyer inclinou a cabeça.

– Procurando você.

– Ah, tá. – Ri com escárnio, colocando os cartões de volta na carteira da conta. – Sua mãe esteve aqui mais cedo. – Lydia não estava tão envolvida na correria diária do restaurante, embora as digitais dela estivessem por toda parte se você soubesse onde procurar: os retratos antigos formais fixados às portas dos banheiros, as lâmpadas pendendo acima do bar. Lydia era uma artista, uma fotógrafa, mas a família dela fizera fortuna com uma rede de churrascarias de sucesso em toda a Costa Leste, e ela provavelmente tinha mais conhecimento sobre o mercado de restaurantes do que Roger ou meu pai. Lydia aparecia de vez em quando, cautelosa, com uma expressão no rosto que parecia computar quantias secretas na mente. Os ajudantes de garçom morriam de medo dela; Shelby a chamava de Senhora Dragão pelas costas. Eu procurava ficar longe de Lydia.

A única pessoa para quem Lydia jamais lançava o olhar gélido e preciso de artista era Sawyer. Ele era o único filho dela, o Maior Amor de Lydia: Sawyer fizera uma cirurgia quando era bebê para consertar, literalmente, um buraco no coração; na verdade, Allie e eu sempre achamos isso insuportavelmente romântico. Desde que conheci Lydia, ela sempre foi ferozmente protetora em relação ao filho.

– Ela deve obrigar a pessoa a fazer um exame de sangue antes de permitir que seja namorada dele – Allie imaginou em minha casa, certa noite, e nós duas caímos na gargalhada; no fim, isso não foi impedimento para ela.

Eu estava prestes a voltar para o salão quando Sawyer estendeu a mão e me segurou pelo pulso.

– Reena. – Havia algo urgente e inesperado no modo como ele chamou, como se quisesse me contar um segredo e depois mudasse de ideia. – Por que não a vejo mais por aí?

Olhei para Sawyer, incrédula. Ele ainda estava segurando meu braço.

– Talvez eu seja melhor em me esconder do que você pensava.

Sawyer levou tanto tempo para responder que tive certeza de que ele não fazia ideia do que eu estava falando: fazia um bom tempo desde aquela noite no jardim de Allie, e Sawyer provavelmente tinha se esquecido na mesma hora. Eu estava prestes a me virar quando ele sorriu.

– Talvez – respondeu Sawyer, soltando meu pulso, mas sem se afastar. – Mas estou falando sério.

– É, bem. – Senti as sobrancelhas se arquearem. – Eu também.

– O que vai fazer hoje? – perguntou ele.

Inclinei a cabeça e olhei em volta. A banda tinha prosseguido para "It's All Right". Vi papai conversando com alguns fregueses regulares do outro lado do bar.

– Vou trabalhar – respondi.

Sawyer revirou os olhos para mim.

– Obrigada, princesa. Quis dizer depois disso.

– Vou para casa?

– Vamos fazer alguma coisa.

– Com você? – disparei, e Sawyer deu um sorrisinho preguiçoso como o do gato de Cheshire ao desaparecer da árvore.

– Sim, Reena. Comigo.

Durante os anos que eu o conhecia – e eu conhecia Sawyer, mais ou menos, desde que nasci – ele nunca tinha me chamado para ir a lugar algum. Levei um segundo para me recuperar. Mesmo assim, fiz que não, por instinto, como algo que eu soubesse dentro de mim. Pensei na festa na casa de Allie, em Lauren Werner e na multidão de gente com a qual eu não sabia lidar.

– Ouça, Sawyer. Allie e eu não... – deixei a voz sumir, tentei de novo, imaginei o que ela teria dito a ele. – Quero dizer, não estamos... andando juntas.

Sawyer franziu a testa, e lá estava aquela expressão de novo, como se ele tivesse vindo me dizer algo específico.

– Eu não pensei em chamar Allie – respondeu ele.

Ah.

– Ah – falei. Olhei para ele por um momento e depois para meu pai com o café, e ele sorria. – Sawyer...

– Por favor, Reena – disse Sawyer, já um pouco impaciente. Tive a sensação de que ele não insistiria mais. – Sou só eu.

Pensei em Allie e em coisas valiosas sumindo: em tubos de gloss enfiados em bolsos e paixões roubadas bem debaixo do nariz. Por mais que eu tentasse justificar, aquele era um crime hediondo na amizade. Era traição, mesmo que Allie a tivesse cometido primeiro.

– Sim – respondi. Atrás de mim, a música estava terminando, uma última nota e o ruído de um tambor. – Sim, posso ir.

# 9

## *Depois*

Depois da igreja, levo Hannah para almoçar em casa e a prendo no cadeirão, então pico algumas frutas para mantê-la ocupada enquanto faço torradas com pão de trigo.

– Ei, moça, você consegue dizer *banana*? – pergunto a ela, e Hannah repete, obediente. – Boa menina – digo com alegria, erguendo a mão para um cumprimento. Por mais idiota que pareça, eu não me dei conta, quando estava grávida, de que Hannah teria uma personalidade de verdade, separada da minha, mas, é claro, ela aparece mais a cada dia: Hannah gosta de sorvete, de abacate e de dançar ao ritmo de Beyoncé no banco traseiro do carro, mexendo o corpinho com um entusiasmo surpreendente na cadeirinha. Ela fala cada vez mais agora, língua de bebê e partes de conversas que repete para mim. É tipo a coisa mais legal do mundo.

Soledad entra e deixa a bolsa no balcão, então pega um pedaço de banana da tábua. Reclamo.

— Isso é para Hannah.

— Desculpe. Estou morrendo de fome. — Ela passa a mão carinhosa na cabeça de Hannah. — Então, Lydia conversou comigo quando estávamos saindo — diz Soledad, entrando no assunto de uma vez. — Ela quer levar Hannah até a biblioteca esta semana para fazer um cartão para ela.

— O quê? Por quê? — Passo um pouco de manteiga de amendoim na torrada e corto em minúsculos triângulos, então os coloco na bandeja do cadeirão. — Aqui está, bebezinha. — Olho para Soledad e torço o nariz. — Por que ela precisa de um cartão? Tem um ano e dois meses. *Eu* pego livros para ela.

— Eu sei disso. Mas acho que Lydia quer passar um tempo com ela.

Fico tensa.

— É mesmo?

Sol olha para mim.

— Sim.

— Que especial.

Na infância, eu passava mais tempo com Lydia do que com qualquer de minhas tias e primas, e é por isso que não faz tanto sentido que eu jamais tenha superado o medo dela. Quando eu tinha entre dez e onze anos, ela, Soledad e eu costumávamos sair para almoçar em lugares caros e fazer a unha do pé, ler revistas de fofoca e escolher nossos vestidos preferidos em cada página. Lydia tem um estúdio de fotografia bem-sucedido e vasculha feiras de objetos usados em busca de tapetes antigos para os corredores; ela me comprou um colar de quartzo rosa incrível quando fiz treze anos. Lydia nunca agiu como a mulher dragão comigo, não exatamente, mas mesmo assim eu sempre a achei apavorante, tanto quanto uma tigresa ou uma professora que não conseguisse impressionar. Não consigo deixar de pensar que Lydia acredita que há algo de muito errado comigo.

Além disso, até esta manhã, ela demonstrou quase tanto interesse em Hannah quanto alguém demonstraria em decorar os detalhes mais meticulosos do contrato dos Termos e Condições do iTunes. Então. Não estou me sentindo muito generosa com Lydia LeGrande neste momento.

– Acho que estaremos ocupadas nesse dia – anuncio com soberba, e minha madrasta revira os olhos.

– Eu não disse em que dia seria.

– Bem, Hannah e eu temos uma vida social muito agitada.

Soledad dá um discreto riso de ironia.

– Reena.

– Sawyer voltou faz *um* dia, e de repente ela quer ganhar o prêmio de Avó do Ano? Sério? – Faço uma careta ao servir leite no copo com tampa de Hannah. – Quando foi a última vez que você a viu *segurar* esta criança? *Nunca*, é a resposta, caso esteja se perguntando. *Nunca.*

– Nunca – repete Hannah, animada, jogando a torrada com manteiga de amendoim no chão.

Soledad ergue as sobrancelhas.

– Reena – diz ela de novo, mais baixo dessa vez. – Calma.

– Calma, você. – Nossa, isso me deixa irritada. – Não. A resposta é não. E por que ela falou com você, mesmo? Se quiser falar comigo, pode falar comigo. Estou bem aqui. *Estive* bem aqui, se você se lembra, nos últimos *dois anos.*

Soledad assente devagar. Não sei se ela reprova ou se talvez esteja um pouco impressionada.

– Sim, querida – diz Soledad depois de um momento e beija minha têmpora antes de ir. – Eu lembro.

* * *

Meu celular toca assim que Hannah começa a soneca e o pego do fundo da bolsa, onde vibra sob um frasco de ibuprofeno e uma edição em papel-cartão de *The Very Hungry Caterpillar*. É Aaron. Sorrio.

– Oi, moço – digo, apoiando o celular entre a orelha e o ombro conforme disparo escada abaixo. Dou tchau para Soledad e corro pela porta dos fundos. – E aí?

– Esquina da Las Olas com Third Avenue – diz Aaron com um sorriso satisfeito evidente na voz. – Toma *essa*.

– O quê? Não mesmo. – Tem uma *drag queen* que se parece com Celine Dion e fica andando pela cidade, e, se Aaron conseguir provar que a viu, tenho que pagar o jantar, esse é o jogo. Aaron paga o jantar com mais frequência. – Tirou uma foto?

– Acha que é a minha primeira vez? – Ele gargalha. – É claro que tirei uma foto. O bife é por sua conta, Chicken Little. Ainda está de pé esta noite?

Hesito. Aaron é o irmão gêmeo de Shelby, aquele que se mudou para Nova Hampshire antes que eu pudesse conhecê-lo no colégio. Agora é mecânico de barcos em uma marina na Intracoastal, e provavelmente a melhor coisa que já aconteceu comigo no quesito namoro. Mesmo assim, o dia não chegou à metade e só quero me sentar, bem quieta, em uma sala sozinha.

– Que tal amanhã? – pergunto, adiando.

– Amanhã pode ser – diz Aaron, bem-intencionado. – Vá de carro até o centro enquanto isso, veja se consegue vê-la com seus próprios olhos. Vamos dividir a conta.

– Que generoso – brinco; as regras são minhas, afinal. – Escuta, vou trabalhar no turno do *brunch*, então preciso ir, mas...

– É, é. Não se preocupe – diz Aaron, então hesita: – Mas você está bem? Parece... Não sei. Alguma coisa.

Eu provavelmente poderia contar a Aaron sem problemas. Ele é um ser humano sensato, mais fácil de lidar do que jamais imaginei. É provável que ele não fique estranho por Sawyer ter surgido do nada. É provável que fique muito bem com isso.

Mas mesmo assim. Mesmo assim.

– Cansada – respondo, o que, tecnicamente, não é mentira. – Vejo você amanhã à noite.

– Onde diabo você esteve? – É a primeira coisa que Shelby diz quando chego no trabalho, dez minutos atrasada, antes de *Oi* ou *Como vai?* ou qualquer outra coisa remotamente civilizada. Ela voltou para casa no verão, pois está de férias da faculdade em Massachusetts, onde está aprendendo a ser médica e também a falar como no filme *Uma mente brilhante*. Shelby voltou de avião para Broward no meio do primeiro ano de faculdade para me ajudar a dar à luz Hannah, decorando os nomes de todos os ossos no corpo humano entre minhas contrações e convencendo as enfermeiras a ajudá-la com o dever de casa. Shelby tinha dezoito anos e foi minha parceira de parto. Nem todos têm uma amiga assim.

– Precisei colocar a bebê para dormir – digo, olhando ao redor do restaurante vazio. Só começamos a receber clientes ao meio-dia nos domingos, e ainda faltam quinze minutos.

Shelby faz uma careta.

– Ã-hã. – Ela olha para mim com determinação no momento em que o telefone da recepção toca, como se soubesse exatamente o quê e *quem* estou procurando, e não entende por que estou tentando dissimular.

– Bom dia, Antonia's – diz Shelby, toda melosa, mas está me encarando como se meu cabelo estivesse em chamas, ao mesmo tempo que rabisca o livro de reservas, e fico de pé ali esperando pelo que virá a seguir.

– Primeiro – diz Shelby ao desligar; a voz melosa desapareceu e foi substituída pelo sotaque misturado que ela tem (Shelby viveu em vários lugares diferentes do país, e dá para ouvir na voz dela). – Sawyer Superesperma está na cozinha com Finch neste exato momento. Então, você provavelmente deveria começar por lá.

– *Shh* – sussurro, os olhos desviando na direção dos fundos do restaurante. Abro a boca para explicar, embora no fim só consiga pensar em: – Ele também estava na igreja.

– É – diz Shelby, cheia de atitude. – Aposto.

Encaro-a.

– O que isso quer *dizer*?

Shelby dá de ombros.

– Não sei. Não gosto do cabelo dele. Fico parecendo um paciente com câncer. – Shelby nunca esconde suas opiniões. – Por que não *ligou* para mim?

– Eu não sabia que a notícia se espalharia tão rápido – respondo e me sento em uma cadeira vazia. Senti dor de cabeça nas últimas vinte e quatro horas e penso, desejosa, no Advil em minha bolsa, embora neste momento em particular até mesmo encontrar um copo d'água pareça uma tarefa olímpica.

– Ah, nem brinque. – Ela para e olha para mim. – Contou a meu irmão?

Reviro os olhos.

– Não há nada para contar.

– Besteira. Reena – chama ela, a voz baixinha e urgente. Se for legal comigo, vou cair em lágrimas. Começo a sacudir a cabeça, mas lá vem ele pelas portas vaivém da cozinha. Mesmo depois de todo esse tempo, a sala parece orbitar em torno de Sawyer, como se ele tivesse um holofote perpétuo em todo lugar aonde vai. Penso, de repente: *Ressuscitado dos mortos.*

– Senhoritas – diz Sawyer, galanteador. Segura outra raspadinha, enorme, rosa e brilhante em um copo de plástico transparente.

– *Senhoritas?* – Shelby rosna. Minha amiga nunca teve medo de Sawyer. Nunca teve medo de quase nada, até onde eu sei. – Sério? Dois anos depois e o melhor que consegue dizer é *senhoritas?*

– Quis descontrair – diz ele, franzindo o nariz e sorrindo, meio tímido. Sua boca está levemente vermelha devido ao corante. – Exagerei? Exagerei.

– Um pouco. – Shelby revira os olhos. – Vou precisar de uma bebida.

– É mesmo? – Cade olha para a frente do outro lado do salão e franze a testa, mas não chega a fazer nada para impedi-la. Cade sempre foi um pouco apaixonado por Shelby. – Ainda nem abrimos.

– Bloody Marys! – diz ela alegremente e vai para o bar. – Farei um para você também, Kincade. – Shelby levanta a abertura do balcão e cutuca meu irmão para que saia do caminho. – E você, Sawyer? Quer uma bebida alcoólica bem forte para ajudar a diminuir a sensação de ser você mesmo?

Sawyer e eu rimos com deboche ao mesmo tempo; ele olha para mim, rindo, e ergue a raspadinha como um brinde em minha direção.

– Estou bem – diz ele com os olhos em mim.

– Sério? – As sobrancelhas de Shelby se erguem enquanto ela pega o suco de tomate. – Por quê? Parou de beber?

– Isso mesmo.

– Um atendente de bar que não bebe mais? Que romântico.

– É, bem. – Sawyer assente e desliza para um banquinho do bar. – Sou um cara romântico.

Ah, *por favor*. Cade parece prestes a vomitar por todo o restaurante e, sinceramente, não o culpo. Também estou me sentindo um pouco enjoada. Levanto e volto para o escritório para bater o cartão, então prossigo completando o máximo de tarefas insignificantes que encontro: dobro guardanapos, empilho louça, encho garrafas de ketchup, o que me enoja infinitamente. Mantenho as mãos ocupadas. Trabalho. Lotamos no *brunch* todo domingo, a fila de espera sobe pra uma hora ou mais, e, depois que Shelby abre as portas, são pães e sorrisos até o meio da tarde. Quando enfim tenho um minuto para olhar para o bar, Sawyer desapareceu em meio à multidão fervilhante de corpos, como se nunca tivesse passado por ali.

# 10

## *Antes*

– Com quem? – Foi a primeira coisa que meu pai quis saber quando contei a ele que sairia depois do trabalho; uma pergunta bastante justa, considerando que tinha passado os últimos oito meses me encontrando, no máximo, com o entregador de pizza do Papa Gino's. Ele estava conversando com o baterista da banda e cheirava a café e colônia, bem familiar; era um cheiro do qual eu achava que sentiria saudades quando saísse de casa.

– Allie – disparei sem saber que mentiria até ter mentido. – Com Allie.

Não sei por que não contei a ele. Não havia motivo para achar que papai diria que eu não poderia ir: Sawyer era o afilhado dele, afinal, herdeiro do talento musical de meu pai na prática, se não no sangue. Mesmo assim, ele teria perguntado os *ondes* e os *porquês* e os *o que vocês vão fazer* e milhares de outras coisas que eu nem conseguia imaginar. Por enquanto, parecia mais fácil não dizer.

– Allie – disse meu pai devagar, e passou o braço sobre meus ombros, parecendo um urso. – Eis um nome que não ouço há um tempo.

– Hã – falei. – É.

Meu pai deu de ombros, assentindo para um dos garçons para que servisse uma rodada de bebidas por conta da casa. Ele confiava em mim. Jamais tivera motivo para não confiar.

– Divirta-se – disse ele e roçou os lábios em minha testa, em um beijo distraído de despedida. – Volte para casa no horário.

– Sim – respondi. – É claro.

Encontrei Sawyer no corredor dos fundos, recostado na porta do escritório e verificando o celular, vagamente entediado.

– Você mentiu para seu pai a meu respeito? – perguntou ele, rindo um pouco.

– Sim – respondi.

O risinho virou um sorriso.

– É, tudo bem, então – disse Sawyer, perversamente encantado. – Contanto que eu saiba o que está rolando. Está pronta?

– Claro – falei, esperando com todas as forças que ele não conseguisse ver o quanto aquilo significava para mim, que apenas a ideia de estar sozinha com ele fazia meu estômago dar piruetas que causariam inveja em muitas ginastas.

Sawyer segurou a porta dos fundos e eu o segui pelo estacionamento até seu jipe velho. Ele não disse nada. Eu não sabia aonde iríamos, e àquela altura parecia um pouco tarde para perguntar: abri a boca, hesitei, fechei de novo. Sawyer não pareceu nada incomodado.

Olhei dentro do jipe o mais discretamente que consegui, iniciando uma lista na mente quando Sawyer acelerou. *Chão do carro de Sawyer LeGrande, inventário completo: garrafa de Snapple vazia, sabor ice tea de pêssego; confere.* CD *Duke Ellington Live at Newport 1965, confere. Painel: óculos escuros, confere. Aromatizador em forma de árvore, ainda na embalagem; confere. CD com coletânea de músicas com a letra de Allie Ballard na etiqueta, confere.*

Fechei os olhos por um segundo. Allie costumava gravar CDs para mim o tempo todo, músicas para meu aniversário, para o Natal, para a primavera e para as terças-feiras. O meu preferido se chamava *O Mix do Mau Comportamento*: sessenta minutos de um hip-hop ridículo encerrado pela música "A Groovy Kind of Love", de Phil Collins, com o qual fui presenteada no primeiro baile do ensino médio. Acabamos voltando à minha casa às nove e meia naquela noite, fazendo brownies com Soledad e gritando com Kanye, curvando o corpo em risadas histéricas.

Eu não quis suspirar, sequer me ouvi fazer isso, mas devo ter feito, porque Sawyer olhou para mim ao virar na A1A, as feições delineadas pela luz vermelha das lâmpadas de neon no painel.

– Dia longo? – perguntou ele.

– É – respondi, deixando que Sawyer pensasse que era a monotonia do trabalho me deprimindo, e não o total desespero por estar no jipe com ele, vendo seus olhos brilharem centenas de milhares de adjetivos além do verde. – Um pouco.

Sawyer assentiu.

– Quer sorvete?

Hesitei.

– Sorvete? – repeti. Não sei o que estava esperando, mas... não era isso.

– Sim, princesa, sorvete. – Sawyer gargalhou ao entrar em um estacionamento, sem esperar por minha resposta. – O que achou que eu iria oferecer, cola para cheirar?

– Não! – respondi, embora, para ser sincera, tal convite talvez não me surpreendesse tanto. Soltei o cinto de segurança e saí do carro. – Não.

– Você acha que eu sou todo errado. – Sawyer encostou o ombro no meu enquanto atravessávamos o estacionamento, e o toque foi tão leve que pensei ter sido sem querer. – Tipo, muito mais valentão do que sou de verdade.

Sacudi a cabeça e virei o rosto.

– Não acho, não – prometi.

– Tudo bem – disse ele, parecendo achar que eu estava mentindo, mas sem se importar de verdade. – Se está dizendo...

Pedimos no balcão e vasculhei a bolsa em busca da carteira, puxando de dentro um molho de chaves e meu *Lonely Planet* para chegar ao fundo da bolsa. Sawyer empurrou minha mão.

– Eu pago – disse ele, entregando uma nota amassada de dez dólares para o caixa. Ele apontou o livro. – Planejando uma viagem?

– É – respondi. – Quero dizer, não. – De repente, pareceu tão estúpido aquele jogo que eu jogava comigo mesma, como amarelinha ou Barbie. – É para minha carta de admissão.

– Para a faculdade? – Sawyer ergueu as sobrancelhas e lambeu a base do meu cone de sorvete, que pingava, antes de entregá-lo para mim. Era uma loja antiquada, com painéis de vidro e enfeites nas paredes, uma caixa registradora antiga que se abria com um apito alto. Senti cheiro de açúcar e ar frio. – Já?

Assenti.

– Northwestern – contei a ele. – Vou me formar um ano mais cedo, então me inscreverei no outono.

Sawyer inclinou a cabeça para o lado.

– Isso é ambicioso.

– Sou ambiciosa.

– Eu sei – disse ele ao pegar o próprio sorvete e me levar de volta na direção da porta, segurando-a aberta com um dos pés para eu passar. – Então, sua carta é sobre isso? – perguntou ele ao atravessarmos o estacionamento na direção do carro, passando por uma multidão de jovens barulhentos e inquietos com mais ou menos nossa idade.
– Viajar?

– É, mais ou menos. – Sacudi a cabeça, envergonhada.
– É idiota.

– Duvido. – Tínhamos voltado para o jipe a essa altura. Sawyer subiu no capô para tomar o sorvete, inclinou a cabeça para o espaço vazio ao seu lado até que eu entendesse o recado e apoiasse os pés no para-choque junto com ele.
– Conte.

– Hã, está bem. – Revirei os olhos um pouco, corando no escuro. – O curso no qual vou me inscrever é de não ficção criativa, sabe? Escrever sobre viagens. – As palavras pareceram duras e pouco familiares; aquilo não era algo que eu havia contado a muita gente além de Allie.
– Então, vou escrever a carta como se fosse um guia de viagem, basicamente. Vá por aqui, faça isso, evite esse hotel nojento; mas, em vez de ser sobre um lugar em

particular, é, na verdade, sobre, tipo, minha vida. – Dei de ombros de novo, envergonhada. – Ou, tipo, a vida que quero ter.
– Isso não é idiota. – Sawyer estava rindo. – É legal. Quero ler quando você terminar.
Ri com ironia.
– Sei.
– Estou falando sério – disse Sawyer, pensando. A camisa branca dele parecia brilhar na luz das fachadas das lojas. – Se formar mais cedo, hein? – perguntou ele depois de um momento. – Você está tão desesperada assim para sair daqui?
– Não – expliquei –, não é isso. Quero dizer, é claro que vou sentir saudade da minha família e de todo mundo. Amo minha família, eu só... – Dei de ombros. Não sabia como poderia explicar algo como solidão para alguém como Sawyer. A sensação de que precisava encontrar algo em que me agarrar e, independentemente do que fosse, não estava ali. – Não tem muito para mim aqui, sabe?
Sawyer deu um pequeno sorriso indecifrável.
– Então, é melhor eu andar com você enquanto posso, não é?
O que... o quê? O que estava *acontecendo* ali? Não fazia ideia do que ele queria.
– Basicamente. – Foi tudo o que eu disse.
Ficamos sentados em silêncio por um tempinho, observando os carros passarem pela estrada. Tomei o sorvete. Esperei.
– Você está quieta – disse Sawyer por fim.
Pensei nisso por um momento.

– Bem – respondi –, você também.

– Reena. – Estávamos próximos o bastante para que nossos braços se tocassem, quentes e levemente grudentos devido ao calor. – Por que está aqui?

Olhei para ele de esguelha. Meu coração parecia um tambor dentro do peito.

– Diga você.

Sawyer sacudiu a cabeça.

– Estou falando sério.

– Está mesmo?

– É – disse ele. – Estou mesmo.

– Sawyer. – Hesitei, corando. Eu tinha noventa por cento de certeza de que estava entendendo completamente errado o que quer que acontecia ali. – Olhe. Allie é minha amiga. Ou *era* minha amiga, pelo menos, e...

– Você não se cansa? – interrompeu ele.

Parei.

– De quê?

Sawyer deu de ombros.

– De ser quem todos pensam que é.

– O quê? Não. – Sacudi a cabeça, enrolando, e olhei para a estrada, para as lojas abertas e para as palmeiras. Senti cheiro de asfalto e escapamento de carros. – Quem mais eu poderia ser?

Sawyer parecia saber que eu estava fingindo; olhou para mim por um segundo de uma forma que quase me deixou nervosa, parecendo conseguir me ver por dentro. Lutando contra a sensação esquisita de que eu estava enfrentando muito, muito mais do que poderia aguentar, fiz o que qualquer ser humano racional faria ao ser confrontado com uma pergunta que não queria responder para uma pessoa pela qual tinha uma quedinha há dois mandatos presidenciais:

Enfiei o cone de sorvete bem na cara dele.

– Desculpe – falei de imediato, rindo com um pouco de histeria. – Minha nossa. Desculpe. Não acredito que acabei de fazer isso.

Sawyer me encarou por um segundo, com sorvete lambuzado pela boca e pelo nariz.

– Eu... meio que não acredito que você fez isso também – disse ele, mas estava rindo. Quando Sawyer apoiou a mão livre na minha nuca e me beijou, senti gosto de chocolate e confeitos coloridos. Nem mesmo fechei os olhos.

Ele se afastou um pouco.

– Tudo bem eu ter feito isso? – perguntou ele depois de um segundo ou dois.

Assenti, abestalhada.

– Gostou tanto quanto eu?

Assenti de novo.

– Vai voltar a falar comigo na vida?

Assenti.

– Quero dizer – falei, recuperando-me de leve, os pensamentos desgovernados como traças nos cantos desesperados da minha mente. – Sim.

Sawyer sorriu.

– Tudo bem – disse ele. Sawyer jogou o resto do sorvete em uma lixeira próxima e segurou meu rosto com as duas mãos. – Que bom.

Sawyer ainda estava me beijando quando o celular tocou dentro da calça jeans dele um minuto depois, e indiquei que me afastaria, mas ele segurou mais forte, um punho fechado com leveza em meus cabelos.

– Ignore. Ignore – murmurou Sawyer, e ignorei por um minuto, mas então o meu celular começou a tocar também.

– Sawyer – falei, e estiquei a mão para a bolsa mesmo com o restante do corpo ainda na ação. – Sawyer, é da minha casa. Preciso atender. Alô? – falei enquanto... ai, Deus, ai, *inferno*, estávamos no meio de um estacionamento e meu *pai* estava no telefone... Sawyer desceu a boca por meu pescoço. – Oi. O que foi?

– Reena – disse meu pai, e havia um tom na voz dele que eu nunca tinha ouvido, de pânico e ódio. – Ah, graças a Deus. Onde diabos você está?

Saltei do capô daquele jipe tão rápido que quase arranquei a cabeça de Sawyer, fechando os olhos com força, tentando pensar no que dizer: tinha mentido para meu pai pela primeira vez na *vida toda* e fui pega. Como isso era possível?

Eu ainda tentava pensar numa resposta quando ele insistiu:

– Está com Allie? – Meu pai exigiu saber.

Fechei a mão livre em punho, senti as unhas se enterrarem na palma da minha mão. Sawyer estava me observando com cautela. Busquei algo plausível, mas precisei me conformar com a verdade.

– Não – admiti. – Não estou.

– Graças a Deus – disse ele, então, para quem quer que estivesse no quarto com ele, Soledad ou Cade: – Ela está bem. Eu a encontrei.

– O quê? – falei, exasperada. De repente, senti muito, muito medo. – O que está acontecendo?

– Reena – disse ele, e eu soube que jamais esqueceria isso enquanto vivesse, as luzes de neon da sorveteria próxima, a expressão de curiosidade no rosto lindo de Sawyer LeGrande, e os minúsculos cacos de vidro incrustados no asfalto, como se algo frágil e brilhante tivesse acabado de explodir ali. – Tenho uma má notícia.

# 11

## Depois

Não vejo Sawyer durante o restante do meu turno no *brunch* de domingo, embora pareça que ele está grudado em mim o tempo todo, pelo modo como todos falam sobre ele – parecia que era alguma estrela de cinema na cidade e não um degenerado que foi embora e abandonou todo mundo que se importava um pouco com ele. Os fregueses de sempre ficam felizes em vê-lo. As garçonetes não param de falar de seu cabelo. Sawyer esteve viajando esse tempo todo, pelo que Finch me conta na cozinha, passeando pelo país como um ambulante ou Jack Kerouac, sem um destino específico.

– *Viajando* – repito devagar, a injustiça colossal disso me atinge com uma força tão grande que chego a me agarrar à beira da mesa de preparação até me equilibrar. Sinto como se minhas entranhas tivessem sido reviradas, como se fosse alguma versão fantasmagórica e degenerada de mim mesma. – Que bom para ele.

Às cinco e quinze, só quero ir para casa e me deitar embaixo das cobertas, mas, logo depois de bater o cartão, me viro e Sawyer está na porta do escritório, passando a mão no rosto, na barba por fazer.

– Cruzes – digo, mais alto do que pretendo. – Você me matou de susto.

– Desculpe – diz Sawyer, com um tom de quem não está arrependido. Ele se recosta preguiçosamente, de modo casual, contra o batente. Pela primeira vez desde que Sawyer apareceu, permito-me encará-lo por mais de um segundo, mais do que um olhar rápido e faminto de soslaio: ele está mais forte do que quando saiu. Os pelos nos braços estão loiros de sol. Sawyer é paciente; ele fica de pé e me deixa olhar.

– O quê? – disparo ao terminar.

Os lábios dele se contorcem.

– Nada.

Pego a bolsa e cato as chaves do carro, afastando do caminho o exemplar de *The Very Hungry Caterpillar* pela segunda vez hoje.

– Ficou aqui a tarde toda? – pergunto, observando o conteúdo bagunçado de minha bolsa para não precisar encará-lo.

– Não. – Assim que Sawyer responde, olho para ele mesmo assim. Sawyer sacode a cabeça. – Olhei os turnos.

– Por quê?

– Para pegar você quando estivesse indo embora.

– Bem – falo da maneira mais irritada que consigo, encontrando por fim as chaves –, missão cumprida. Lá vou eu.

Sawyer não se afasta da porta.

– Parecia bem cheio hoje – diz ele. – Preciso me acostumar com isso de novo, acho.

Meus olhos se semicerram.

– E por quê? – Exijo saber. Temos outro atendente no bar agora, um cara de uns cinquenta anos chamado Joe, que sempre me manda para casa com pirulitos para Hannah, embora ela seja nova demais para comê-los. – Você não vai *pegar turnos*, vai?

– Vai me matar se eu disser que sim?

– Possivelmente – digo a ele, e Sawyer sorri como se eu estivesse tentando ser engraçada. Não estou tentando ser engraçada. Talvez eu comece a chorar. – Pode parar? – pergunto com a voz rouca. Por um tempo, Hannah fazia uma coisa quando estava chateada, ela tapava as orelhas com as mãos e gritava. – Estou falando sério. Não vou... apenas... *pare*.

Sawyer para de sorrir e se move como se quisesse se aproximar de mim. Estendo as mãos para mantê-lo afastado.

– Reena – começa ele.

– Sério – digo. – Não pode simplesmente aparecer aqui depois de todo esse tempo e tentar brincar comigo e agir como se nada tivesse acontecido. Isso não é... *aconteceram* coisas, Sawyer. Você não pode simplesmente *voltar*.

Sawyer dá de ombros uma vez, de modo bem sutil. Ele parece tão mais velho do que antes.

– Mas estou de volta – diz Sawyer baixinho. – Você precisa... eu estou.

O mais horrível é que quero perdoá-lo. Mesmo depois de tudo, eu quero. Um bebê antes de completar dezessete anos e um futuro tão solitário quanto a superfície da Lua; e, mesmo assim, vê-lo, por si só, parece acolhedor, como uma música que eu conhecia, mas, de alguma forma, esqueci.

E, Deus do Céu, *isso* não é completamente perturbador?

– Fique longe de mim – murmuro, e empurro Sawyer para sair da sala.

– Como foi o trabalho? – pergunta Soledad quando volto para casa algum tempo depois. Ela está sentada de pernas cruzadas no sofá, usando os óculos de leitura e completando, determinada, as palavras cruzadas do jornal. Soledad aprendeu inglês quando tinha vinte e dois anos e, mesmo assim, faz as palavras cruzadas do *New York Times* com caneta, e esse é um dos motivos pelos quais eu a amo.

– Uma droga, obrigada. Oi, moça bonita – digo, pego Hannah do chão, onde ela está brincando, e faço barulhos com a boca na barriga dela até que ria sem parar, contorcendo-se, alegre, em meus braços. – Como foi seu dia, hein? Divertido hoje?

– Ela foi uma querida – anuncia Soledad, a mesma coisa que diz sempre que cuida de Hannah. Elas passam muito tempo juntas, e gosto da ideia de Soledad ser uma segunda mãe para Hannah, assim como foi para mim. Soledad conviveu com minha família por quase uma década antes de meu pai pedi-la em casamento; era um pedaço da família que se encaixara com calma, devagar. *Não é bom para o homem ficar sozinho.*

– Onde ele está? – pergunto a ela agora, tirando os tênis e apoiando Hannah no quadril. Meu pai tem me evitado desde nosso encontro nos tomateiros e está sempre longe quando estou por perto. A bebê tagarela feliz em meu ouvido.

– No quintal de novo. Reena... – Soledad parece triste. Às vezes, a voz dela me faz pensar em água em um incêndio, a fumaça subindo de repente. – Talvez seja bom dar um tempo a ele.

– Ah. – Concordo com a cabeça. Não sei bem qual é a preocupação dela, se é o temperamento ou o coração dele. Os dois, provavelmente: quando usei o computador de manhã, vi a pesquisa recente dela no Google sobre os efeitos do estresse no coração. – Tudo bem. Sabe, estava pensando em sair para passear com a bebê.

– Vamos encontrar Roger e Lyd daqui a pouco mesmo – diz ela. – Vamos ver aquele lugar novo em Las Olas. – Ela parece querer dizer outra coisa, e, por um momento, quase pergunto como é possível que meu pai possa ter um jantar amigável com os pais de Sawyer, avaliar a competição culinária, mas não consiga encontrar um modo de olhar para mim. No fim, no entanto, nós duas deixamos para lá. – Divirtam-se. – É tudo o que ela diz.

– Nós vamos. Venha – digo para a bebê, e levo Hannah para cima a fim de trocar de roupa antes de sairmos. – Vamos dar um passeio.

Hannah tinha cólicas terríveis quando era menor; não dormia por mais de duas horas por vez até completar quase seis meses. Trocar o horário de alimentação dela não funcionou. Massagens nas costas não funcionaram, nem longos banhos na banheirinha. Soledad ajudava o máximo que podia, mas, no fim, éramos Hannah e eu no chão chorando, como dois homens presos em uma mina. Sinceramente, eu não tinha ideia do que fazer.

Mas ela gostava de andar de carro, e, se eu não estivesse cansada demais para pegar no volante, não costumava demorar muito até ela cair no sono no banco traseiro – a cabeça oscilando para trás, a mãozinha minúscula enfiado na boca. Mesmo assim, durante a primeira hora de passeio, qualquer paradinha era o suficiente para acordá-la, então eu dirigia por quilômetros na interestadual, onde não corria o risco de precisar parar em sinais vermelhos ou para a passagem de pedestres. Uma vez, fiquei sem gasolina em Miami e precisei ligar para Cade para nos buscar. Outra noite, cheguei a Vero e só então percebi que estava na hora de voltar para casa.

Por fim, as cólicas de Hannah passaram, e nossas excursões noturnas para cima e para baixo pela rodovia 95 se tornaram cada vez menos frequentes. Não dirijo tanto na estrada há meses. Mas esta noite, conforme a bebê vai para a terra dos sonhos ao zumbido constante do jazz da rádio, o que vejo pela janela é tão familiar quanto minha casa.

# 12

*Antes*

Sawyer não disse uma palavra no caminho da sorveteria até o hospital, silencioso e tão imóvel quanto a noite. Um abismo se abrira dentro de meu peito. O CD no rádio ainda girava, um antigo de Louis Armstrong que Sawyer devia ter conseguido com meu pai, e estiquei a mão para desligar.

– É grave, não é? – perguntei.

Sawyer deu de ombros uma vez, os olhos no asfalto a sua frente.

– Não sei.

– Deve ser ruim, certo? Se ela já está em cirurgia e meu pai não... – Parei de falar, as palavras engolidas pela culpa, pela confusão e por aquele medo enorme e interminável. Cravei as unhas no assento do passageiro, desejando que o carro fosse mais rápido. – Deve ser grave.

– Eu disse que não *sei*, Reena – disse Sawyer, e fiquei em silêncio depois disso.

Entramos no estacionamento escuro do hospital e nos perdemos a caminho da emergência, nós dois vagando pelos corredores como João e Maria, mais velhos e em pânico.

– Por aqui – disse Sawyer, enfim, e o segui, embasbacada, por um corredor gélido e fluorescente, depois por duas portas, e chegamos ao caos.

Havia uma multidão na sala de espera, pequena, mas inquieta: os pais de Allie e de Sawyer, Lydia, com o cabelo desgrenhado preso em um coque desalinhado. Lauren Werner estava lá, chorando ruidosamente. E meu pai e Soledad, esperando com cautela, de alguma forma já desapontados, como carcaças ou cascas. Soledad estava arrasada. Meu pai parecia velho.

Os dois se levantaram quando corri pela grande extensão do piso de linóleo, e vi os olhos de papai se semicerrarem em confusão: ao telefone, não cheguei a falar onde eu estava ou com quem; e agora ali estava Sawyer, logo atrás de mim, emanando medo e calor.

*O namorado de Allie*, pensei, pela centésima vez nos últimos quinze minutos. *Eu estava com o namorado de Allie.*

Mas ele não teve tempo de perguntar, porque a mãe de Allie me viu e se lançou para a frente, me agarrou tão forte que doeu. Senti as costelas roçarem umas nas outras dentro do peito.

– Ela morreu. – A sra. Ballard chorou. Era uma frase que eu jamais tinha ouvido antes e, se Deus permitir, uma frase que não quero ouvir de novo. – Reena, querida. Nossa garota se foi.

Pensei muito claramente: *isso não está acontecendo.*

Pensei muito claramente: *isso é nossa culpa.*

Fiquei de pé ali com a mãe de Allie por um tempo, deixei-a chorar no tecido maleável de minha saia. Não chorei.

Não tive reação, para ser sincera; senti que estava congelada, bizarramente quieta, como se algo tivesse sido hermeticamente fechado dentro de mim. Ouvi uma ambulância gemer a distância, o chiado de uma porta se fechando. Por fim, o sr. Ballard puxou a mulher com carinho para longe de meus braços.

– Nós ainda não fizemos as pazes – falei para ele.

– Reena. – Era Soledad, aproximando-se, mas eu me afastei, fui para longe dela.

– Estou falando sério – disse, e minha voz estava mais alta desta vez. Era difícil entender o que estava acontecendo. – Não estávamos... nós estávamos...

Parei de falar quando Soledad me abraçou, fiquei de pé ali, os braços moles e em choque, enquanto ela sussurrava orações em espanhol em meu ouvido.

– Não estou *brincando* – falei para ela, a voz falhando. Senti as costelas começarem a se apertar. Olhei para a frente uma última vez e então não me lembro de mais nada, bem a tempo de ver as costas de Sawyer saindo pelas portas de correr.

# 13

## Depois

Aaron e eu temos um encontro marcado para sexta à noite, então eu o encontro na marina no fim do turno dele. Caminho pela doca ampla e desgastada e o vejo papeando com Lorraine, uma aposentada de cabelos cheios de Nova Jersey cujo gosto para roupas definitivamente tende para o chamativo. No momento, ela veste *legging* cor-de-rosa com estampa de guepardo. Ela e o marido, Hank, ancoram o barco, o *Hanky Panky*, na marina há quinze anos, mas, sempre que a vejo, ela faz questão de me dizer que Aaron é seu mecânico preferido.

– Ree-na – diz Lorraine alegremente ao me ver, balançando o chapéu de palha em um cumprimento. Ela trata todos como velhos amigos. – Fui ao seu restaurante uma noite dessas! As costelas estavam di-vi-nas. Eu disse a Hank que ele teria que me rolar de volta para casa.

Conversamos um pouco sobre o restaurante, sobre o trânsito pesado na Intercoastal. Por fim, Hank aparece, corado e corpulento, e os dois nos mandam, "os jovens", para nossos afazeres. Aaron coloca a mão no bolso de trás da minha calça jeans quando seguimos para o carro.

– Tenho uma calça igualzinha à dela – diz ele para mim, baixinho, e jogo a cabeça para trás, rindo.

Aaron fica chocado com o fato de eu ter vivido a quinze minutos do mar a vida inteira e, por algum motivo, jamais ter comido um rolinho de lagosta, então me leva para um lugar com ar de espelunca em um píer em Lauderdale, com bancos de piquenique e cerveja em copos de plástico. Lojinhas de suvenires brilham em branco e neon ao longo da costa. Turistas passam com diversos estágios de queimaduras de sol à mostra.

– Mas essa é uma coisa do Maine! – protesto, e pego um punhado de guardanapos da mesa. – Rolinhos de lagosta não são do Maine?

Aaron dá de ombros.

– Que Maine, nada – diz ele, e ri. – Quero dizer, sim. Estas devem ser lagostas Yankee, o que significa que arrastaram os corpos dos crustáceos até aqui só para você ter essa experiência, então, *provavelmente*, você deveria parar de reclamar.

– Não estou reclamando – digo a Aaron, e sorrio. Há uma pilha de *onion rings* em um prato entre nós. Os últimos raios de sol refletem o dourado dos cabelos dele. – Na verdade, estou feliz como uma ostra.

Aaron resmunga.

– Uma piada com frutos do mar? – pergunta ele, e dou uma risada boba. – Sério? *Sério*.

Depois que Aaron terminou o ensino médio morando com o pai, em Nova Hampshire, ele trabalhou em barcos de pesca em Gloucester, Massachusetts, por uns dois anos até se mudar para a Flórida no início do verão. Foi buscar Shelby no trabalho toda noite durante duas semanas até eu perceber que Aaron não fazia aquilo para facilitar a vida da irmã.

– Você sabe que eu não sou divertida – falei na primeira noite em que ele me chamou para sair. – Tenho uma filha. Não sou divertida. Mesmo antes de ter uma filha, eu não era divertida.

– Você é completamente entediante – concordou ele com o rosto sério. Estávamos de pé na calçada do lado de fora do Antonia's depois das onze da noite, com o cheiro do calor, do escapamento do carro e do mar em algum lugar ali por baixo. – Definitivamente. – Então, Aaron riu, e parecia que algo quente e líquido se abrira em meu peito. – Que tal este fim de semana? – perguntou ele, e foi isso.

Hoje à noite terminamos os sanduíches e caminhamos pela praia por algum tempo no escuro. A areia é granulosa e familiar sob meus pés. Converso com ele um pouco sobre as aulas que estou assistindo, literatura, história da arte e contabilidade na faculdade pública local, em Broward, uma última tentativa frustrada de evitar que meu cérebro vire sopa dentro da cabeça.

– Sábado ainda está de pé? – pergunta Aaron quando voltamos para meu carro. Nós nos beijamos encostados na lataria por um tempo, o leve toque de chiclete de menta nos dentes de Aaron, mas Cade e Stefanie estão com a bebê, e prometi que a buscaria às dez horas.

– Com certeza – respondo, sorrindo, embora, na verdade, tenha me esquecido completamente até este momento. Um churrasco na casa da mãe dele, uma coisa de família com Shelby e todo mundo, sobre o qual Aaron me falou na semana passada. Em algum momento terei que fazer uma salada. – Você busca a gente por volta de uma hora?

– Pode deixar. – Aaron me dá um beijo de despedida e bate duas vezes no teto do carro antes de eu partir, *chegue bem em casa*. As luzes parecem um parque de diversões pelo espelho retrovisor.

Hannah resiste a tirar soneca na manhã seguinte, e já estamos um pouco atrasadas quando consigo trocá-la e desço até a cozinha para terminar de arrumar a bolsa de fraldas. Abro a porta de correr com o quadril e encontro Sawyer de pé ali, com roupas de trabalho, olhando para as fotos da bebê na geladeira. Congelo.

– O que...?

– Eu não sabia que você estava aqui – diz ele de imediato, tentando me vencer nas palavras antes que eu diga poucas e boas. – Meu pai só precisava deixar uns papéis para o seu. Seu carro não estava... não sabia que você estava aqui.

– Estava fazendo um barulho – digo. Paro à porta e o observo por um segundo, lembrando que costumava encontrá-lo assim o tempo todo quando estávamos juntos, apenas andando pela minha casa como se morasse nela, ou quisesse morar. Engulo em seco, seguro a bebê um pouco mais perto do corpo. – Cade o levou esta manhã.

Sawyer assente.

– Você disse para ficar longe.

– Eu disse. – Ergo Hannah no quadril e vasculho a geladeira em busca das canecas de suco com tampa que coloquei ali na noite passada, e as mãos gorduchas dela agarram meus cabelos. Estou sem ar ali dentro, como se as paredes estivessem se fechando. Nossa cozinha é pequena e antiga, um espaço mal-aproveitado, escuro e esquisito. – Eu estava sendo dramática.

Sawyer dá de ombros.

– Você pode.

– Não pedi permissão. – A bebê passa dos meus cabelos para meu brinco, puxando-o um pouco, e faço o possível para soltá-la sem derrubar a pilha de potes no braço. – Hannah, querida – murmuro, afastando-a o mais delicadamente que consigo. – Amor da minha vida terrena.

Sawyer dá um passo hesitante à frente.

– Precisa de ajuda?

– Não. – Nem mesmo penso a respeito, simplesmente sai, como se eu sempre tivesse uma resposta malcriada na ponta da língua. Então suspiro. – Quer segurá-la? – pergunto.

Ele parece genuinamente surpreso, o que me faz sentir bem mal.

– É – diz ele de pronto. – Quero, se não tiver problema.

Então respiro fundo e entrego minha bebezinha – observando como ele ajusta as mãos, a cabeça dela, embora Hannah seja grande o suficiente para eu me preocupar com isso e Sawyer seja absurdamente cuidadoso, como se estivesse segurando uma bomba. Ele parece total e completamente aterrorizado. Quase rio.

Hannah choraminga por um momento, ameaçando começar a reclamar, e Sawyer dança um pouco para acalmar o choro dela.

– Oi, Hannah – diz ele quando a bebê relaxa. – Oi, menina bonita.

Hannah abre um sorriso como o sol aparecendo entre nuvens nubladas. Viro o rosto com determinação. Próximos assim, eles são tão, *tão* parecidos, a pele morena e os rostos vivos e inteligentes. Faz meu coração bater de um modo um pouco desagradável, uma máquina de *pinball* quebrada.

– Oi! – diz Hannah, animada.

Sawyer fica boquiaberto por um momento.

– Ela fala? – pergunta ele, obviamente surpreso.

– Bem, ela é um ser humano – digo com presunção. E então: – Desculpa. – Dou espaço a Sawyer, fechando as pontas dos meus dedos no encosto de uma das cadeiras da cozinha. – Isso foi... desculpa.

– Tudo bem. – Sawyer dá de ombros, olha por um minuto para a maçã do rosto de Hannah. – Você entende que eu não sabia, certo? – diz ele, baixinho.

Encolho o corpo e pigarreio, desviando o olhar com cuidado.

– Sabia o quê? – pergunto, toda ignorante, totalmente inexpressiva.

– Por favor, não. – Os olhos verdes de Sawyer ficam sombrios; o maxilar dele se contrai com emoção. – Olha – diz ele. – Você pode me odiar. Isso é... tanto faz. Não tem problema. Mas não brinque comigo em relação a isso, Reena. Se ela não é minha...

– Está *brincando,* né? – Olho para ele boquiaberta, porque, sério, que *ousadia*. – É claro que ela é! – Em algum tipo de contradição bizarra do que quero dizer, arranco a bebê dos braços de Sawyer. Hannah se assusta. – Meu Deus, Sawyer...

– Bem, então apenas diga isso! – Sawyer sacode a cabeça. – Reena, eu não liguei para ninguém. Ninguém sabia como me encontrar. Você sabe disso. Eu não sabia que você estava... se eu *soubesse,* então...

– Então o quê? – disparo. – Teria assumido? Ou teria oferecido pagar o...

– Não – interrompe Sawyer, sem olhar para mim, mas olha para a bebê. – Por favor. Isso é horrível. Isso é uma merda.

– Estou *errada*?

– Sim! – Sawyer explode, então hesita, esfregando a nuca com força. – Não sei.

– É – digo. Enfio um pote de biscoitos Goldfish e algumas uvas na bolsa da bebê, arrumando-a com uma das mãos. – Foi o que pensei.

Sawyer sacode a cabeça de novo, frustrado, como se eu estivesse sendo estúpida de propósito.

– Não faço ideia do que eu teria feito, Reena. Sabe como eu era. Era problemático. Foi por isso que eu fui embora, para início de conversa. – Sawyer suspira alto, esfrega uma das mãos na cabeça raspada. – Mas estou aqui agora.

Subo Hannah no quadril.

– Evidentemente.

– Não vou a lugar algum – diz Sawyer para mim, ignorando o sarcasmo ácido em minhas palavras. Ele sai da minha frente com agilidade conforme caminho pela cozinha, como se pudesse adivinhar aonde vou em seguida. – Quero estar aqui. Quero fazer o que puder para ser parte disso.

Abro a boca para dizer algo arrogante, depois volto a fechá-la. De repente, fico tão, tão cansada. Cansada como se não dormisse há dois anos.

– Tudo bem – digo a ele. – Pode ser.

Sawyer arregala os olhos, quase esperando que eu o mandasse para o inferno. Acho que não posso culpá-lo.

– Tudo bem?

Dou de ombros.

– Foi o que eu disse.

Ficamos de pé ali por um minuto, uma trégua cautelosa. Espero. A bebê apoia a cabeça pesada no meu ombro como se estivesse cansada de nós, aconchegando-se.

– Que tal o parque? – pergunta Sawyer depois de pensar duas ou três vezes.

Hesito, olhando para ele.

– O parque?

– Lugar público – explica Sawyer, pegando os óculos escuros de bebê de Hannah do balcão e entregando-os para mim. – Meio do dia.

Reviro os olhos, mas aceito os óculos.

– Ah, pare – digo.

– Fiz você sorrir.

– Parabéns – digo a Sawyer, rindo um pouco com deboche. Apoio os óculos sobre a cabeça de Hannah com cuidado. Ela só gosta de usá-los por pouco tempo.

Sawyer está sorrindo.

– Que tal amanhã?

Suspiro.

– Amanhã está bem.

– Reena, querida... – Soledad espia pela porta de correr, dentro da cozinha, e para subitamente ao nos ver. As sobrancelhas escuras dela se erguem.

– Senhora – diz Sawyer. Se estivesse de chapéu, teria erguido a ponta, tenho certeza.

– Oi, Sawyer. – E para mim, determinada: – Aaron está aqui.

– Sim. – Coloco a bolsa da bebê no ombro, afasto os cabelos castanhos do rosto de Hannah. – Saio em um segundo.

– Então – diz Sawyer quando Soledad vai embora, e é claro que agora ele vai forçar a barra. – Aaron.

Reviro os olhos.

– Tenho um namorado, Sawyer, cruzes. Sei que é difícil acreditar, mas...

– Não é difícil.

– Bem. – Não sei como responder a isso exatamente. Meu coração bate forte no peito. – Tudo bem. A gente se vê.

– Com certeza – respondeu Sawyer, mas me segue para fora da cozinha como uma sombra, e sei que ele sabe exatamente o que está fazendo. Aaron está de pé na sala, meio que assistindo à TV que Soledad deixou ligada, de short, chinelo e com um sorriso tranquilo e despreocupado.

– Oi – digo.

– Oi – diz Aaron.

– Oi – diz Sawyer.

Ficamos de pé ali, os três. Nós nos entreolhamos. Soledad está com cara de quem pensa que perdi a cabeça.

– Aaron – diz ela quando fica claro que não pretendo apresentá-los. – Este é Sawyer. Sawyer, Aaron.

– Prazer – diz Aaron.

– Igualmente – responde Sawyer.

– Bem! – digo, alegre. Em um segundo vou explodir em risadas, mas apenas para evitar outra, e menos desejável, reação. – Precisamos ir.

Sawyer assente devagar. Ele olha para Aaron e depois para mim.

– Vejo você amanhã – diz Sawyer com um leve sorriso no canto da boca.

Desgraçado presunçoso.

– É – respondo. – Tchau. – Beijo Soledad e agarro o pulso de Aaron, e a porta externa bate com um estrondo ao se fechar quando saímos. Praticamente corro até o carro.

– Então – diz Aaron quando colocamos o cinto de segurança. – Aquele era ele.

Nunca, durante todo o tempo em que Aaron e eu nos conhecemos, falei uma palavra a ele sobre Sawyer.

– É – digo, depois de um momento. – Aquele era ele.

Aaron vira a chave na ignição.

– Achei que fosse mais alto. – É tudo o que ele diz.

# 14

*Antes*

Fui picada por uma vespa na manhã do velório de Allie. Aconteceu três dias chuvosos e úmidos depois de ela amassar o lindo carrinho contra uma árvore a três quarteirões da casa dos pais, deixando este mundo para o próximo em um ato espetacular de *estupidez* teatral tão típico de Allie que, de algum modo louco e perverso, me fez sentir ainda mais falta dela do que eu já sentia.

Allie estava bêbada, foi a notícia que se espalhou pela escola na semana em que aconteceu, o nível de álcool em seu sangue estava um décimo acima do limite legal para um adulto no estado da Flórida, mas Allie tinha só dezesseis anos. Psicólogos especializados em luto ficaram de plantão no escritório. Assistimos a uma palestra obrigatória sobre os perigos de dirigir embriagado; os alunos prenderam fitas roxas às alças das mochilas. Aparentemente, Lauren Werner foi interrogada pela polícia.

Era quarta-feira, estava chovendo. Eu queria chorar.

Um inchaço vermelho, inflamado, do tamanho de uma noz atrás do meu joelho parecia um bom motivo para me recolher naquele dia, e fiquei acampada na cama desde a hora em que chegamos da igreja até Soledad bater à minha porta logo antes da confusão do jantar.

– Basta, amiga – disse ela, acendendo a luz e enchendo o quarto com um amarelo tépido. – Você precisa se levantar.

– Estou dormindo – murmurei com o rosto afundado no travesseiro, embora não estivesse. Passei a tarde escondida sob a colcha e bem desperta, seguindo a linha serpenteante de uma rachadura no teto de gesso e esperando pelos passos dela na escada. Meu joelho coçava e latejava. Eu cocei até sangrar.

– Cade disse que você está na escala de hoje do restaurante.

– Cade é um mentiroso imundo.

Ouvi papai parar à porta, a cadência lenta das passadas pesadas dele. O ar-condicionado soprava e murmurava, asmático.

– Deixe ela em paz, Sol. Posso chamar alguém para cobrir.

– Leo... – começou Soledad, pronta para brigar com meu pai. Acho que eu a estava assustando.

– Não se preocupe com isso – falei, tirando a colcha de cima de mim. – Vou me levantar.

– Tem certeza? – Meu pai não estava convencido. Imaginei se ele estava pensando em minha mãe, em flores fúnebres, lápides e vidas que acabavam precocemente. Imaginei o que teria acontecido se eu perguntasse. Quase nunca falávamos sobre minha mãe.

– Claro – menti, erguendo o corpo do colchão. – Encontro você no carro em dez minutos.

– Ele está preocupado com você – disse Soledad quando meu pai saiu. Ela abriu meu armário e pegou minha calça preta de trabalho. O cabelo longo e preto dela descia pelas costas.

Sentei com as pernas para fora da cama e dei de ombros.

– Você não?

– Estou esperando que você *fale* comigo, Reena. Mas se não quiser fazer isso...

– Preciso me vestir – interrompi – se você quiser que eu vá trabalhar.

– Cuidado com o tom de voz, por favor. – Soledad atirou a calça na minha direção, além de uma blusa branca que, sinceramente, já tinha sido mais bonita. Ela me perguntou três vezes o que aconteceu na noite do acidente, onde eu estava, por que tinha mentido e o que estava fazendo com Sawyer, para início de conversa. Ela achou que eu estava escondendo a verdade de propósito, uma coisa de adolescente revoltada, ou que talvez eu mesma estivesse na festa e soubesse de algo que não contei. Eu não poderia dizer a ela que a verdade era um milhão de vezes pior. – Mas tudo bem, como quiser. É melhor passar um pouco de blush antes de ir.

Franzi a testa.

– Muito obrigada.

– Passa das cinco horas, querida. Estou tentando acelerar as coisas. Coloque algo nessa perna também, ou vai ficar coçando a noite toda.

O restaurante estava lotado; o calor úmido do verão na Flórida vencia o ar-condicionado industrial, suor se acumulava nas dobras dos meus cotovelos. Sawyer não estava atrás do bar movimentado.

– Oiê, garotinha – cumprimentou-me o pai dele, tirando copos de cerveja da lava-louças e organizando-os em pilhas altas ao lado das torneiras da bebida. Roger era alto e robusto, de sorriso e temperamento fáceis. Ele abriu a entrada do balcão, veio em minha direção e me abraçou pelos ombros. – Está segurando as pontas?

Assenti e me desvencilhei o mais educadamente que consegui. Não queria muito ser tocada.

– Estou bem – falei, a mentira era um carro de fuga. Só queria que ninguém falasse comigo no futuro próximo, queria me encolher e desaparecer.

A noite voou. Entreguei pedido após pedido de bagre frito na farinha de milho de Finch e dirigi sorrisos vazios para dezenas de fregueses, perdendo-me no meio dos murmúrios e tilintares de garfos e pratos e do compasso um-dois constante da banda ao lado do bar. Tinha conseguido limpar quase todos os pensamentos perdidos na mente quando dobrei uma esquina, esbarrei em uma das garçonetes do bar e derrubei uma bandeja cheia no piso de ladrilho.

Foram apenas uns dois pratos, louça quebrada da qual os ajudantes dariam conta em menos de um minuto, mas foi o bastante para acabar de vez comigo. Corri pela passagem na direção do pátio, abaixei-me para desviar de um assistente de bar e me esgueirei para ultrapassar a fila para o banheiro feminino. Meu coração parecia uma corda vibrando dentro do peito. *Por que achou que conseguiria fazer isso?*, me perguntei, desesperada, ao passar correndo por um dos cozinheiros de bobeira durante um intervalo. *Não está dando certo.*

– O que não está dando certo? – Esse foi Cade, aparecendo atrás de mim, com a glória de esportista estrela do futebol americano, puxando meu braço. Não percebi que tinha falado alto, e estava fervilhando sob o olhar de irmão mais velho dele. Eu não queria mesmo, de jeito nenhum, falar.

— Está quente demais aqui — murmurei, ultrapassando Cade. — O pátio está aberto?

— Está chovendo — disse Cade, mas recuou. Acho que ele também estava com medo de mim.

— Está sempre chovendo. Vou ficar bem.

Deixei Cade para trás e abri as portas duplas de vidro. O pátio amplo dos fundos era silencioso como um santuário, deserto devido à chuva, que, como percebi ao ser banhada por ela, não era chuva, mas o tipo de garoa sorrateira que você nem mesmo sente até ver que está ensopado. Flores asclepiadáceas se enroscavam na cerca de ferro retorcido; luzes brancas piscavam nas palmeiras. Respirei fundo algumas vezes e meu coração quase desacelerou até eu sentir que não estava sozinha.

— Ah! — gritei ao vê-lo, sentado com a cabeça baixa e os cotovelos sobre os joelhos no escorrega gigante, no fundo do pátio. Foi um reflexo, apenas o susto. Parei tão rápido que quase tropecei.

Sawyer ergueu o rosto com o mínimo interesse, olhou para mim como se não soubesse quem eu era. Eu o vi naquela manhã, no velório, e a expressão vazia dele me intrigou, me fez tentar imaginar se havia vida naquele corpo. Mesmo de perto, eu não tinha como saber.

— Desculpe — falei, quase olhando para trás, quando me virei para fugir daquele lugar para sempre ou, provavelmente, apenas naquela noite. Não nos falávamos desde o escândalo no hospital. Não podia nem sequer imaginar como começaríamos a falar. — Eu não... ninguém me disse que você estava aqui. Desculpe.

– Não – respondeu Sawyer, não completamente amigável. – Não tem problema. Fique.

Parei e olhei para ele. Sawyer ainda estava com as roupas daquela manhã, a gravata cinza frouxa no pescoço, os sapatos do velório brilhando como ônix. Na igreja, ele permaneceu olhando para a frente.

– Não acho... eu deveria mesmo...

– É sério. – Sawyer me olhou de esguelha. – Não fique tão assustada, Serena. Não vou machucar você.

Nossa, não era disso que eu tinha medo, nem de longe: o que me *assustava* era eu ser uma pessoa capaz de ainda sentir as coisas que sentia por ele depois de tudo o que havia acontecido. O que me assustava era que minha melhor amiga tinha morrido. Sawyer era a única pessoa no mundo que talvez conseguisse entender isso, a única pessoa que sabia o que tínhamos feito, e, por um segundo, quase contei tudo a ele: por que Allie e eu tínhamos deixado de ser amigas, como eu o queria há tanto tempo que nem mesmo me lembrava de como era não o querer. No fim, fui covarde e falei:

– Não estou assustada – menti, sacudindo a cabeça como se a mera ideia fosse ridícula.

Sawyer riu com deboche, um ruído baixo e animalesco. Deu um passo para o lado e abriu caminho.

– Prove – disse ele.

– Eu... Certo. – Irritada, pasma e despreparada, atravessei a extensão do pátio entre nós e me apoiei com cuidado na beira do escorrega. Ele cheirava levemente a sabonete e suor, e o ar era mais quente perto dele, como se seu corpo emanasse mais calor do que o normal. – Aqui estou.

– Aqui está. – Ele estava segurando uma garrafa verde meio vazia e passou o polegar ao redor do gargalo uma vez, oferecendo para mim sem me encarar. – Está trabalhando?

– É. – Aceitei a garrafa de Sawyer, fechei as mãos ao redor do vidro gelado e esperei que ele não notasse se eu não bebesse de verdade. – Bem, mais ou menos. – Senti uma opressão no peito: uma mariposa contra uma janela, batendo as asas desesperadamente. – Acabei de quebrar um monte de pratos.

Sawyer ergueu as sobrancelhas.

– De propósito? – perguntou ele.

– Não.

– Não – repetiu ele, olhando para mim, por fim, com um sorriso breve e lânguido que eu tinha visto centenas de vezes antes na década e meia em que vivi perto dele. – Acho que não.

Sawyer suspirou. Esperei. Ficamos sentados imóveis num silêncio sepulcral e ouvimos as vespas entoando suas elegias no alto das folhas acima de nossas cabeças.

# 15

*Depois*

A mãe de Aaron e de Shelby mora em um pequeno bangalô kitsch em Poinsettia Heights, com pisos de ladrilho legais e plantas verdes, grandes e espiraladas explodindo como formas de vida alienígenas por todo o deque elevado que cerca a piscina. Hannah se sente no paraíso, dentro da água azul e fresca, no bote de plástico amarelo para bebês, com várias mulheres de meia-idade vestindo biquínis floridos neon ao redor dela, que usa os óculos escuros infantis em formato de estrela.

Por fim, os dedinhos de Hannah ficam enrugados e subimos com cuidado no deque, a água do meu cabelo escorrendo em filetes frios pelas minhas costas. O corpo de Hannah está gelado e escorregadio como o de uma foca. Enrolo minha filha em uma toalha com capuz que parece um sapo de olhos esbugalhados e a levo para dentro a fim de se trocar, parando na cozinha na volta para pegar alguns lanches da bolsa que arrumei de manhã. Shelby está olhando dentro da geladeira em busca de um limão para acompanhar a cerveja.

– Estava imaginando onde você se meteu – diz ela, estendendo a garrafa. Shelby veste short cargo e chinelos, o cabelo molhado está preso em um coque na altura da nuca. – Quer?

Olho por cima da fileira de minicactos no parapeito da janela, observando o grupo grande no quintal.

– Não vou beber, sendo menor, na frente da sua família inteira.

– Ah, até parece que alguém se importa. Já está aqui com a filha ilegítima e todos a amam. E por falar nisso: e você, menininha? – diz Shelby para Hannah. – *Mai tai?* Margarita? – Ela me olha e franze a testa. – O que foi? Estou brincando. Não vou, de fato, preparar uma margarita para sua filha. Ela é um bebê. Isso não seria de bom tom.

– Hã? – Olho para ela, distraída, ainda observando o deque lotado. – Não, não. Desculpe. Eu nem estava ouvindo.

– Bem, *obrigada* – diz Shelby, fingindo se ofender. Então, ela bate o ombro no meu: – Ei. Como você está aí?

Dou de ombros, tentando demonstrar alegria, e provavelmente não consigo.

– Estou bem – digo. – Não tenho dormido muito bem.

– É. – Shelby para de falar quando dois de seus primos adolescentes passam pela cozinha, cotovelos ossudos e pernas como as de gazelas. – Olha – diz ela quando ficamos sozinhas de novo. – Pode falar comigo. Sei que é estranho agora porque está namorando meu irmão bobão e andando com todas as minhas tias gordas e tal, mas você falava comigo antes e... sabe como é. Pode me contar as coisas.

Dou os biscoitos Goldfish para a bebê, embromando, mas é inútil fazer isso com Shelby. Ela espera por mim todas as vezes.

– Sawyer foi a minha casa hoje – confesso, por fim, e como alguns biscoitos também, por educação. – Tivemos, sabe, *a conversa.*

– A conversa *eu sei que somos muito católicos, mas é daqui que vêm os bebês?* – Shelby gargalha, os olhos azuis arregalados. – Sem ofensa, Reena, mas vocês deveriam ter tido essa conversa, tipo, dois anos atrás, entende?

– Ah, você é muito engraçada. – Faço uma careta. – A conversa *fizemos um bebê e aqui está ela,* engraçadinha.

– Aaah! – exclama Shelby, recostando-se no balcão com a garrafa de cerveja, batendo o gargalo da garrafa de leve contra os dentes. – *Essa* conversa. Como foi?

– Bem. Não sei. Nada que o resto do universo já não soubesse, certo? Vamos passar um tempo juntos amanhã, nós três.

– Como uma família? – dispara Shelby, e eu me sobressalto ao ouvir isso. É o que somos, nós três? Isso não pode ser o que somos.

– Hum, é – respondo após um momento. – Acho que sim.

– Bem. – Shelby fica em silêncio, e sei por experiência que isso significa que ela está entendendo a lógica da coisa como um tipo de enigma médico: músculo e tendão, cartilagem e osso. – Isso é uma coisa boa, não é? Quero dizer, querendo ou não, Sawyer é o...

– Não diga – imploro, sabendo o que virá. Shelby adora essa expressão em especial.

– ... papai do seu bebê. Deve haver alguns sentimentos importantes aí, ou o que seja, mas isso não quer dizer que ele não deve participar da vida da sua filha. Não é mesmo,

Hannah? – pergunta ela, aceitando o biscoito de laranja que a bebê oferece e beijando a mão suja de migalhas dela. – Você quer que seu pai lindo, mas degenerado, a leve para a Disneylândia e coisas assim, não quer?

Começo a rir, não posso evitar.

– Pode parar com isso? – imploro.

– Estou provocando. Desculpe, não ajuda. – Ela passa o braço livre em volta de minha cintura quando voltamos para o sol e o barulho. – Mas, sabe, não esqueça das merdas todas que ele fez. E lembre que você agora é feliz.

– É – respondo, distraída, olhando para a multidão ao redor da mesa. Os tios de Shelby estão discutindo política com bom humor; os primos dela fazem uma brincadeira barulhenta. Penso de novo em famílias, na dela e na minha e na de Sawyer, em como exatamente elas são e o que fazem.

Shelby me olha com seriedade.

– Você *é* feliz agora, não é? – pergunta ela.

Na churrasqueira, Aaron está assando uma salsicha, porque é assim que gosto de comê-las. Uma nuvem de fumaça, uma coroa escura, se forma ao redor do rosto dele.

– É – repito, com mais certeza desta vez. – Sim, é claro.

# 16

*Antes*

Sawyer basicamente desapareceu no verão seguinte à morte de Allie, ficou tão recluso que parecia quase subterrâneo, afogando as mágoas em bares no lado mais indecente de Broward e se metendo em brigas e encrencas. Em junho, ele foi preso por embriaguez e perturbação da ordem. Em julho, acabou com a mão quebrada. Em agosto, enfim disse aos pais que, por acaso, não tinha a menor intenção de ir para a faculdade como deveria, o que, embora não fosse bem uma novidade para ninguém que acompanhasse a vida dele na cidade, deixou Roger e Lydia praticamente apopléticos e transformou o restaurante em pano de fundo para todo tipo de dramalhão familiar dos LeGrande.

– O pai dele pirou – contou Cade ao voltarmos para casa uma noite, a chuva batendo com força e sem parar no para-brisa, os limpadores rangendo ritmicamente. É um mito que garotos não gostam de fofocar: Cade, em particular, não conseguiria guardar um segredo para salvar a própria vida. – Disse que ele precisaria sair de casa se não fosse para a faculdade. Investiram muito dinheiro para a faculdade dele.

– Foi o que imaginei. – Os LeGrande eram mais ricos do que nós, eu sabia, mas não ricos o bastante para que coisas como depósitos para a faculdade não importassem. Mesmo assim, eu suspeitava que Lydia ficaria mais chateada do que qualquer outra pessoa: Sawyer era, afinal de contas, a única alma viva que ela jamais criticava. Mesmo que Lydia jamais admitisse para ninguém, eu só imaginava como ela se incomodava com o desleixo dele.

Isso também me irritava, obviamente, mas eu não diria a ninguém.

Porém, o lance da faculdade meio que fazia sentido para mim. Mesmo antes de tudo acontecer, eu me lembro de pensar que era estranho ele ir para a Universidade do Estado da Flórida como qualquer outro veterano do estado – que *medíocre*, como se alguém como Sawyer devesse ir para campos muito mais verdes do que festas com barris de cerveja ou seminários de calouros sobre a história da civilização ocidental. Ele deveria assombrar cafés em Nova York ou tocar em bares na Califórnia, arrastando-se por aí, sendo lindo e esperando ser descoberto.

Ou, talvez, viajar pelo mundo com alguma garota que gostasse desse tipo de coisa.

Não importa.

– Então – falei, exibindo uma expressão neutra cuidadosamente dissimulada e olhando para Cade pelo canto do olho. – Onde ele vai morar?

Cade deu de ombros.

– Com uns amigos em Dania, acho. Tem um monte deles morando em algum apartamento caindo aos pedaços. Roger ficou todo irritado com isso também, pois, ao que parece, dá para sentir o cheiro da metanfetamina cozinhando no final da rua.

– Parece bastante atraente. – Tirei os sapatos, coloquei os pés descalços no painel. – Ele disse por que não vai fazer faculdade?

– Não sei. Ele está bem perturbado, acho. – Meu irmão hesitou, me olhou meio nervoso. Não conversávamos muito sobre Allie em minha casa. Eu tinha a impressão de que todo mundo sentia um pouco de medo do que eu poderia fazer se a mencionassem, estourar de repente, feito uma bomba, espalhando vidro e fragmentos por todo canto. Três meses enterrada e era quase como se ela nem tivesse existido, como se talvez só tivesse sido minha amiga imaginária. – Por causa de tudo o que aconteceu.

– Certo. – Engoli em seco o nó repentino em minha garganta. – Bem – falei com alegria. – A Universidade da Flórida está cheia de perturbados. Ele teria se encaixado direitinho.

Uma coisa que Sawyer definitivamente não fazia era aparecer para os turnos no restaurante, e é por isso que fiquei tão surpresa quando fui trabalhar no turno do jantar uma sexta-feira de setembro e o encontrei preparando um *mojito* no bar.

– Oi – disse ele ao pegar um pano e limpar uma gota da superfície brilhante, mal olhando para a frente. – Seu pai disse para procurá-lo quando chegasse.

– Você ainda *trabalha* aqui? – disparei, deixando a mochila deslizar do ombro. Eu estava acostumada a não ver mais Sawyer àquela altura, acostumada com a ideia de que jamais falaríamos sobre nada: que eu passaria os doze meses seguintes sentindo culpa, confusão e tristeza, e então iria embora. Por um segundo, pensei naquela noite no estacionamento, o gosto de sorvete de chocolate e a sensação dos dedos dele no meu pescoço.

*Você me beijou*, pensei, olhando para Sawyer. *Você me beijou e então Allie morreu.* Por um segundo, era como se ela estivesse sentada no bar diante de mim, o queixo fino apoiado em uma das mãos magras – nós duas observando Sawyer, como costumávamos fazer, na época em que observá-lo parecia inofensivo.

Agora ele inclinava a cabeça, os lábios mal se contraíam.

– É bom ver você também – disse Sawyer para mim, levando-me de volta para o presente. E assim, do nada, Allie se foi.

– Não foi o que eu quis dizer. – Corei. – É só que... você sabe. Faz um tempo.

– Acho que sim. – Sawyer sacudiu a coqueteleira algumas vezes, despejou o conteúdo sobre gelo e acrescentou duas folhas de hortelã para enfeitar. Sawyer trabalhava no bar do Antonia's praticamente desde a puberdade; ele poderia preparar drinques dormindo. – Sentiu minha falta?

– Não – respondi de imediato. Olhei em volta, envergonhada... ainda era cedo, três ou quatro pessoas embromando com as bebidas no bar. *The Best of Ella Fitzgerald* tocava nos alto-falantes, música da tarde. – Não sei.

Peguei minha mochila de volta, pronta para encontrar meu pai, mas Sawyer não tinha terminado.

– Eu a vi um dia desses – disse ele para mim. – No carro, perto do mercado de pulgas.

Hesitei.

– O que você estava fazendo no mercado de pulgas?

– Eu não estava *no* mercado de pul... tive ensaio da banda – respondeu Sawyer, como se correr atrás de antiguidades e colecionáveis fosse mais ridículo do que o resto da porcaria estilo James Dean/James Franco que ele andava fazendo. – Nosso baterista mora por lá.

– Como se toca piano com a mão quebrada? – perguntei, e Sawyer deu um sorriso irônico.

– Não está mais quebrada, princesa. – Ele movimentou a cabeça indicando um banquinho vazio para eu me sentar e, depois que fiz isso, empurrou alguns pretzels na minha direção. Olhei para o relógio acima do bar, tinha alguns minutos até precisar bater o cartão.

– É o que anda fazendo, em vez de vir trabalhar? – perguntei com cautela. – Tocando com a banda?

– Quer dizer, em vez de buscar uma educação superior? Dei de ombros.

– Em vez de... tanto faz.

– Acho que sim – disse Sawyer. – Não sei. Tocamos na Prime Meridian às vezes. – Ele ergueu as sobrancelhas quase em desafio. – Você deveria ir.

A Prime Meridian era uma boatezinha com cara de espelunca à beira da estrada em Dania, com cerveja barata e leões de chácara que não se incomodavam em pedir identidade. As pessoas eram esfaqueadas na Prime Meridian.

– Por que não toca aqui? – perguntei, sem mais comentários.

Sawyer riu com deboche, como se aquilo fosse hilário.

– Meu pai adoraria, tenho certeza.

– Por quê? – disparei de volta. – Você é tão ruim assim?

– Calma lá. – Ele riu de novo. – Somos incríveis, Serena.
– Bem – falei, enrolando. – Tenho certeza de que são.

Um cara no canto do bar pediu um uísque com soda; Sawyer se levantou e esticou o braço na direção de uma garrafa na prateleira do alto, e a camiseta dele subiu pelo tórax e revelou uma pequena tatuagem curva acima do cós da calça jeans, um símbolo verde do infinito que reconheci do livro de cálculo.

– Isso doeu? – perguntei quando Sawyer jogou gelo em um copo.

– O que doeu?

Gesticulei vagamente.

– Nas suas costas.

– Ah. Não. – Sawyer entregou a bebida ao cara e se inclinou sobre o bar como se fosse me contar um segredo. Senti cheiro de madeira polida e limões. – Sou muito macho.

– Certo – respondi, aproximando-me um pouco também, sem intenção. – É claro.

Sawyer deu dois tapinhas sobre o balcão, batucando, e esticou o corpo.

– E você, princesa? – perguntou ele com uma voz que fazia parecer que talvez estivesse brincando, talvez não. – Tem tatuagens das quais ninguém sabe?

Eu ia abrir a boca para responder quando meu pai passou pelas portas de correr no fundo do restaurante. Ele parou ao nos ver no bar.

– Reena – disse ele, determinado, e acho que estava mais surpreso do que qualquer outra coisa. Mas, por outro lado, jamais conversamos sobre o que eu estava fazendo com Sawyer naquela noite no hospital. E, pela cara dele, dava pra ver que não gostava do que via. – Sabe que não quero você sentada aí quando temos fregueses. Venha.

– Desculpe – falei, descendo do banquinho do bar. Minha pele parecia repuxada e quente. Não olhei para Sawyer ao seguir para o escritório, dois minutos atrasada para bater o cartão.

# 17

*Depois*

– Não é um encontro – digo a Soledad na manhã seguinte, quando ela pede os detalhes sobre o passeio ao parquinho com Sawyer e Hannah. Ela está sentada à mesa bebendo seu *chai* preferido em uma caneca velha da Northwestern que encomendou milhões de anos atrás; sua pele bronzeada é macia e sem maquiagem. Eu odeio aquela caneca. – Ele só quer passar um tempo com Hannah, então falei que podia. – Faço cócegas nos pés de Hannah, que está na cadeirinha, e ela ri. – Beijo, por favor – peço, e espero até que ela me dê um antes de me virar para Sol. – Na verdade, acho que é um comportamento bastante adulto de minha parte.

Soledad me avalia por cima da bebida, como se achasse, talvez, que estou disfarçando.

– Soube que você e Hannah têm uma vida social muito agitada. – É tudo o que ela diz.

– Ah, você é hilária. – Faço uma careta.

Agora são três e meia da tarde e faz trinta e um graus lá fora. Sawyer e eu empurramos Hannah no balanço para bebês do parquinho da escola de ensino fundamental, o asfalto está quente e grudento sob nossos pés. Meu carro ainda está no mecânico, e Sawyer me buscou em casa, exatamente como costumava fazer. Count Basie tocava no rádio, e precisei me concentrar muito para olhar pela janela; não queria me partir em pedacinhos bem ali no assento do passageiro. Não lembro por que concordei com isso. Nem mesmo pareceu uma boa ideia na hora.

– Então, o que a fez mudar de ideia? – Sawyer quer saber agora. Ele veste jeans e uma camiseta, boné de beisebol baixo sobre a testa, e fico chocada ao perceber que Sawyer não parece um astro de rock ou um namorado fujão, mas um pai. Ele toma mais uma raspadinha e trouxe uma para mim também, sabor Coca-Cola, que está congelando, suando agradavelmente em minha mão.

Ergo as sobrancelhas, dificulto as coisas.

– Sobre o quê?

– Não sei – responde ele, assumindo meu posto quando me afasto do balanço. Estamos trocando de lugar há quase meia hora, com a cadência de um metrônomo. Hannah poderia se balançar durante dias, as perninhas gorduchas de bebê chutando alegremente; ela descobriu como bater palmas alguns meses atrás e de vez em quando bate as mãos juntas com algum tipo de felicidade secreta de bebê. – Isto. Eu.

Sacudo a cabeça.

– Não mudei de ideia quanto a você.

Sawyer ri com deboche.

– Ai.

– Sawyer... – Perco a compostura, bufando um pouco. – Estou tentando, sabe?

– Eu sei – responde ele.

Empurramos em silêncio, pacientes. O sol está forte. Meus pulmões doem como se estivessem cheios de poeira, secos e estéreis.

– Qual foi o melhor lugar que visitou? – pergunto, por fim, não tanto porque quero saber. É quase mais seguro não saber, acho. Mas não consigo pensar em outra coisa para perguntar, e o silêncio me dá nos nervos. Há um estêncil do mapa dos Estados Unidos, com tinta preta, no asfalto do playground. Imagino se pequenas coisas como essa algum dia deixarão de me fazer ficar triste por causa de tudo o que perdi. – Qual foi seu preferido?

Sawyer olha para mim uma vez, parecendo surpreso, então pensa por um momento.

– Nashville – decide, por fim. – Você gostaria muito de Nashville.

Murmuro um pouco, misteriosa.

– É?

– Sim, Reena – responde Sawyer. – Acho que gostaria.

– Fora – diz Hannah muito claramente, e Sawyer ri.

– Fora? – repete ele.

– Fora!

– Tudo bem, então. Para fora. – Sawyer a tira do balanço e a coloca no chão; Hannah caminha com alegria na direção da caixa de areia, rápida e sem equilíbrio. – Minha mãe diz que tem sido bom para ela – diz Sawyer. – Para Hannah, quero dizer, ter todos os avós por perto e você e... – Ele sorri, um pouco envergonhado. – Ela disse que Hannah é muito inteligente.

Bem, isso chama minha atenção.

– Sua mãe disse isso? – pergunto, incrédula... Hannah é inteligente, sim, mas se isso tem alguma coisa a ver com o interesse aguçado demonstrado pelos avós, então sou o cardeal de Roma. – Sério?

– Hã, sim. – Sawyer de súbito parece desconfortável, como se achasse que pisou um calo... Não é uma expressão de que me lembro de quando estávamos juntos, ele era tão seguro de si na época. – Por que, isso não é...?

Aquilo me espanta um pouco, embora não tanto quanto se imaginaria. Lydia deve estar tentando usar todos os freios que pode para fazer Sawyer ficar desta vez, e se isso significa convencê-lo de que todos se dão muito bem por aqui, que somos todos um tipo de família moderna e heterogênea... bem, então, que seja. Mesmo assim, por algum motivo, não consigo delatá-la, não de forma explícita: parece trabalho demais por nada, além disso, não está totalmente descartada a possibilidade de que uma parte bem pequena de mim torça para que ele fique.

Dou de ombros.

– Não, ela é realmente peculiar – respondo, sem me incomodar em especificar de qual *ela* estou falando ou o que esse peculiar possa ser. Assinto para Hannah, que me chama da beira da caixa de areia. – Estou indo, docinho de côco!

Sawyer me olha como se não engolisse totalmente o que estou dizendo; mas não insiste, como se tivéssemos um acordo tácito de sermos legais um com o outro naquela tarde quente e ensolarada.

– Então, ei – diz Sawyer ao seguirmos Hannah pelo parquinho, o sol reluzindo na nuca dela. A bebê se agacha para pegar um punhado de areia, quase perdendo o equilíbrio, e estendo a mão para segurá-la. – Ainda escreve?

Começo a rir sem controle, uma gargalha baixa e irritada, como a Bruxa Má do Oeste. Tento não me sentir amarga. Nem sempre funciona.

– Não – respondo. – Na verdade, não.

Sawyer franze a testa.

– É uma pena.

– Não tem problema – digo, esperando que ele mude de assunto, mas insiste:

– Por que parou?

– Porque sim. – Dou de ombros e tiro o protetor solar da bolsa da bebê. Talvez essa nem seja a resposta verdadeira, mas no momento é o melhor que posso fazer. – Não se pode ser escritora de viagens sem jamais ter ido a lugar algum.

Sawyer leva um tempo para absorver a informação. Com o boné, é um pouco difícil ver o rosto dele.

– Entendo – responde Sawyer, depois de um minuto, e não faz mais nenhuma pergunta. Em vez disso, olha para o balanço, para o campo de beisebol, para Hannah. Ele se agacha na areia e cava.

Chegamos em casa e papai está preparando um lanche na cozinha, sobras de frango e arroz da noite passada, sem pele e com pouca gordura, como Soledad sempre prepara para ele. O rádio canta, sintonizado na estação pública de jazz de Miami da qual ele gosta.

– Oi – digo, colocando Hannah no cadeirão e afastando os cabelos encharcados de suor do rosto dela. Cato alguns cereais que ela espalhou hoje cedo e jogo tudo na pia.

Meu pai assente para mim, impassível. Os remédios para colesterol e pressão dele estão alinhados no balcão. No último ano, ele ganhou peso.

– Estávamos no parque – digo.

– Eu soube. – Ele assente de novo.

– Com Sawyer – continuo.

– Eu soube. – Mãe de Deus, pela terceira vez.

*Ah, pare com isso*, quase disparo. Em vez disso, respiro fundo, acalmando-me.

– Tudo bem – digo, jogando a toalha. Com a possível exceção de Soledad, não somos emotivos na família. Mesmo assim, papai vence qualquer um no silêncio, mesmo eu. – Podemos apenas... falar sobre o fato de que isso está acontecendo?

– O quê?

Isso me irrita.

– Você sabe o quê – respondo, um tom alterado na voz que não consigo disfarçar. – Ele estar aqui. Tudo isso.

Papai suspira.

– Reena, não vejo motivo para conversar. Você sabe como me sinto. Você faz as próprias escolhas. Faça o que quiser. – O jornal da manhã está sobre a mesa, e ele o abre no caderno internacional. – Tem comida – diz ele, sem olhar para mim.

– Tudo bem – respondo, por fim, e abro a geladeira. – Tá... tudo bem.

Faz pouco tempo, na minha aula de artes, lemos sobre a Renascença e sobre como, durante um bom tempo depois dela, foi quase impossível para os artistas italianos fazerem qualquer coisa. Toda aquela história já estava ali, eles pensaram. Por que tentar?

# 18

*Antes*

– Acho que você fica grudento – dizia meu pai a meu irmão quando saí da cozinha do restaurante na noite de um sábado de muita ventania, no último fim de semana antes do meu segundo, e, com sorte, último ano de ensino médio. Havia um baile para o qual eu poderia ter ido. Peguei um turno a mais em vez disso. Passava da meia-noite e o Antonia's estava vazio, meus sapatos de trabalho ressoavam no piso de madeira.

– Bem, o que é isso? É tipo um... Qual é a palavra? Começa com P. – Era Cade, inclinado sobre o bar com o terno comprado a preço de fábrica; ele tinha sido promovido naquele outono e trabalhava como gerente durante o dia e em alguns finais de semana. Ele e a noiva, Stef, estavam economizando para comprar uma casa.

– É plasma – respondeu Sawyer. Ele estava retirando copos da lava-louças atrás do bar e sorriu para mim quando me aproximei. – Aqui, pergunte a Reena. Ela saberá.

– Saberei o quê? – Apoiei o prato cheio de panquecas no bar e subi em um banquinho. A trança em meu cabelo estava desmanchando, dava para sentir.

– Tudo bem – disse Cade, a boca cheia de pretzels do bar. – Reena. Se eu jogo um balde de sangue em você – ele fez uma pausa dramática –, você fica molhada?

Hesitei.

– O quê?

– Fica molhada – repetiu meu pai, como se aquela fosse uma pergunta lógica. Ele estava animado e bobo naquela noite; ficava assim às vezes perto dos garotos. Parecia mais jovem do que era.

Apoiei o garfo.

– Antes de tudo, isso é nojento. Depois – me virei para Sawyer –, como eu saberia disso?

– Porque você é inteligente – respondeu ele, racional. – E pessoas inteligentes sabem das coisas.

– Ah, bem, nesse caso. – Revirei os olhos, tolamente satisfeita. Tinha feito o exame SAT de novo naquela manhã, na verdade, tentando aumentar ainda mais minha nota em matemática; o próximo passo em uma sequência lógica para dar o fora da cidade. – De qualquer forma, acho que ele está certo. Acho que você fica mais grudento do que molhado.

– Rá. Boa garota – disse papai, vingado. Ele beijou o topo da minha cabeça. – Vou sair daqui antes que Soledad chame a polícia. Quer vir comigo ou vai pedir que Cade a leve depois que fechar?

– Hum. – Hesitei, olhando em todas as direções, exceto naquela para a qual queria olhar. Eu deveria ter ido para casa, na verdade. Tinha entrado no jornal da escola, aconselhada pela sra. Bowen, e estava escrevendo uma coluna, "Pela cidade", sobre festivais de rua e novas lojas na Rodovia

Federal. Tinha que entregar duzentas e cinquenta palavras sobre um parque de esculturas perto da praia na segunda, logo cedo. – Posso ficar mais um tempo.

Sawyer reparou em meu prato assim que papai se foi e Cade, atrapalhado com as novas responsabilidades gerenciais, voltou para o escritório a fim de somar o total da noite.

– Ah, não é justo – disse Sawyer com uma careta triste e boba. – Finch fez panquecas para você?

Assenti, feliz, enfiando o garfo na pilha macia que me esperava no prato.

– Finch me ama.

– É... quem não ama? – Sawyer pendurou duas taças de vinho no suporte acima da cabeça dele. Então, esticou o braço sobre o bar, pegou o garfo da minha mão e se serviu de um grande pedaço.

– Ah, por favor! – gritei, fingindo irritação. – Arranje uma para você.

– As suas são melhores – disse ele de boca cheia.

Bufei um pouco, maravilhada e tentando não demonstrar.

– Sabe, eu não queria os seus germes.

– Reena – respondeu Sawyer em tom tranquilo, devolvendo o garfo. – Você já pegou meus germes.

Congelei por apenas um segundo, então comecei a rir. Era o mais próximo que tínhamos chegado de conversar sobre aquilo – o único indício que Sawyer me dava de que nem sequer se lembrava do que tinha acontecido –, e ouvi-lo dizer soltou um nó do meu peito que eu nem tinha notado que existia. Gargalhei como uma louca por um minuto, absurdamente aliviada, risos de hiena doida; parecia que não ria há um ano.

– Cale a boca – consegui dizer quando enfim recuperei o fôlego.

– Pronto, Reena. – Sawyer sorriu, revelando duas fileiras perfeitamente retas de dentes brancos. – Você tem estado tão séria o tempo todo, eu juro. Faço você rir, e isso melhora minha noite.

– É, bem. – Tomei fôlego, me acalmei um pouco. – Faço o que posso.

– Hum-hum. – Sawyer seguiu até o piano e se acomodou no banco. Embora meu pai tivesse investido no Antonia's, tantos anos antes, em parte para que sempre tivesse um lugar para tocar música, ele só levou dois meses para perceber que os cuidados e a manutenção de um restaurante requeriam mais tempo e esforço do que havia previsto. Agora, ele só se sentava em seu xodó uma ou duas vezes por mês, em ocasiões especiais. No resto do tempo, ele contratava bandas.

– Algum pedido, senhora? – perguntou Sawyer, as mãos inteligentes já abertas sobre as teclas. Começou com algumas cadências rápidas, tocou depressa a abertura de uma música de Dave Matthews que era uma das preferidas de Cade, então se jogou em um jazz ao estilo da Costa Oeste que eu sabia que papai devia ter ensinado a ele. Dave Brubeck, reconheci depois de um momento. Música de comercial de carro.

*Tem alguma coisa na qual você não seja bom?* Eu queria perguntar a ele, mas apenas sorri, levei a mão às costas e puxei o elástico do cabelo.

– Toque o que quiser. Só vou ouvir.

– Queria que todos fossem fáceis assim. Venha se sentar.

Deslizei para fora do banco de bar e me sentei no banco do piano. Em algum lugar no fundo da mente, pensei nas fotos antigas que vira de meus pais, sentados ao piano vertical da casa de minha avó, o olhar sombrio de mamãe, a própria Antonia, fixo no rosto jovem de papai enquanto ele tocava.

— Você deveria usar mais o cabelo solto – disse Sawyer, me olhando, as mãos se movendo com agilidade em uma música que eu não conhecia. Nossas coxas se tocavam. – Fica bonito assim.

Gargalhei, mas Sawyer apenas acudiu a cabeça.

— Estou falando sério – disse ele, ainda tocando. Sua voz ficou grave e baixa. – Eu reparei em você, sabia? Mesmo antes da primavera passada.

*Antes da primavera passada você estava namorando minha melhor amiga morta*, pensei, mas não falei. Em vez disso, embromei.

— Ah, é?

— É. – Sawyer deu de ombros. – Você é... diferente.

— Diferente – repeti. Pensei em Lauren Werner, no fato de que, naquele exato momento, todos do meu ano estavam no baile de boas-vindas, exceto eu. Cansei de ser diferente, era a verdade. Isso me cansou. – De quem? De Allie?

Foi a coisa errada a dizer. Sawyer manteve os dedos nas teclas, não perdeu uma nota, mas seu corpo todo ficou tenso. Pensei nas cordas dentro do piano.

— Desculpe – falei, voltando atrás. Nem mesmo pretendia mencioná-la, não tão abertamente, mas ela ainda estava muito em minha mente, como se os seis meses desde o acidente de carro não tivessem feito nada para amenizar a saudade que eu sentia. Era de se pensar que perdê-la quase um ano inteiro antes de ela, de fato, morrer, teria amortecido o golpe, de alguma forma; mas eu só o sentia cada vez mais. – Não deveria... só quis...

— Não tem problema – disse Sawyer, ríspido, mas pela primeira vez naquela noite não gostei do som da voz dele. Imaginei o quanto Sawyer pensava nela. E me perguntei se ele sequer pensava em Allie.

– Tudo bem, mas...

– Eu disse que não tem problema, Reena.

Ficamos envoltos por um silêncio desconfortável e desafiador por um momento, até Cade surgir da cozinha.

– Está recebendo pedidos? – perguntou ele, então reparou em nossos rostos petrificados e olhou, de modo meio acusador, para Sawyer. – O que foi?

– Nada – respondi alto demais, tentando ao máximo manter a expressão neutra, e certa de que tinha acabado de destruir aquilo, o que quer que fosse, mais rápido do que sabia que podia ser destruído. – Está tudo ótimo.

# 19

*Depois*

Tenho uma prova para fazer sobre "O romance americano moderno", uma aula para a qual eu fiquei um pouco animada quando vi no catálogo de cursos da Faculdade de Broward no semestre passado, o que só mostra o quanto estou delirando. Por algum motivo, estava imaginando conversas animadas e sofisticadas sobre os grandes escritores das últimas gerações; em vez disso, o curso foi dado por um professor de meia-idade gorducho que é mais entediado do que entediante; ele nos olha com leve pena através de óculos de coruja e periodicamente passa testes de múltipla escolha que tenho quase certeza de que tira da internet.
– Vocês são minha penitência por uma vida desperdiçada – anunciou o professor no primeiro dia de aula, antes de adotar *The Things They Carried*, dois livros de John Updike e basicamente lavar as mãos por completo em relação à turma. Gosto de imaginar que um dia desses poderei entrar em uma sala de aula na Broward sem pensar na sra. Bowen

e em como ela ficaria desapontada, mas, para ser sincera, isso ainda não aconteceu.

Esta manhã, estaciono o carro e sigo pelo corredor gelado até a sala de aula, passo pelo quadro de avisos com flyers dos jogos internos de futebol americano com bandeira, aquele em que não se derruba o adversário, e com os anúncios de *happy hour* de dois por um em um bar próximo ao *campus*. Como sempre, não tenho quase nada em comum com meus colegas de turma, mas acho que, a esta altura, a culpa é mais minha do que deles. Saí para tomar café algumas vezes com algumas garotas da turma de contabilidade, mas a maior parte de meu tempo na faculdade não foi a fartura social que Shelby esperava que seria. Basicamente, parece muito com o ensino médio, mas sem aula de educação física.

Sento-me em uma das longas mesas e marco os quadrados apropriados com lápis número dois, depois entrego a prova na frente da sala, onde o bom e velho professor Orrin lê o *Atlantic* no celular. Ele assente para mim distraído antes de voltar a atenção para a tela. Desço correndo as escadas para o estacionamento, cruzo o asfalto reluzente em que meu carro espera. Há mais do que ficção em minha mente hoje.

A antiga casa de Allie está vazia há séculos: os pais dela se mudaram para Tampa pouco depois do acidente, e os novos donos perderam a hipoteca em um ano. Ela fica ali, na curva acentuada da rua sem saída, vazia e com uma aparência vagamente assombrada, esperando pelo que virá em seguida.

Allie está enterrada no Forest Lawn, mas nunca fui muito de cemitérios, e, de qualquer forma, quem quer que esteja sob aquela lápide – *amado anjo, doce garota* – não é a Allie que conheci. E talvez a garota com quem briguei tantas noites antes, à luz impiedosa do pátio, não fosse a Allie que conheci também, mas às vezes ainda a encontro ali, no velho quintal. Passo por ali para procurar de vez em quando, no verão ou se me sinto sozinha ou com medo.

Mas nesta tarde – meia semana desde nossa ida ao parquinho, quem sabe quanto tempo desde que papai me olhou nos olhos – não sou a única andando pela antiga propriedade dos Ballard. O jipe enferrujado de Sawyer está estacionado na garagem, inconfundível. Sacudo a cabeça, incrédula, como se alguma corda invisível nos tivesse mantido juntos durante todo o tempo que ele estava fora e agora estivesse encurtando, um nó cego preso em meu pulso.

– Você está invadindo, sabia? – grito, andando pela vastidão confusa de grama seca e marrom, o amado jardim do pai de Allie que cresceu e ficou cheio de ervas daninhas. Não pela primeira vez, me ocorre que as coisas mudam, esteja você por perto para notar ou não.

– Eu sei – diz Sawyer. – O que você está fazendo aqui?

– O que *eu* estou fazendo aqui? – Sento no balanço ao lado dele, exatamente como ficamos há tantas noites, do lado de fora da festa, a borracha queimando a parte de trás de minhas coxas. – O que *você* está fazendo aqui?

Sawyer dá de ombros.

– Eu estava por perto. Não sei. Sinto como se nunca tivesse... – Ele para de falar, fica em silêncio, um dos tênis com o bico apontado para o chão. – Penso nela às vezes, sabe?

– É – digo a ele, o que é muito diferente do que quero dizer. – Eu sei.

– Pensei muito nela quando estava fora. – Sawyer ergue a cabeça e me olha; um desafio. – Pensei em você também.

Ignoro a última parte, sacudindo um pouco a cabeça ao olhar pelo quintal, para o pátio vazio, as janelas escuras cobertas de poeira. Cresci neste jardim – Allie e eu dormíamos ali fora todo verão, nós duas, em uma tenda infantil, com uma lanterna de camping Coleman e um rádio, ouvindo o Top 40. No primeiro ano do ensino fundamental, caí daquele trepa-trepa e fraturei os dois pulsos.

– Ela estaria na faculdade – digo a Sawyer. – Se não tivesse... se tivesse vivido. Nós duas estaríamos, talvez.

Sawyer assente devagar.

– Talvez – concorda ele, semicerrando os olhos muito de leve, como se tentasse entender por quanto daquilo o culpo. Não sei se é mais ou menos do que ele pensa.

– Ela ia estudar em Barnard – continuo. Parece que encontrei minha voz para dizer essas coisas depois de tanto tempo. – Eu iria para Nova York depois da faculdade, e nós moraríamos em algum apartamento chique perto do Central Park e andaríamos bem-vestidas. Allie sempre dizia isso quando éramos mais novas, que andaríamos bem-vestidas. – Olho para meu short para a camisa larga do Red Sox, de debrum colorido, que Shelby trouxe para mim da faculdade. – Como pode ver, levei essa vontade ao pé da letra.

Sawyer sorri.

– Se faz alguma diferença – diz ele, as sobrancelhas escuras se arqueando –, acho que você parece artística.

Sawyer toca meu tornozelo com cuidado. Depois de um momento, toco o dele em resposta.

# 20

*Antes*

– Então – disse Sawyer, do nada –, conseguiu terminar a dissertação?

– O quê? – Pisquei para ele. Eu estava sentada em uma mesa nos fundos, embrulhando talheres em pequenos burritos de guardanapos de tecido branco, uma perna dobrada sob o corpo. Era quase Ação de Graças no meu segundo ano da escola. Sawyer e eu nos evitávamos havia semanas, desde a noite no banco do piano; eu seguia, de soslaio, o trajeto que ele fazia. O restaurante fervilhava, ininterruptamente, como uma corrente que nos levava. – Minha dissertação?

– A coisa do guia de viagem – explicou ele. Uma camiseta cinza despontava sob o colarinho da camisa de botão de Sawyer. – Para a Northwestern.

– É, não, eu sei do que está falando. – Terminei com os rolinhos, empilhei os últimos em uma cesta de vime sobre a mesa. – Só não achei que você se lembrasse disso.

– Bem – responde Sawyer, dando de ombros. – Lembro. Quem diria?

– Está quase pronta – contei. Na verdade, eu estava na metade do terceiro rascunho daquela coisa idiota, certa de que havia algo importante que eu estava deixando de fora. A sra. Bowen tinha lido, assim como minha professora de inglês. Noelle, a editora loira e enxerida do jornal da escola, lera uma cópia e avaliara a dissertação como *satisfatória*, o que, da boca dela, era, na verdade, um grande elogio; estava dentro dos padrões dela, talvez. Mas não dos meus. – Só consertando mais algumas coisas.

– Isso é legal. Ainda quero ver. – Sawyer hesitou por um minuto, apenas de pé ali, as mãos enfiadas nos bolsos, me observando. – Pode fazer um intervalo agora? – perguntou ele. – Preciso pegar uns CDs com o Animal.

Senti minhas sobrancelhas se erguerem.

– Animal?

– É meu baterista.

– Como o dos *Muppet Babies*?

– É, como o dos *Muppet Babies*. – Sawyer sorriu. – Vamos, venha comigo. Podemos parar para um refrigerante ou algo assim. O que quer que as crianças estejam bebendo ultimamente.

– Absinto, na maioria das vezes – respondi, hesitando, sem querer demonstrar o quanto estava esperando um convite como esse nas últimas semanas. Por fim, tomando fôlego: – Claro, tudo bem. – Levantei, desamarrei o avental. – Só me deixe avisar o meu pai.

Enfiei a cabeça para dentro do escritório abarrotado que papai compartilhava com Roger, papéis empilhados sobre a mesa e fotos das nossas famílias nas paredes.

– Posso fazer um intervalo? – perguntei. – Está, tipo, supervazio.

Ele me olhou sobre o monitor do computador, os óculos de leitura apoiados no osso do nariz.

– Claro. Aonde vai?

– Obrigada – respondi, depressa: – Vou resolver algumas coisas com Sawyer.

– Com Sawyer? – As sobrancelhas dele se ergueram tão rápido que pensei que saltariam da cabeça.

– Sim.

– Está bem – respondeu ele, hesitante, com um olhar de quem gostaria de ter um motivo para me proibir. – Tome cuidado.

– Pode deixar.

– Mentiu desta vez? – perguntou Sawyer quando voltei. Ele estava segurando minha mochila em uma das mãos e a chave do carro na outra, encostado no bar.

– Não – disse a ele, meio que surpresa por Sawyer ter se lembrado. – Contei a verdade.

Àquela hora do dia, não havia muito tráfego perto do restaurante, apenas as mesmas lojas de antiguidades e calçadas quebradas. O motor roncou atrás de meus joelhos. Sawyer apertou o botão do rádio, e o CD no player ganhou vida: Miles Davis, reconheci pouco depois. *Bitches Brew*.

– Gosto muito das coisas que ele fez logo antes desse – falei, indicando o rádio com a cabeça quando Sawyer olhou para trás e entrou na pista principal. – *Kind of Blue* e tudo isso. Sei lá, sei que todo mundo gosta muito desse álbum, é bom, mas, se você vir fotos dele dessa época, são tão ruins e tristes. Ele parece a Tina Turner o tempo todo.

Sawyer gargalhou.

– Olha só. Não sabia que gostava dessas coisas.

Dei de ombros.

– Não diria exatamente que gosto. Mas vivi dezesseis anos na minha casa, não teria como não absorver um pouco disso.

– Acho que não – respondeu Sawyer. – De qualquer forma, meu iPod está jogado por aí em algum lugar. Coloque o que quiser.

Assenti e olhei em volta até encontrá-lo, com algum Solomon Burke antigo selecionado.

– É bom? – perguntei depois de um momento, quando as buzinas começaram.

– Pode ser. – Sawyer estava sorrindo. Ele tamborilava no volante enquanto dirigia. – Seu pai me apresentou a tudo isso, sabia? Quando me dava aulas.

– Eu lembro. – Costumava me sentar na cozinha e ouvir. – Ele ficou muito chateado quando viu que Cade e eu éramos uma negação com música. – Sorri. – Só mais uma na longa fila de decepções paternais, imagino.

– Não sei quanto a *isso*. – Sawyer sacudiu a cabeça. – Vocês são, tipo, os filhos perfeitos. Todo mundo sabe que ele sente orgulho dos dois.

Puxei uma das pernas para cima do banco quando dobramos a esquina e apoiei o queixo no joelho.

– Bem, *seu* pai sente...

Sawyer me interrompeu.

– E se não falarmos do meu pai?

– Ele tem orgulho de você – protestei.

– Ele é um babaca. – Sawyer pisou o freio de uma vez, sem discussão, e me ocorreu que, apesar de todos os nossos anos de proximidade, talvez eu não soubesse de verdade como era ser um LeGrande.

– É aqui – disse Sawyer, um instante depois, desafivelando o cinto de segurança e passando uma das mãos pelos cabelos ondulados. Estávamos sentados diante de um pequeno bangalô cinza que precisava desesperadamente participar de algum daqueles programas de reforma: a varanda descascada, uma das janelas da frente quebrada, o gramado completamente morto. Soledad teria um ataque só de olhar para ele, e eu tinha quase certeza de que Lydia LeGrande não teria ficado muito impressionada também.
– Quer esperar aqui?
– Ah – falei. Logo imaginei qual de nós o envergonhava, se Animal ou eu, ou se talvez eu só o tivesse pressionado demais de novo. – Sim, claro.
– A casa é bem nojenta – disse Sawyer, como explicação, sacudindo a cabeça. – Um bando de homens mora nela, então... não sei, não quero, tipo, chocar você ou coisa parecida.
– Não, está bem. Fico aqui.
Recostei a cabeça para ouvir música e consegui a façanha de esperar trinta segundos depois de ele entrar na casa – a porta estava destrancada e Sawyer entrou sem bater –, para começar uma investigação mais completa do conteúdo do jipe. Virei o corpo a fim de olhar o banco traseiro: um moletom azul desbotado e uma edição velha da *Rolling Stone* estavam amassados no chão, mas, tirando isso, Sawyer tinha limpado o carro. O CD gravado por Allie não estava mais lá. Havia algumas notas fiscais de bar sob algumas moedas no nicho entre os dois bancos da frente e – ai, Deus, é isso que você merece por ser tão enxerida – vi duas camisinhas enfiadas no compartimento em que deveria ficar o dinheiro para o pedágio. Senti que estava corando, embora não tivesse mais ninguém no jipe. Cruzes. Shelby se divertiria com isso, eu sabia.

– Oi – disse Sawyer, e me sobressaltei quando ele abriu a porta. – Pronta?

– Claro. Onde estão os CDs?

– CDs? – Sawyer me olhou inexpressivo.

– É – falei. – Você disse que ia pegar...

– Ah, é, é. – Sawyer assentiu. – Não estavam com ele.

– Ah. – Ele estava mentindo, obviamente. Pensei em brigas de bar e sujeitos desonestos, imaginei de que tipo de esquema eu tinha acabado de participar.

– Ele é meio aéreo – continuou Sawyer conforme saíamos para a estrada principal. – O Animal. O nome verdadeiro dele é Peter. Mas ninguém se chama Peter numa banda de rock.

– Claro que chama – repliquei. – E Pete Townshend?

– Verdade...

– Pete Seeger.

– É, mas...

– Peter, Paul e Mary.

– Peter, Paul e Mary não eram uma banda de rock!

– Mas eles cantavam sobre drogas. – Eu estava me divertindo. – Então, se seu argumento é que pessoas chamadas Peter são caretas demais para cantar ao estilo drogado, Peter, de Peter, Paul e Mary, obviamente prova o contrário.

– Sabe, acho que eu gostava mais de você quando não falava. – Sawyer estava rindo. – Quer um milk-shake ou algo assim? A Baskin-Robbins fica no caminho de volta.

– Não. Só um refrigerante está bom.

– Você decide – disse ele. Trocou de faixa e executou uma baliza com um talento particular do lado de fora de uma mercearia chinesa na A1A. Saltei para a calçada, o sol quente e aconchegante na pele.

– Ah! – falei, feliz, quando entramos. A mercearia Sunrise era apenas uma loja de conveniência pomposa, mas sempre havia algum produto de hortifrúti incomum empilhado na tenda próxima à porta; eu tinha escrito uma matéria sobre ela para o jornal, na verdade, e sobre alguma fruta chamada Ugli. – Eles têm romãs.

– Romãs? – Sawyer jogou um pacote de chiclete no balcão e começou a pegar a carteira no bolso de trás. – Quer uma?

Parei e peguei uma garrafa de Coca-Cola da geladeira próxima à porta.

– Sim.

Sawyer gargalhou.

– Então, pegue. E uma para mim também. Nunca comi.

– Nunca comeu romã? – perguntei, apoiando as duas frutas do tamanho de uma bola de *softball* no balcão.

– Não.

– E morou aqui a vida toda?

– Mais tempo do que você, na verdade.

– Que triste.

– Entrem os violinos – concordou Sawyer. Ele deixou o troco na caixinha de gorjetas e me entregou o saco plástico. – Aqui – disse Sawyer. – Oferta de paz.

Ergui as sobrancelhas.

– Estamos brigando?

– Não sei – respondeu ele, segurando a porta aberta. Atravessamos a calçada até o jipe e entramos. – Diga você.

Pensei nisso por um segundo e em como, na outra noite no restaurante, Sawyer me afastou totalmente assim que mencionei o nome de Allie.

– Não – falei depois de um minuto. Estiquei o braço para a sacola da mercearia e remexi até tirar de dentro uma gorda romã. – Acho que estamos bem. – Então, respirando fundo e abrindo a fruta com as unhas dos polegares: – Você sente falta dela?

Sawyer não estava esperando isso de mim, não havia dúvida. Eu também não estava esperando – em geral, era eu quem não queria falar sobre coisas dolorosas –, mas parecia que um de nós precisava dizer. Olhei para ele e vi seis expressões diferentes tomarem seu rosto: surpresa, tristeza, alguma coisa que achei que se parecia muito com culpa. Por fim, ele parou em leve irritação.

– É claro que sinto – disse Sawyer com uma voz que, pensando bem, indicava que talvez estivéssemos mesmo brigando. – Sério, que tipo de pergunta é essa?

Dei de ombros, defensiva.

– Bem, eu sei...

– Estávamos brigados quando aconteceu – interrompeu Sawyer com grosseria. – Então. – Ele deu de ombros uma vez, como se não quisesse admitir aquilo e estivesse chateado por eu ter lhe arrancado a informação. Sawyer não olhou para mim ao engatar a primeira marcha. – Entenda o que quiser.

Hesitei.

– Brigados por quê? – disparei, sem conseguir me controlar. Apesar de toda a energia mental que gastei pensando em Sawyer e Allie juntos, jamais imaginei os dois brigando. Pensei na noite em que me beijou, a sensação que tive de que havia algo que ele queria dizer e não disse. – Sei lá, não que seja da minha conta, eu só...

– Não importa. – Sawyer sacudiu a cabeça, determinado. – Não é importante. Falar sobre isso não muda nada. – Um segundo depois, no entanto, como se talvez ele reconsiderasse: – *Você* sente falta dela?

– Eu...

Parei, tentando pensar em como explicar. Estávamos falando da minha melhor amiga desde a pré-escola: a garota cujo lanche e cujo dever de matemática eu compartilhava desde antes de ter decorado meu próprio telefone, que enterrara os pés gelados e irritantes sob meu corpo durante milhares de noites de filmes diferentes e tinha me mostrado como usar um absorvente interno. Ela cresceu em minha cozinha, era minha sombra... ou melhor, eu era a dela. E agora ela tinha partido para sempre. Tentei imaginar de novo o quanto Allie tinha contado a Sawyer sobre a nossa briga.

– É – respondi por fim. – É, sinto muita falta dela.

Sawyer assentiu, visivelmente desconfortável. *Falar sobre isso não muda nada*, dissera ele; em geral, eu teria concordado sem discutir, mas havia algo diferente a respeito de Allie. Parecia, para mim, que ela estava no carro conosco, em carne e osso, os pés apoiados no assento traseiro, reclamando do rádio. Imaginei o quanto era possível que Sawyer também sentisse o mesmo.

Eu estava juntando coragem para insistir com ele mais um pouquinho quando Sawyer parou de repente, o jipe guinchou e freou de súbito no acostamento. Ainda estávamos a quatro ou cinco quarteirões do restaurante.

– O que está fazendo? – perguntei, um pouco histérica.

Ele riu e deu de ombros e, do nada, tínhamos voltado ao normal; parecia que Sawyer não gostou do rumo da conversa e decidiu mudá-lo de acordo com sua vontade.

– Vou comer a porcaria da romã.

– Você pirou – falei, mas enfiei a mão na bolsa de novo e a entreguei a ele. Senti Allie sair pela porta de trás, deixando a mim e Sawyer sozinhos no carro de novo, apenas nós dois.

– Talvez – concordou ele. – Como se come isto?

– Apenas abra e coma as sementes.

Com cautela, observei-o fazer isso e fiquei aliviada quando sorriu um momento depois.

– Tem gosto de ponche de frutas. – Ele comeu, pensativo por um momento, e então disse: – E por que você não tem namorado?

Quase engasguei.

– *O quê?*

– Você me ouviu.

– Quem disse que não tenho namorado?

Sawyer ergueu as sobrancelhas. Ele estava com a barba por fazer e tinha suco de romã no lábio inferior.

– Tem?

– Não – admiti. Mexi um pouco na casca da romã, sulcando-a com a unha. – Mas pelo menos me dê um pouco de crédito. Teoricamente, eu poderia ter um.

– Teoricamente, sim – concordou Sawyer. – Mas por que não tem?

– Porque sou fria e pouco amigável.

Sawyer riu e passou o braço por trás do encosto do banco do passageiro. Pela janela, carros passavam zunindo, dezenas de estranhos resolvendo seus problemas, totalmente alheios ao que pudesse estar acontecendo dentro do jipe de Sawyer.

– Não, não é.

– Ah, eu sou – respondi. – Pergunte a qualquer um. Uma rainha do gelo, até.

– Não, não é. – Ele estava sério agora. – Você só é contida, só isso. É meio... intrigante.

– Certo – consegui dizer, sacudindo a cabeça.

– Por que nunca aceita um elogio?

– Por que faz tantas perguntas? – disparei de volta.

– Por que eu a faço corar tanto?
– Não faz! – Levo a mão à bochecha. E, obviamente, estava queimando sob a palma. – Droga – falei, envergonhada. Mesmo assim, virei o corpo na direção dele no banco do passageiro e puxei um joelho para cima, para apoiar o queixo. Eu queria ver aonde aquela conversa iria.
– Rainhas do gelo não coram – disse Sawyer tranquilamente, como se estivesse satisfeito consigo mesmo. – Portanto, você não é uma rainha do gelo.
Revirei os olhos.
– Que científico.
Sawyer deu de ombros.
– É apenas lógica. Então, de quem você gosta?
– De quem eu gosto? – Gargalhei, sabendo que ele gostava de me deixar desconfortável. Eu mesma me divertia. – O que é isso, o sexto ano?
– Responda.
– Não gosto de ninguém.
– Ninguém?
– Não. Rainha do gelo.
– Pare de dizer isso. Não acredito em você. Todo mundo gosta de alguém.
– Está bem – falei, torcendo para que ele não percebesse minha respiração irregular. – Bem, então, de quem *você* gosta?
– Não é justo – disse Sawyer. – Perguntei primeiro.
Sacudi a cabeça.
– Não vou ter essa conversa com você.
– Você está corando de novo – disse ele, alegre, extraindo mais algumas sementes da pele pálida da romã. Pela janela, o sol brilhava. Sawyer segurou minha bochecha com uma das mãos meladas e virou meu rosto para a

frente, confiante, e, quando me beijou, foi doce como açúcar e magenta, como algo que vi a vida inteira, mas jamais experimentei.

– Rainha do gelo – murmurou Sawyer quando acabou; parecia que estava tentando comprovar sua teoria e tinha sido bem-sucedido. – Não engulo essa, Reena. Nem por um segundo.

# 21

## *Depois*

Literalmente todas as minhas calças jeans têm furos, e Soledad tem coisas para fazer, então prendo Hannah na cadeirinha do carro e a levo para o que, espero, seja a viagem mais curta e mais eficiente do mundo para o Galleria na East Sunrise Boulevard. O shopping tem cheiro de cloro e rosquinhas Cinnabon. Uma vendedora, estudante animadinha do ensino médio, carrega minhas coisas para dentro da cabine, o short dela é tão minúsculo que os bolsos aparecem por baixo da bainha das pernas bronzeadas e magricelas.

– Ela é tão bonitinha – diz a vendedora para mim, sorrindo para Hannah, que está desmaiada de sono no carrinho com um punho coberto de baba na boca. – Você é a babá?

– Não – respondo depressa. Ouço bastante essa pergunta, e costumava me deixar toda vermelha, eu gaguejava as explicações para caixas de banco e atendentes de bar, os dois lados desejando, por Deus, que não tivessem perguntado. Por fim, descobri que era melhor ser clara e direta. – É minha filha.

Os olhos da vendedora se arregalam apenas por um segundo. Ela deve ser apenas um ano mais nova do que eu.

– Ah – diz ela com alegria, desviando os olhos ao pendurar a calça jeans no gancho dentro do cubículo bem-iluminado. – Que ótimo.

Assim que tranco a porta e desço o zíper da calça, Hannah acorda, vermelha e mal-humorada.

– Oi, bebezinha – digo com um sorriso, tentando distraí-la com as palavras. – Sairemos em dois segundos, está bem?

Nada feito. Hannah chora enquanto tento agitar o corpo para dentro e para fora da primeira calça. Quando fica claro que tudo o que escolhi é pelo menos um tamanho menor, ela está bem no meio de um berreiro espetacular, gritando como se estivesse sendo torturada. Então a tiro do carrinho, fazendo o que posso para acalmá-la.

– Tudo bem aí dentro? – grita a vendedora com a voz esganiçada.

– Sim – grito de volta, tentando dar a impressão de que sei o que estou fazendo. *Sei* o que estou fazendo, de verdade; tento me lembrar disso enquanto toco a testa de Hannah com os lábios. – Estamos bem.

Mas não estamos: a fralda dela precisa ser trocada, e Hannah não para de chorar. Não vou comprar nada hoje. Visto o jeans furado o mais rápido possível. A bebê chora, soluça e grita um ocasional: "Nããão!" Quando saio da loja, me dou conta de que pareço uma daquelas pessoas dos *reality shows* da MTV a que muita gente assiste para se sentir melhor com a própria vida.

– Ah, que pena – grita a vendedora atrás de mim. – Nenhuma delas coube?

Só quero voltar para casa e dar o dia por encerrado, mas disse a Aaron que passaríamos na casa dele depois do shopping para comer pizza e ver um filme, algum terror com o qual concordei contra a vontade.

– Relaxe – diz Aaron no meio do filme, rindo quando quase salto do sofá pela terceira vez em vinte minutos. Odeio filmes de terror, na verdade.

– Relaxe você. Essa vaca está *morta* – respondo, esticando o braço para pegar a pipoca na mesa de centro e indicando com a cabeça a detetive feminina na tela. Hannah está dormindo no quarto de Aaron. Maxie, o buldogue, ronca no chão.

– Que nada. – Aaron me puxa para si, a mão parece a pata de um urso brincando com meu cabelo. Ele tem cheiro de água do mar e sabão, limpo. – Ela é bonita demais. As bonitas nunca morrem.

– Em que universo? – pergunto, rindo. Estou prestes a encostar no ombro dele quando meu celular começa a tocar dentro da bolsa: Rolling Stones, percebo depois de um segundo, "Sympathy for the Devil". Meu coração acelera dentro do peito. No segundo ano do colégio, Shelby mudou o toque do meu celular para que tocasse essa música quando Sawyer ligasse. Quando a ouço agora, eu meio que... congelo.

Aaron começa a rir, então olha para mim e franze a testa.

– Quem é? – pergunta ele quando eu tiro o telefone da bolsa.

– Ninguém – respondo, recuperando-me e apertando o botão IGNORAR. – É só... uma brincadeira.

– É Sawyer? – Aaron não parece muito feliz com a ideia. A luz azulada da TV pisca no rosto dele.

– É – confesso... Não há motivo para mentir, certo? Nada acontecendo. – Mas não preciso falar com ele, então...

– Então – dispara Aaron de volta, nada convencido. – Por que ele está ligando, então?

Isso me surpreende um pouco. É a primeira desconfiança que o vejo demonstrar, e devo ter deixado transparecer, porque Aaron tenta consertar.

– Olha – diz ele. – Não quero ser babaca. É só que...

– Não, eu sei – digo. – Não tem problema. Não faço ideia do que ele quer, sinceramente. Mas não me importo muito também. Estou com você agora, sabe?

– Tudo bem – diz Aaron por fim, e ficamos juntos por um tempo, vinte minutos preguiçosos no sofá depois que o filme acaba. Ele estava certo, aliás: a policial corajosa sobreviveu para combater o crime por mais um dia.

– Posso fazer uma pergunta? – diz ele, depois que começo a me afastar; está ficando tarde e olho ao redor em busca dos chinelos. – O que aconteceria se você ficasse?

– Não posso – digo automaticamente, como um reflexo, embora por um momento eu imagine qual seria a sensação de dizer sim. – Quero dizer, a bebê está aqui e...

– Quero dizer. – Aaron parece desapontado por um segundo, faz cara de sério: na primeira vez que levei Hannah à casa de Aaron, ele comprou tampas para todas as tomadas. – Eu não a mandaria para casa de táxi.

– Eu sei. – É o seguinte: eu gosto muito, muito dele. É um cara com um coração enorme. Mesmo assim, a sugestão de ficar parece algo importante por algum motivo, um passo que não sei se estou cem por cento pronta para dar com ele: penso no telefone tocando mais cedo, "Sympathy for the Devil". Tento parar de pensar nisso.

Por fim, sorrio e passo os dedos no cabelo loiro na base da nuca de Aaron.

– Outro dia – prometo, e sigo para o quarto a fim de pegar minha menina.

Sawyer liga de novo quando estou a caminho de casa, Mick Jagger ressoando das profundezas da minha bolsa. Cato o celular e olho por cima do ombro para Hannah, na cadeirinha, mas ela está alheia ao mundo. Meu carro tem cheiro de cereal e desinfetante para mãos.

– Não queremos comprar nada – digo, em vez de alô.

– Você ainda não ouviu o que estou vendendo. – Sawyer está rindo; consigo ouvir na voz dele.

Franzo a testa para a estrada diante de mim, cheia de lojas abertas com iluminação de neon e de lanchonetes fast-food. Estou tão cansada de passar por esse caminho.

– Não preciso.

– Claro que precisa.

– Facas? – pergunto, entrando na estrada. – Acabamento de vinil? Seguro contra enchentes?

– Melhor – diz Sawyer, empolgado. – Me deixe cozinhar um jantar para você.

Ai, meu Deus.

– *O quê?*

– Jantar – repete ele mais devagar, como se talvez o problema estivesse na pronúncia. – Hoje à noite.

– São nove e meia.

– É europeu.

– Na sua *casa?*

– Bem, é onde minha cozinha está – diz Sawyer, usando a lógica.

Reviro os olhos. A estrada está bem vazia a esta hora, com silhuetas escurecidas de palmeiras emoldurando a pista central e o brilho vermelho de faróis espalhados à frente. O para-brisa embaça um pouco devido à umidade, e o limpo com a palma da mão.

– Onde estão seus pais?

– No restaurante.

De jeito nenhum.

– Já comi.

– Coma de novo – sugere Sawyer, irredutível.

– Acho que não.

Ele fica em silêncio por um minuto, como se estivesse retomando a formação, mudando de tática.

– Onde você está? – É o que Sawyer tenta a seguir.

Verifico Hannah no espelho mais uma vez.

– No carro.

– Onde você *estava*?

Suspiro.

– Na casa de Aaron.

– Ah. – Sawyer parece satisfeito. – Foi por *isso* que não atendeu.

– Vai ver não atendi porque não queria falar com você.

– Não foi por isso – diz ele, confiante. – Você atendeu agora, não foi?

Nossa, ele é tão *irritante*. E, acho, está certo.

– Estávamos vendo um filme.

– Que filme?

– Quem é você? Meu pai? – Vasculho o painel em busca de chiclete, coloco um pedaço entre os dentes e mordo forte. – Um de terror, não sei.

– Você odeia filmes de terror.
– Talvez eu goste deles agora.
– Venha.
– Sawyer. – Eu deveria desligar, de verdade. Não sei por que ainda estou ao telefone. – Não.
– Por que não? Vamos lá, Reena – diz ele. – Quero ver você.
– Você me viu outro dia.
– Quero ver você de novo.
É uma má ideia, só isso. É uma ideia muito ruim.
– Preciso desligar – consigo, por fim, dizer. Não há motivo no mundo para eu querer dizer sim. Mas quero. Estou passando pelo aeroporto neste momento: os aviões voam baixo e são enormes, tantas idas e vindas, e estou exatamente onde sempre estive. – Estou dirigindo, lembra? Não é seguro.

Por um segundo, Sawyer não responde. Espero que retruque com algum papo novo e criativo de vendedor, mas no fim ele só diz:
– Não. – Sawyer suspira um pouco, parecendo derrotado, e, de súbito, fico surpresa ao ver que não me sinto nem um pouco vitoriosa. – Não, acho que não.

Em casa, coloco a bebê no berço sem problemas e circulo por um tempo, inquieta. Bebo um pouco de água ao lado da pia. Subo para o quarto e encaro o número de Sawyer na lista de contatos do meu telefone – disco seis números, então hesito e desligo (minha vida inteira é um padrão cíclico, alguma variação de *espere e verá*). Caminho de um lado para outro.

Por fim, desço.

Soledad e meu pai estão sentados no sofá da sala, assistindo a *Law & Order*.

– Vocês podem me fazer um favor? – digo, pairando na base da escada como se fosse um fantasma, desejando não parecer tão tímida.

Os dois olham para mim com expectativa. Não costumo pedir favores.

– De que precisa, querida? – responde Soledad, e seu carinho me faz sentir como uma criança.

– Pode ficar atenta a Hannah? – peço a ela. – Preciso fazer uma coisa.

# 22

## *Antes*

Eu estava sentada em uma mesa na saleta do jornal, mal ouvindo uma aluna do primeiro ano ansiosa ler uma matéria sobre a limpeza do refeitório, quando senti o celular vibrar dentro do bolso de trás. Ignorei a princípio – Noelle, nossa editora, era extremamente rígida com relação a mandar mensagens de texto durante as reuniões –, mas ele vibrou de novo um minuto depois, insistente. Pesquei o aparelho o mais discretamente que pude.

*Olhe para a frente*, dizia a mensagem.

Olhei e me assustei: Sawyer estava de pé no corredor, diante da janela da porta da sala, os braços cruzados, uma expressão levemente divertida. Ele inclinou a cabeça como cumprimento quando me encarou, e eu dei um enorme sorriso, o coração pulando um pouco. *O que está fazendo aqui?*, falei, sem emitir som.

– Hã, Reena. – Voltei a prestar atenção. Não fui a única que reparou em Sawyer: Noelle me lançou um olhar que poderia ter arrancado a casca de um coqueiro. – Você está prestando atenção ou nem tanto?

– Desculpe – falei para ela, corando. Estavam todos olhando agora. Sawyer parecia prestes a gargalhar. Peguei a mochila na cadeira ao lado e segui para a porta. – Acabei de lembrar que preciso ir a um lugar.

– E aí? – disse Sawyer quando cheguei ao corredor, me empurrando contra um armário e me cumprimentando com um beijo, como se fizesse muito mais que dois dias desde que não nos víamos. – Foi bem sutil, o que fez lá dentro.

– Cale a boca – falei, rindo. Empurrei Sawyer de leve pelos ombros, deixei que ele carregasse minha mochila pelo corredor como em algum filme adolescente. Estávamos andando juntos com frequência cada vez maior ultimamente, dirigindo durante muito tempo no litoral e indo para o Sonic tomar limonada com cereja, além de nos agarrarmos até minha boca ficar inchada e vermelha. – Como entrou aqui mesmo?

– Dei um jeito. – Sawyer deu de ombros. – Na verdade, uma caloura me deixou entrar.

Ri com deboche e revirei os olhos.

– É claro que deixou.

– É claro – repetiu Sawyer. – Então, como estão as coisas no mundo do jornalismo impresso? – perguntou ele em seguida, abrindo a porta para mim e saindo para o anoitecer do início do inverno. – À beira da extinção, como sempre?

– Sei lá – respondi, sorrindo. – Poderia responder isso um pouco melhor se você não tivesse me arrancado da reunião antes que ela acabasse.

Sawyer fez uma careta.

– Eu não *arranquei* você de lugar algum – respondeu ele, agarrando meu pulso e fazendo exatamente isso, me puxando para si a fim de conseguir passar o braço ao redor de meus ombros.

– Certo. – Gargalhei e me inclinei mais para perto, senti o tecido da camisa térmica dele quente contra minha bochecha. – Não, está bom. Noelle está começando a me dar algumas matérias além da coluna, o que é legal. Vou cobrir o musical de inverno, se quer saber.

Sawyer ergueu as sobrancelhas.

– Que chique.

Fiz um biquinho para ele.

– É, sim!

– Eu sei – disse ele, e me beijou de novo. – Isso é incrível, Reena. – Em seguida, girando a chave na porta do lado do motorista do jipe: – Então, o que vai fazer hoje à noite? Tem planos?

Bem, mais ou menos, se o dever de casa contasse.

– Eu estava pensando em pegar meu jatinho e ir para Havana no fim de semana, na verdade – disse a ele, imaginando que o sarcasmo fosse o caminho mais seguro na situação. Sawyer estava, definitivamente, agindo como meu namorado nos últimos tempos, me buscava na escola quando eu não pegava carona com Shelby e deixava romãs na minha varanda. Mesmo assim, o que quer que estivesse acontecendo entre nós ainda era dolorosamente cinzento e amorfo: Sawyer não havia feito declaração alguma, e eu decerto não tomaria a iniciativa. Só esperei. Observei. – Ver como é a vida noturna.

– Ah, entendo. – Sawyer passou a mão atrás do meu encosto de cabeça e deu ré para arrancar com o jipe. – Bem, se achar que talvez possa dispensar El Presidente apenas esta noite, vamos tocar na Prime Meridian mais tarde. Deveria ir nos ver, conhecer todo mundo.

*Todo mundo.*

Nas noites que passávamos de brincadeira no restaurante ou juntos na varanda dos pais dele, era fácil esquecer que Sawyer tinha uma vida inteira à qual eu não tinha acesso – que ele andava com amigos que nunca vi, que tocava música que nunca ouvi. Não gostava de pensar sobre onde ele estava quando não atendia o celular, nos fins de semana que passei com Shelby ou sozinha fazendo coisas normais, típicas da vida de uma aluna do ensino médio. Aquilo me deixava nervosa. Eu me sentia estranha.

– É. – Sorri e afastei a ansiedade pesada que já sentia se formar no fundo do estômago. – Sabe, é meio que um saco entrar em Cuba mesmo, então...

– Ah é, só a alfândega. – Sawyer riu, parou o carro diante da minha casa e puxou algumas mechas que tinham caído do meu rabo de cavalo. – Busco você às nove da noite.

A Prime Meridian não era legal. No meio de uma loja de animais e um restaurante chinês de aparência duvidosa em uma galeria aberta em uma saída da rodovia, a boate era longa e estreita e exibia um minúsculo palco nos fundos, uma plataforma erguida trinta centímetros ou mais do chão. O bar estava coberto de pisca-piscas multicoloridos e sob os cuidados de um cara mal-encarado que, com toda a sinceridade, deveria ter uns dois metros e dez. O lugar cheirava a cerveja e cigarros, pessoas demais em um espaço pequeno demais.

Eu tinha ido lá com Allie uma vez, bem no início do ensino médio, nós duas com maquiagem demais e usando os jeans mais apertados. Olhamos uma vez para dentro e saímos correndo para a segurança fluorescente da saideira na

Panera Bread, mas imaginei que ela devia ter voltado algum dia, mais provavelmente com o garoto que, no momento, me guiava pela multidão com uma das mãos na minha lombar. A ideia me fez sentir triste e enojada, do mesmo modo que me sentia quando pensava em Allie e Sawyer.

– Preciso me preparar – disse Sawyer por cima do tagarelar barulhento da multidão, depois de me deixar no canto do bar. – Vai ficar bem sozinha? Mike disse que manteria você longe de problemas.

Mike, o barman gigante, assentiu, ranzinza, em minha direção. Balancei um pouco a cabeça, suando: estava quente como um forno dentro da Prime Meridian.

– É, vou ficar bem. Não se preocupe.

– Que bom. – Ele pegou minha mão e apertou uma vez, e então se foi. – Grite bem alto.

Sawyer me deixou e seguiu para o palco, onde dois caras já estavam montando uma bateria, conectando um amplificador. Observei o grupo por um tempo, até que o baterista – o próprio Animal, provavelmente – me viu e cutucou Sawyer. Ele disse algo, mas não consegui entender o que foi.

Tentei ficar confortável no banquinho, não encarar ninguém, parecer que pertencia ao lugar. Queria ter um caderno. E uma caneta. Uma garota escrevendo em um bar devia ser esquisito, mas não tão esquisito quanto uma garota apenas sentada ali, sozinha e suada, sem nenhum lugar para onde olhar à vontade. Queria ter chamado Shelby para ir junto.

– Quer alguma coisa? – perguntou Mike, inclinando-se sobre o bar para eu poder ouvir.

Concordei.

– Só uma Coca. Com muito gelo.

Ele ergueu a sobrancelha para mim.

– Só isso?

– Só.

– Boa garota.

Dei de ombros. Essa sou eu, quis dizer a ele. Serena Montero, sempre a boa garota. Deveria ter mandado fazer cartões de visita.

Mastiguei cubos de gelo enquanto o bar enchia, e outro cara subiu no palco e começou a afinar a guitarra. As pessoas continuavam entrando, e olhei em volta, cautelosa, quando um grupo de três ou quatro garotas se posicionou bem diante de mim. Havia definitivamente um público-alvo na Prime Meridian naquela noite, muita gente vestida com roupas da American Apparel por ali.

– Hã – falei quando Mike passou. – Posso fazer uma pergunta?

– Acabou de fazer. – Ele parecia impaciente; estava ocupado.

– Eles tocam muito aqui?

– Com algumas semanas de intervalo.

– É sempre assim? A... multidão, quero dizer?

– O quê, o batalhão de moças? – Mike deu um risinho, olhou ao redor. – Basicamente. – Ele me encarou por mais um momento. – Precisa de mais alguma coisa?

Sim. *Como diabos eu não sabia que aquela era uma banda popular?*, quis gritar, mas o vocalista, que vestia uma camiseta com MEU OUTRO CARRO É SUA MÃE estampado na frente se aproximou do microfone.

– Somos a Ideal Platônico – anunciou ele quando a bateria começou a bater ao fundo. – Tudo certo?

Voltei o rosto para Mike e sacudi a cabeça.

– Não – respondi devagar, o que foi inútil, não conseguia nem ouvir minha própria voz. – Acho que estou bem por enquanto.

Os membros da Ideal Platônico eram todos variações de um tema, garotos de cabelos bagunçados com atitudes malcriadas e tênis All Star Converse, mas funcionava para eles – não prejudicava o fato de as melodias serem maravilhosas, as harmonias perfeitas. O garoto no teclado usava aparelho, reparei, sorrindo; e o guitarrista, que usava óculos escuros estilo aviador, embora estivesse escuro demais ali, e que eu me lembrava de ter ouvido Sawyer chamar de Iceman, tinha um ar muito mais John Mayer do que provavelmente gostaria de admitir.

Sawyer, no entanto, meu Sawyer LeGrande, era obviamente o bonito da banda – jeans escuros baixos nos quadris estreitos e uma fivela de cinto do tamanho de uma frigideira. Ele vestia uma camiseta branca simples, do tipo que se compra no Wal-Mart em pacotes de três por seis dólares, mas é claro que tinha a aparência de um milhão de dólares, todo anguloso e musculoso e concentrado. Peguei mais um cubo de gelo do copo.

Sawyer sabia como atrair as garotas também, principalmente um grupinho de quatro ou cinco que estava de pé bem ao lado do palco, cantando todas as músicas e mexendo o corpo pra valer. *Rebolando*. Cruzes. Sawyer tocava baixo e não falava muito, apenas sorria de vez em quando, batia com o tênis no palco e cantava as músicas. Ele tinha uma voz linda, toda estilo tenor, aveludada e triste.

Eu me ajeitei no assento, inquieta e incomodada; não conseguia afastar a suspeita de que estava exatamente onde não queria. Tinha ido tão longe e, mesmo assim, a única coisa que conseguia fazer era assistir do outro lado do salão e desejar que houvesse um modo de capturar Sawyer, de escrever sobre ele – a garota no quintal na festa, escondida, fora da parte iluminada.

Sawyer falava com aquelas garotas entre as músicas, as Reboladeiras, rindo como se as conhecesse, agachado na beira do palco.

– Sawyer, tire a camisa – gritou uma delas mais do fundo, alto o bastante para todos ouvirem, e provavelmente estava brincando, mas mesmo assim quase engasguei e morri.

– Você primeiro – rebateu ele.

Por fim, me levantei para fazer xixi, serpenteando entre a multidão e tentando ser apalpada o mínimo possível. Quando terminei, empurrei a porta de entrada, ignorando o pequeno aglomerado de pessoas de pé em volta de uma picape no estacionamento, garrafas de vidro nas mãos. Olhei para a vitrine da loja de animais por um tempo, para os filhotinhos de cachorro e de gato dormindo nas minúsculas gaiolas. Peguei o celular a fim de ligar para Shelby.

– Domino's – respondeu ela alegremente.

– Este lugar está cheio de vadias.

– É claro que está. – Shelby parecia divertir-se. Eu conseguia ouvir a TV nos fundos, os programas de crimes hediondos de que ela gostava. – É nojento.

– Nenhuma delas tem idade para estar aqui. Quero dizer, eu não tenho idade para estar aqui também, mas pelo menos minha saia não está no meio da bunda em pleno mês de janeiro.

– Verdade – concordou Shelby. – Verdade, deve-se esperar até os meses de verão para usar a saia no meio da bunda.

– Cale a boca. – Ri, apesar de não querer. – Estou falando sério. Sabia que essa é, tipo, uma banda que as pessoas vêm, de verdade, assistir?

– Como eu poderia saber? – perguntou ela. – É você quem vai escrever uma tese de doutorado sobre a vida de Sawyer LeGrande.

– Acho que preciso ir embora.

– Por causa das vadias?

– Eu me sinto uma tiete, Shelby. – Chutei alguns pedaços quebrados de concreto, como uma criancinha dando chilique. – Gosto muito dele, quase estupidamente.

– Eu sei. – Shelby suspirou com deboche do outro lado da linha. A paciência dela com Sawyer era limitada, eu sabia. Por um momento, me permiti pensar em Allie, no modo como conseguíamos passar a tarde inteira no oitavo ano desconstruindo o novo corte de cabelo de Sawyer ou o modo como ele pronunciava a letra *L*. Era só mais uma coisa da qual eu sentia falta em relação a ela, como os tornozelos esquisitos e ossudos dela e o quanto amava as piadas sem graça que começavam com "toc-toc", o código e a língua secreta de uma amizade que tinha uma década ou mais.

– Quer que eu vá buscar você?

Suspirei, me recompus.

– Não, vou ficar bem. Sou grandinha.

– É mesmo. Ligue se mudar de ideia.

– Obrigada. – Desliguei, tamborilei os dedos uma vez contra a vitrine da loja de animais e me arrastei de volta para dentro. Tinha perdido meu assento, então peguei mais uma Coca com Mike e me contentei em assistir o resto do show prensada contra a parede, um braço cruzado sobre o peito como escudo. Tinham acabado de anunciar a última música quando senti a mão de alguém no ombro, ouvi uma cantoria alegre perto da orelha.

– Se-ree-na. O que está fazendo aqui?

Virei, encolhendo o corpo ao ser tocada, e ali estava Lauren Werner. É claro. Ela vestia jeans de grife e uma regata feita para parecer gasta, um pingente de ametista delicado em uma corrente fina ao redor do pescoço. Eu já queria morrer. Ou, melhor, queria que ela morresse.

– Oi. Eu, hã... – *Recomponha-se, Reena, cruzes.* A sensação que tive era de que tinha sido flagrada, como se ela tivesse me encontrado fazendo algo ilícito. – Vim com Sawyer, na verdade.

Isso a surpreendeu. Seus olhos se semicerraram, como os de um felino.

– É mesmo? Vocês dois estão, tipo... – disse ela, como uma acusação. – Namorando?

– O quê? Não, não – respondi depressa. – Só estamos... Nossos pais têm um negócio juntos, então...

Então.

– Não diga. – Lauren me olhou de cima a baixo. Eu conseguia sentir o cheiro do perfume dela, suave e caro. – Ele nunca disse nada. Você tem aquele olhar espantado do tipo primeira vez com Sawyer LeGrande. Mas acho que se conhecem desde que eram apenas pirralhinhos?

Encolhi o corpo.

– Tipo isso.

– Que fofo! – disse Lauren. – Ele é ótimo, não é? – Comecei a responder, mas Lauren continuou falando. – E vocês, você sabe, tinham Allie em comum e tudo o mais.

Ah, *uau*. Eu estava a quase meio segundo de sair correndo pela porta de novo, ligar para Shelby, pegar carona, se precisasse, mas Sawyer apareceu atrás de mim neste momento, colocou a mão dentro do meu bolso de trás como um cumprimento. Virei. Ele estava quente e encharcado de suor.

– Oi, Laur – disse Sawyer. – Está cuidando bem desta aqui?

– Ah, muito bem – respondi por ela.

– Somos velhas amigas – acrescentou Lauren.

Os dois conversaram um pouco sobre alguma festa a que tinham ido umas semanas antes, sobre algumas pessoas das quais nunca ouvi falar, e então Lauren desapareceu na multidão, sorrindo para se despedir de um modo que parecia, sinceramente, uma ameaça. Sawyer não reparou.

– Então, o que achou? – perguntou ele depois que Lauren se foi.

Respirei fundo, fiz cara de paisagem.

– Incrível demais, lógico.

Ele sorriu e então franziu a testa.

– O que foi?

– Nada – respondi, piscando. – Só um pouco cansada.

– Quer que eu a leve para casa?

Sacudi a cabeça.

– Não. Fique se quiser. Posso ligar para Shelby e pedir para ela me buscar.

– Não, não faça isso – disse Sawyer. – Não vá. Me dê alguns minutos e nós saímos daqui.

– Sawyer...

– Não tem problema algum – prometeu ele.

Levou mais de alguns minutos. Foram mais três Cocas e duas idas ao banheiro tosco, além de ter sido apresentada a cerca de trinta amigas mulheres e excessivamente lindas de Sawyer, muitas das quais disseram:

– Ah, ela é tão bonitinha! – Como se eu não estivesse presente e tivesse quatro anos de idade. Passava da meia-noite quando conseguimos sair.

Eu me acomodei com cuidado no lado do passageiro do jipe, encostada na porta, tão distante dele quanto naquela noite no pátio do restaurante, meses antes. Sawyer devia estar pensando o mesmo, porque revirou os olhos para mim.

– Ah, pare – disse ele, estendendo a mão e pegando a minha. Os calos de Sawyer arranharam minha palma quando ele me puxou pelo assento, até eu estar quase sentada em seu colo. – Desculpe por termos ficado tanto tempo. Não percebi que estava tão tarde.

Sacudi a cabeça.

– Não, não é isso.

Sawyer sorriu.

– Você não se divertiu nada, Reena. Pode dizer.

– Eu não diria isso – falei.

– Então *o que* diria? – Ele estava mexendo na costura do meu jeans, os dedos se movendo, distraídos, para cima e para baixo na minha coxa.

Dei de ombros, inutilmente.

– Gostei muito da sua banda.

– Que bom, mas não foi isso o que perguntei.

– Sawyer... – Suspirei. – Não sou seu tipo.

Ele ergueu as sobrancelhas.

– Qual é o meu tipo?

Allie. Lauren. As Reboladeiras.

– Não eu.

– O que isso quer dizer?

– Não sou boa com esse tipo de coisa. Não gosto... – De bares. De garotas mandando você ficar pelado. De me sentir como uma fã. – ... de grandes grupos de pessoas. Não sou, tipo, supersociável. Não sou seu tipo.

– Quem se importa? Odeio meu tipo. Quero você. – Ele girou a ponta do meu rabo de cavalo entre dois dedos. – Por que está chateada?

– Não sei. – Dei de ombros. *Quero você*, ele disse. – Odeio Lauren. – Só para começar.

O rosto de Sawyer se abriu em um sorriso.

– Jura?

– Há quanto tempo vocês são amigos? – perguntei enquanto Sawyer engatava a primeira marcha e arrancava para sair do estacionamento.

– Desde o nono ano? – disse ele, olhando para trás. – Não sei. Ela namorou Iceman por um tempo.

– Vocês dois já...? – Parei de falar, arrependida antes mesmo de as palavras saírem.

Mas Sawyer estava sorrindo.

– Nós dois já *o quê*, Reena?

Abaixei o rosto, desviei o olhar.

– Esqueça.

– Isso incomodaria você?

– Talvez.

– Não.

– Que bom.

Sawyer olhou para o relógio no painel. Estávamos entrando na rodovia àquela altura. Se Sawyer virasse à esquerda, acabaríamos na minha casa e na dos pais dele; virar à direita nos levaria para o sul, na direção da rua em que Sawyer morava agora. Ele parou o jipe em um sinal vermelho.

– Precisa ligar para seu pai? – perguntou Sawyer.

Sacudi a cabeça. Nossos pais tinham passado a noite juntos em um jantar para comemorar a aposentadoria de um dos clientes mais antigos do restaurante. Eu os imaginei no salão de banquete, estranhamente reconfortada pela ideia de estarem todos no mesmo lugar. Não menti quando contei a Sawyer que sentiria falta deles quando saísse de casa.

– Não sabia quanto tempo duraria, o show, então disse a ele que provavelmente ficaria na casa de Shelby.

Sawyer assentiu, não disse nada por um bom tempo. O rádio murmurava.

– Quer ficar lá em casa um tempo? – perguntou ele, e fiz uma pausa antes de responder, na qual mal respirei. Meu rosto pareceu quente. O sinal ficou verde.

– Reena? – perguntou Sawyer de novo.

– Sim. – Assenti. – Posso ir.

# 23

*Depois*

Passa das dez e meia, mas o ar ainda está muito úmido e pesado quando chego à casa dos pais de Sawyer. O peso atmosférico parece físico, algo que eu gostaria de arrancar de mim. Choveu umas duas horas atrás – chove todo santo dia, infinitamente –, e a grama está escorregadia sob meus pés.

Toco a campainha duas vezes e receio que ele não esteja – ou pior, que os pais dele estejam –, mas quando Sawyer enfim abre a porta percebo que a casa está silenciosa, exceto pelo murmúrio baixo do rádio em algum lugar. Sawyer está com óculos de armação escura apoiados no nariz.

– Quando você ficou cego? – pergunto.

– Sempre fui. – Sawyer dá de ombros como se nem estivesse surpreso em me ver. – Só não admitia.

– Ah. – Assinto uma vez, brevemente. – Ainda quer fazer o jantar para mim?

Isso o faz sorrir.

– Sim – responde Sawyer, e recua para me deixar passar. – Sim, definitivamente. Entre.

Eu o sigo pela sala de estar, para além do monte de retratos de família em preto e branco nas paredes da sala de jantar – o trabalho de Lydia está por todos os corredores. Quando eu era pequena, ela costumava me deixar tirar fotos com sua pesada 35 mm e me mostrava como revelar no quarto escuro que tinha montado no banheiro do primeiro andar. Lembro que me sentia nervosa com a possibilidade de errar perto dela mesmo naquela época, e minhas mãos tremiam quando eu tentava segurar a câmera, um rolo de filme inteiro com fotos embaçadas e sem foco.

Conheço a casa dos LeGrande quase tão bem quanto a minha: já me sentei para assistir a dezenas de Super Bowls no sofá de couro da sala ali, comi bolo na varanda em vários dias durante anos e anos. Sei onde eles guardam as colheres e as lixeiras de reciclagem e o papel higiênico sobressalente, todos os segredos e todos os cheiros.

– Gosta de risoto? – pergunta Sawyer.

– Hum. – Isto é... não é o que eu esperava quando ele disse *jantar*. Hesito. – Claro.

Sawyer acende a luz da cozinha. O cômodo fica claro como um hospital, cheio de azulejos verde-claros e o brilho de aparelhos de aço inoxidável.

– Então – diz ele, tirando uma panela do rack acima do balcão no centro da cozinha –, como está Aaron?

Rio com sarcasmo.

– Pode parar de dizer o nome dele assim?

– Como estou dizendo?

– Não sei. – A risada se transforma em uma gargalhada um pouco histérica. Sinto como se cada órgão de meu corpo tivesse se posicionado em algum lugar no fundo da minha garganta. – Como está dizendo.

– Não estou dizendo de modo nenhum. – Sawyer dá de ombros. – *Aaron* é um nome bíblico.

Subo no balcão.

– Aaron conserta barcos.

Sawyer balança a cabeça devagar, como se estivesse absorvendo essa informação. Parecia que havia um fichário antigo em sua cabeça e ele tinha acabado de catalogar Aaron na gaveta de merdas pelas quais não tem interesse, mas suspeita que precisa conviver com elas por enquanto.

– Ele é bom com a bebê?

– Eu não estaria com ele se não fosse – digo, presunçosa. – Podemos, por favor, não falar sobre Aaron?

Sawyer sorri como se dissesse *como quiser*.

– Sobre o que quer falar?

– Não sei – respondo. – O que quer que as pessoas normais falem. Beisebol.

– Quer falar sobre beisebol?

– Não. – Ergo as mãos e as deixo caírem de novo, inutilmente. – Na verdade, nem sei nada sobre beisebol.

– Nem eu. – Sawyer está picando uma cebola, rápido e experiente, como Finch nos ensinou quando éramos crianças. – Isso é estranho? – pergunta ele depois de jogar a cebola na panela, me olhando de esguelha. – Sua expressão está mostrando que você acha isso muito, muito estranho.

– Bem – digo, dando de ombros, mexendo nas cutículas em frangalhos. – É um pouco estranho.

– É – repete Sawyer. Então, após um segundo: – Ela manteve tudo igual. Tipo, meu quarto e tal.

– Quem? – pergunto. – Sua mãe? – Na verdade, não estou ouvindo de verdade, apenas observo Sawyer fritar o arroz, acrescentar uma concha de caldo. Obviamente, está à vontade fazendo aquilo, claro que já fez antes, mas ainda assim, é, de certa forma, pouco natural, como uma árvore começar a falar.

– Ã-hã. O quê? – pergunta Sawyer ao me ver encarando. – É assim que se faz risoto.

– Eu sei fazer risoto – digo a ele. Bato levemente com o salto do sapato nos armários. – Só estou surpresa por você saber também.

– Eu sei fazer muitas coisas que não costumava saber – responde ele, e definitivamente não estamos mais falando de jantar. O ar estala: elétrons demais, quase parece possível esticar o braço e pegá-los, senti-los zunindo dentro da mão. Viro o rosto.

– De toda forma – digo alto demais. – Sua mãe. Seu quarto. Acho que ela só... Não sei. Acho que sabia que você voltaria.

– Acho que sim.

– Ela sentiu sua falta.

– Mesmo? – pergunta Sawyer. Ele mexe o arroz mais uma vez antes de abandonar o fogão e, ai, Deus. Sawyer para de pé bem entre meus joelhos.

– É – digo devagar, os olhos baixos. As mãos de Sawyer estão apoiadas em minhas coxas. – Acho que sentiu um pouco. – Quando ergo o rosto para ele, estamos nos encarando como trabalhadores em um trem lotado na hora do *rush*, e preciso muito de meio segundo para... – Só – falo – espere um pouco.

– Reena... – começa Sawyer, mas interrompo.

– Pare. – Sacudo a cabeça. – Não... Só preciso... – E vou dizer *pensar um minuto*, mas em vez disso há um roçar súbito de lábios e rostos, línguas em contato como se cada *amo você* suprimido estivesse escondido naquela escuridão úmida. Eu poderia fingir surpresa, mas foi para isso que fui até lá, não? Era o que eu queria desde a manhã em que ele apareceu. Passo os braços ao redor do pescoço dele, segurando firme. Depois de um momento, ouço Sawyer dizer meu nome.

# 24

*Antes*

Não levou muito tempo para ir da Prime Meridian à casa de estuque aos pedaços onde Sawyer estava morando com um monte de amigos. Ele desligou o rádio enquanto entrava com o carro na garagem, depois pegou minha mão e me levou escada acima até um pequeno deque, pela porta dos fundos destrancada. A cozinha era iluminada por uma lâmpada fluorescente pendurada ao teto, que projetava um brilho esverdeado sobre o piso de linóleo manchado, e os eletrodomésticos eram velhos: basicamente o que eu esperava ver, menos – reparei com um pequeno sorriso – uma vasilha de plástico com romãs sobre a mesa.

– Então, quem exatamente mora aqui? – perguntei por fim. Ele estava calado desde que havia me convidado para ir até lá, mas, enquanto tirava o casaco, Sawyer respondeu com tranquilidade, como se não tivesse havido uma pausa.

– Bem, eu e Iceman, mais o irmão de Animal, Lou, e o amigo de Lou, Charlie, o tempo todo. Mas às vezes outras

pessoas ficam aqui. – Sawyer parou, seguiu para a geladeira.
– Acho que todo mundo saiu hoje. Está com fome?

Sacudi a cabeça.

– Também não – concordou ele, e me beijou, pressionando meu corpo contra a geladeira e passando o dedo pela linha do meu maxilar. Senti meu corpo todo derreter. Meus braços se arrepiaram, e não consegui afastar a ideia de que o chão não era muito nivelado. O sangue, pensei vagamente, tinha dificuldade em chegar aos lugares aos quais precisava ir.

– Está com frio? – perguntou Sawyer quando minhas mãos gélidas roçaram a nuca dele, a etiqueta no colarinho da camiseta.

– Não.

– Está bem. – Então, em meu ouvido, embora não tivesse ninguém em volta para ouvir, mesmo que ele gritasse:
– Quer sair desta cozinha?

– Hum. – Apenas por um segundo, soltei Sawyer para apoiar um braço atrás do corpo, contra o puxador da geladeira. Eu me sentia como os gatos que às vezes observava paralisados no meio da rua, tarde da noite, quando voltava da casa de Shelby. Parecia que eu havia chegado ao topo da plataforma mais alta e me lembrado de súbito que não sabia nadar.

Não tinha nada a ver com princípios religiosos. Eu era uma católica praticante, não devota; minha religião era algo incidental em comparação com o que estava acontecendo ali. Eu só estava... com medo. Não necessariamente de um modo ruim, mas do modo como havia sido criada para temer furacões: algo poderoso chegando, melhor cobrir os vidros com tábuas.

– Não tem problema, querida – disse Sawyer, tirando minha mão com cuidado da porta, entrelaçando nossos dedos. Só... é claro que ele saberia. – Podemos ficar bem aqui.

– Não. – Sacudi a cabeça, teimosa. – Vamos.

Sawyer me olhou bem de perto, uma das mãos em concha na lateral do meu rosto.

– Tem certeza?

– Sim.

– Reena...

– Sawyer. Você já fez isso antes, certo?

– Sim, Reena. – Ele sorriu daquele jeito presunçoso com que às vezes fazia, olhando para baixo. – Já fiz isso antes.

– Bem, então – respondi. – Me mostre.

Ele assentiu, mordeu o lábio inferior.

– Está bem.

O quarto de Sawyer tinha cheiro de limão, lustra-móveis Pledge e um toque de maconha. Ele não se incomodou em acender a luz – na verdade, nem tenho certeza se havia iluminação ali –, mas vi pelo brilho da lâmpada do corredor que o quarto era limpo, organizado e simples. Olhei ao redor: uma estante de livros, um rádio de aparência cara no chão, um colchão sem estrado. O armário estava entreaberto, e dentro havia uma enorme pilha de lixo – tênis, livros, outras porcarias de garoto adolescente que não consegui ver claramente à meia-luz. Sorri. Cade costumava fazer isso em casa, largar as porcarias no armário ou enfiá-las debaixo da cama quando Soledad o proibia de descer até que o quarto estivesse limpo – em geral, nas férias ou quando recebíamos visitas.

Pledge. Visita. Inclinei a cabeça.

– Posso fazer uma pergunta?

– Hum? Pode. – Sawyer baixou o braço e ligou o rádio, brincou com o *botão das estações*; conseguíamos receber o sinal da estação da USF de vez em quando, e, certo dia, Sawyer me contou que tinham um bom programa de blues tarde da noite.

– Você limpou para mim?

– O quê? Não. – Ele esticou o corpo um pouco rápido demais, passou a mão pelos cabelos um pouco rápido demais. – Não. Por quê?

– Limpou. Você limpou para mim.

– Reena... – Sawyer pareceu envergonhado. – Não quero que pense que eu estava, tipo, planejando trazer você aqui.

Sentei na beira da cama, sorri para ele.

– Não estava?

– Bem... – Sawyer sacudiu a cabeça. – Não sei, Reena. Não vou fingir que não pensei nisso. E este lugar é um lixo.

– Não é um lixo – menti.

– É um lixo. Se você viesse para cá, eu queria que ao menos fosse um lixo sem porcaria por todo lado.

– Quem é você? – perguntei, rindo. Eu me sentia bêbada, quase. Estava feliz por ter sentado.

– Sabe quem sou – disse ele, e eu estava prestes a responder, mas Sawyer LeGrande com muita, muita delicadeza, me empurrou para a cama, e foi o fim da conversa. – Reena – murmurou ele. – Me diga se quiser parar, está bem?

– É – falei, e sorri. – Não quero mesmo.

Sawyer me beijou por um bom tempo sobre as cobertas, então debaixo delas. Minha camisa foi para o chão do quarto com um suspiro. Havia uma pequena, mas inconfundível, cicatriz no peito dele, da cirurgia que tinha feito quando era pequeno; ele era salgado como o mar, e eu fiquei fascinada com as formas de seu corpo, as dobras entre os dedos, os músculos nas costas. Levei a mão ao botão da Levi's, e ele respirou fundo, estremecendo.

– Vamos devagar, está bem? – disse ele para mim. – Vamos devagar.

Eu queria ficar acordada quando acabou. Queria olhar com atenção, me lembrar de cada detalhe para que pudesse escrever tudo depois e não esquecer, nunca mais, mas me senti sonolenta e preguiçosa.

– Pode ficar aqui? – murmurou Sawyer, e não lembro de responder, mas, quando acordei, o amanhecer chegava, cinzento, do lado de fora, e eu estava sozinha.

Estendi a mão para o piso de madeira frio a fim de pegar a camisa e tentei pensar e não entrar em pânico. Não tinha ouvido Sawyer ir embora. Os colegas dele teriam voltado àquela altura, não teriam? Que diabo eu faria, apenas descer as escadas e dizer oi? Entrei em pânico, estranhamente desorientada, total e completamente fora de controle.

Vesti a roupa o mais rápido possível, cruzei o quarto a fim de pegar os chinelos onde haviam caído, no canto perto da janela. Apoiei a mão no parapeito para me equilibrar ao calçá-los. E olhava para baixo quando alguma coisa brilhante chamou minha atenção: enfiado em um par de tênis estilo *hipster* de Sawyer, havia um saco plástico amassado, o celofane refletia a luz. Dentro vi meia dúzia de pequenos comprimidos brancos.

Puta *merda*.

Podiam ser Advil, pensei quando me abaixei para pegá-los, sabendo, ao imaginar aquilo, que estava sendo totalmente ridícula. Não tinha como aquilo não ser coisa ruim. Talvez fossem analgésicos, pensei, de modo racional, mas, obviamente, Sawyer não os tomaria para uma dor de cabeça de fim de dia.

Estava imaginando se haveria um modo de sair da casa sem ser vista quando ouvi alguém no corredor; enfiei o saquinho de volta onde encontrei, calcei os chinelos com sucesso. Sawyer empurrou a porta para abri-la, uma romã gorda em cada mão.

– Oi, moça – disse ele, tranquilo, sorrindo para mim como se vivesse em um mundo onde coisas boas acontecem com frequência e, quem sabe, eu fosse uma delas. – Dormiu bem?

– Hum. – Exalei, feliz por ele não ter me surpreendido fuxicando. Apesar de tudo, sorri ao ver Sawyer, com cara de sono e feliz. Vestia a calça jeans e a camisa da noite passada. – Oi – falei. – Bem.

Sawyer me entregou uma das romãs, se sentou de pernas cruzadas na cama.

– Você está bem?

– Ã-hã. – Assenti. – Acabei de acordar e... – Parei. Parecia idiota, agora, a ideia de pensar que ele havia desaparecido e me largado.

– O que achou, que eu tivesse ido embora? – Sawyer me beijou na têmpora. – Cara, você acha que eu sou um canalha. – Ele abriu a romã, xingando baixinho quando o suco pingou nos lençóis. Comeu as sementes por um minuto, então ergueu um pedaço da casca. Parecia curioso. – O que acontece se eu comer a parte dura? – perguntou.

Olhei para ele, ainda sorrindo, corada por ter a atenção total de Sawyer; mesmo os comprimidos pareciam menos sinistros de súbito, a pontada de pânico já se dissipava. Talvez eu estivesse errada, pensei. Talvez realmente não soubesse o que tinha visto.

– Uma romã vai brotar no seu estômago – respondi.
– Mesmo?
– Se tiver sorte.
Sawyer sorriu e afundou no colchão ao meu lado.
– Ah, eu sou muito sortudo – disse ele.

Era quase hora do almoço quando Sawyer me levou para casa. Entrei de fininho pela porta dos fundos, esperando subir sem ser vista, mas meu pai estava na cozinha tomando café.
– Como foi na casa de Shelby? – perguntou ele baixinho, um polegar circulando na beira da caneca.
– Bem – falei.
– Bem – repetiu ele. Então, enquanto eu seguia para as escadas: – Reena.
Oh-oh. Virei de costas, os olhos arregalados. Parecia que papai conseguia ver através de minha pele.
– Sim?
– Sente-se.
– Eu só ia...
– *Serena*. – A voz de papai se ergueu de súbito, e pensei em Moisés no Monte Sinai, na voz de Deus e na árvore em chamas. – Não sei se estava ou não na casa de Shelby ontem à noite, mas sei que isso precisa parar agora mesmo.
Hesitei e me fiz de desentendida. Minhas bochechas estavam muito quentes.
– O que precisa parar?
Os olhos dele se semicerraram.
– Por favor, não subestime minha inteligência.
– Não estou fazendo isso – falei. Eu me segurava à beirada do balcão, agarrada a ele com as pontas dos dedos. – Não estou.

– Por favor, não pense que sou tão ignorante que não sei o que está acontecendo entre você e Sawyer, está bem? – Papai pareceu tão desconfortável que quase tive pena dele. – Eu posso não saber o que é de fato e tenho a sensação, muito sinceramente, de que não *quero* saber o que é, mas estou dizendo agora que precisa pôr um fim nisso antes que faça algo de que vai se arrepender.

Olhei por instinto pela janela, mas é claro que não havia nada para ver ali: pedi que Sawyer me deixasse na metade do quarteirão.

Papai me viu olhando, esfregou a lateral do rosto com a mão.

– Reena – disse ele com mais suavidade agora. – Amo você. Mas está entrando numa fria. E acho que não sabe com o que está lidando.

Semicerrei os olhos para ele.

– O que quer dizer...

– Quero dizer que Sawyer tem muitos problemas.

Negação total foi meu primeiro instinto.

– Ah, papai, não tem, não.

– Há coisas que você não sabe a respeito dele, Serena. Há coisas que não sabe sobre o mundo. E talvez isso seja culpa minha, talvez eu tenha mantido você longe de...

– Pode parar? – pedi, em tom afiado. Foi o mais próximo do limite que já cheguei com papai, mas só... não queria ter aquela conversa. Não precisava de mais ninguém me dizendo todas as coisas que eu não sabia. – Não é assim. Ele não é apenas um cara qualquer... – Parei, tentando pensar em como explicar para ele. – Você *conhece* Sawyer.

Meu pai me olhou como se jamais tivesse me visto na vida, como se sinceramente não tivesse ideia do que fazer comigo.

– Sim, Reena – disse ele por fim. – Conheço.

Nós nos encaramos, em um impasse. Por um momento, desejei ter minha mãe – alguém para ficar do meu lado em tudo aquilo. Finalmente, dei de ombros e ergui o queixo.

– Posso ir?

Esperava uma discussão, mas papai apenas cedeu.

– Vá – disse ele, então, e, ao empurrar a porta para a sala, tive quase certeza de que o ouvi suspirar.

# 25

## *Depois*

Mordo o lábio inferior de Sawyer na cozinha dos pais dele; passo as mãos pela penugem onde seus cabelos costumavam ficar.

– Aí está você – diz Sawyer depois de um minuto, com as palmas das mãos de cada lado de meu rosto como se quisesse ter certeza de que não estou planejando ir a lugar algum. Ele dá um sorriso grande e alegre contra minha boca.

– Oi. – Beijar Sawyer é familiar, mas também novo, uma música que não toca no rádio há muito tempo. – Precisa mexer o risoto.

– Quem se importa? – Sawyer mordisca o ponto em que meu pescoço encontra o ombro. – Nossa, Reena – murmura ele, aproximando o nariz da minha orelha. – Senti uma saudade absurda de você.

– Ssshh – digo para fazê-lo calar, me concentrando. Sawyer tem gosto de sal e verão, como sempre. – Não sentiu, não.

De imediato, Sawyer exibe no rosto uma expressão que faz parecer que eu lhe dei um tapa e me apoia no balcão com um ruído que ressoa pela minha coluna.

– Ai! Caramba, Sawyer. – Levo a mão às costas para esfregar o cóccix. – Isso doeu.

– Desculpe. – O rosto dele se suaviza por um momento. – Mas não sei se gosto de ver você agindo como se não acreditasse em uma palavra que sai da minha boca.

Solto uma risada rouca, incrédula.

– Eu *não* acredito em uma palavra que sai da sua boca.

– Por quê?

– Porque você é um mentiroso!

– Bem, então por que está aqui? – explode ele.

Olho com raiva para Sawyer, envergonhada. Isso foi um erro. Eu sabia que seria um erro aparecer, mas fui mesmo assim. *Você não aprende*, penso, odiando Sawyer e a mim na mesma intensidade. *Burra.*

– Olhe, Reena – diz Sawyer baixinho. Ele se aproxima um pouco mais, com cuidado, a respiração quente no ponto atrás de minha orelha. – Cedo ou tarde, acho que vamos fazer isso.

Eu me afasto como se ele fosse radioativo.

– Vamos o caramba.

– Vamos, sim – diz Sawyer, como se fosse simples. Quero descer do balcão, mas ele está na minha frente. – E não fale como se não quisesse também, porque, se não quisesse, não apareceria na minha casa às onze da noite para que eu cozinhasse um segundo jantar que você nem quer comer. – Sawyer parece tão seguro de si que quero matá-lo. – Mas não vou deixar acontecer até que me perdoe.

– Bem, então acho que não vamos fazer nos próximos cem mil anos.

Sawyer ri com deboche.

– Acho que não.

– Ah, de repente você é a favor de adiar o clímax? – Estou atirando em todas as direções, sem discriminar. Quero feri-lo o mais rápido e da pior maneira possível. No fogão, o arroz está fervendo, um chiado forte.

– Você está com raiva – diz Sawyer, os olhos semicerrados. Posso ver que acertei aquele golpe, mas não é tão satisfatório quanto deveria. – Então vou deixar essa passar.

– Que caridoso de sua parte.

Sawyer dá de ombros.

– Se eu só quisesse sexo, poderia conseguir sexo. Pode apostar, já consegui. Mas quero você.

Quase dou um tapa nele.

– Nossa, você é tão *babaca*.

– É uma doença.

– É, deveríamos dar uma festa beneficente para você.

Ele sorri.

– Está ficando rabugenta com a idade.

– Bem. – Quero sujar aquela cozinha perfeita, arrancar as panelas do armário e desenhar nas paredes como a bebê, com uma canetinha. – Engravidar e ser abandonada faz isso com a pessoa.

– Eu não sabia que você estava grávida!

– Não importa!

Sawyer suspira ruidosamente.

– Então, o que vai fazer, fugir de mim de novo? Porque...

– Na verdade, sim – disparo de volta. Desta vez, dou um salto para o piso de azulejo e empurro Sawyer com força para fora do caminho. – É exatamente o que vou fazer. – Pego a bolsa da mesa e passo roçando por ele. O cheiro de arroz queimado fica impregnado em minha camisa.

Chego em casa e subo a fim de ver a bebê; ódio, exaustão e aquela vergonha infinita ainda chacoalhando como moedas soltas em minha cabeça. A casa está fria e silenciosa, o corredor escuro, exceto pelo brilho da luminária de Hannah espalhando-se, fraco, pela porta entreaberta; entro e a encontro bem acordada e esperando, calma como a superfície de um lago frio e plácido.

– Oi, mama – diz ela, alegre, sorrindo como se tivesse ficado acordada só para falar comigo e se sentisse feliz consigo mesma por ser tão inteligente. Os olhos dela são tão, tão profundos.

– Oi, bebê. – Deixo a bolsa no chão e atravesso o tapete, de súbito cem por cento certa de que vou chorar. Estou estupidamente aliviada por vê-la, só isso; aquele milagre de dez quilos que achei que, com certeza, me faria prisioneira, pés e mãos atados. Às vezes ainda tenho essa sensação, para ser sincera, mas, neste momento, estou feliz até os ossos.

Engulo as lágrimas, devolvo o sorriso.

– Oi, Hannah – repito, tirando-a do berço e aconchegando-a contra o corpo, esfregando a cabeça quente e de fios escassos dela contra a minha bochecha. Hannah está ficando pesada agora, deixando de ser um bebê. Isso me faz sentir estranhamente nostálgica e amarga. – O que ainda está fazendo acordada, hein?

Hannah não responde – ela sabe palavras, mas ainda não consegue conversar muito. Em vez disso, apenas se aconchega em meu corpo, os braços surpreendentemente fortes sobem até meu pescoço.

– Mama – murmura ela de novo.

– Sou sua mama – digo, afundando na cadeira de balanço e dando tapinhas com a palma da mão em suas costas minúsculas de bebê. – Sou a única que você tem, pobrezinha.

# 26

*Antes*

Por Deus, ele não ligou.

Tipo... nunca.

Os dois primeiros dias depois que dormi lá não foram tão ruins. Ele devia estar ocupado, imaginei, e fiz questão de não olhar o celular – de tentar não ser aquele tipo de garota. Tinha dever de casa para terminar. Tinha textos para escrever. Na segunda-feira, trabalhei em uma festa no restaurante, enfiei as gorjetas nos bolsos no fim da noite e disse a mim mesma que eram as primeiras economias para as aventuras incríveis que estavam me esperando depois da formatura.

Estava tudo bem, prometi a mim mesma no espelho do banheiro feminino. Estava tudo bem.

Mas dois dias viraram três, e então cinco – logo, uma semana tinha passado. Eu queria arrancar minha pele. Rondei, deprimida, o Mercado de Pulgas, onde a banda dele ensaiava. Liguei para meu celular do telefone fixo, para o caso de, por algum motivo, ter parado de receber sinal em casa.

— Bem — murmurei quando tocou; pensava em papai, pensava em Allie, pensava em todas as coisas que eu não sabia de verdade. *Bem.*

Não chorei. Fiz planos, em vez disso. Desenterrei todos os meus livros de viagens e comprei um punhado de livros novos, refazendo as antigas rotas e anotando: Macedônia e Mikonos, Joshua Tree e Big Sky. Pesquisei preços de excursões às pirâmides no Kaiak e no Expedia. Fiz tours virtuais a hotéis em Praga.

Aquilo dava certo de vez em quando.

Em outras noites, nem tanto.

Cansada de me ver andando de um lado para outro no corredor do andar de cima como um animal enjaulado, Soledad me mandava para a rua, em qualquer tarefa na qual conseguisse pensar: leite, Tylenol, depósitos bancários. Eu ligava o ar-condicionado e dirigia. Isso nem sempre ajudava também: certa noite, perto do dia dos namorados, enfim cedi e fui para o sul, pela 95, na direção da casa de Sawyer, com as roupas de papai saídas da lavanderia e cobertas em plástico no banco traseiro. As janelas estavam escuras e a entrada da garagem, vazia. Passei mais uma vez para me certificar.

— Então, tudo bem — disse Shelby quando confessei, comendo batatas fritas no refeitório na tarde seguinte, a cabeça nas mãos sobre o triste copinho de iogurte. Shelby tinha terminado com a namorada estrela do futebol no Natal, passara mais ou menos o recesso todo jogada na minha cama assistindo a todas as seis temporadas de *Lost* em DVD e murmurando respostas monossilábicas sempre que eu perguntava se estava tudo bem. Imaginei que relacionamentos basicamente eram uma droga, não importava de que lado você estava na escala Kinsey. – Foi um momento de fraqueza.

Limpei o armário. Entrevistei o casal que interpretaria Sandy e Danny no musical de inverno para o jornal. Passei pelo escritório da sra. Bowen – de novo – para ter certeza de que a Northwestern tinha recebido todo o material da minha inscrição.

– Estamos com tudo certinho, Reena – prometeu ela, a testa lisa se enrugando um pouco ao olhar, do outro lado da mesa, na minha direção. A sra. Bowen usava o cabelo preto em um coque alto. As unhas curtas dela estavam pintadas de um vermelho-arroxeado profundo. – Nada a fazer a não ser relaxar e esperar.

– Eu sei – falei, e, mesmo ao tentar abafar, senti a ansiedade transparecer na voz. *Relaxe e espere* era a história da minha vida ultimamente; era difícil aguentar isso dela, além de todo mundo. – Eu só... – Passei a mochila para o outro ombro, enrolando. De repente, senti uma estranha vontade de chorar. – É muito importante que eu seja aceita, só isso.

– Reena. – Agora ela parecia mesmo preocupada, todos os instintos de psicóloga emergindo de uma vez. – Você está bem?

Nossa, por um segundo, quase contei tudo a ela: sobre Sawyer e Allie e sobre como me sentia sozinha ultimamente, o quanto precisava sair daquele lugar. O modo como ela me olhava – o rosto convidativo e inteligente – me fez pensar que a sra. Bowen ouviria. Algo nela me fez pensar que ela poderia ajudar. Mesmo assim, desabafar justamente com a *psicóloga da escola*? Que ridículo. *Que absurdo.*

– Sim – falei, forçando o sorriso mais alegre que consegui. Eu devia parecer degenerada. – Estou ótima.

Tirei A em todas as provas. Fui até Lauderdale para fazer compras com Shelby. Comecei a ler *Collected Poems*, de Sylvia Plath, mas isso deixou Soledad muito nervosa, então mudei para Jane Austen, para que ela pudesse dormir sem se preocupar se eu colocaria a cabeça dentro do forno ou algo assim.

O que eu não faria.

Provavelmente.

Eu me sentia tão incrível e imperdoavelmente *burra*, essa era a pior parte – o tipo mais abominável de estereótipo, o tipo mais burro de tola. Eu me lembrei da noite da festa na casa de Allie, o olhar de pena no rosto delineado e familiar dela: *Você definitivamente não aguentaria transar com Sawyer LeGrande*. Eu tinha transado com Sawyer, sim – dera a ele algo que não poderia reaver –, e, agora que ele havia conseguido, fim de jogo, obrigado por jogar. Era nojento. Era *previsível*.

Doía mais do que qualquer coisa na minha vida.

Semanas se passaram. A vida seguiu. À noite, eu suspirava e mapeava meu futuro, encarava a lua do lado de fora da janela e imaginava para onde, diabos, eu poderia ir.

# 27

## Depois

Tem uma feira em Las Olas aonde gosto de levar a bebê nos fins de semana, para comprar sacolas cheias e pesadas de limões amarelos baratos e observar os aposentados animadinhos. Compro um biscoito de chocolate para Hannah na barraca de orgânicos, e ela descansa feliz no carrinho enquanto escolho alecrim para Soledad, abacates para papai. Compro onze laranjas do tipo kumquat porque gosto da aparência delas.

Aaron tem vindo conosco nos últimos tempos – é fanático por um pão de Nutella que é basicamente apenas bolo, chocolate e avelã com calda de laranja com açúcar – e esta manhã ele nos encontra perto da fonte, como sempre, tênis da moda e a largura imponente do corpo, com uma das mãos no meu bolso de trás enquanto andamos. Aaron é a única pessoa no mundo que me faz sentir realmente baixinha.

Mas ele está quieto hoje, meio deprimido. Anda com a testa franzida sob o boné.

– Qual é o problema? – pergunto por fim, esticando o braço para pegar a limonada de lima dele, roçando o ombro no peito sólido de Aaron. Ele tem cheiro de roupa limpa e um toque cítrico, como o sabonete no banheiro de sua casa; há uma covinha minúscula em seu queixo onde meu polegar se encaixa quase perfeitamente. – Você está estranho.

Aaron dá de ombros, desinteressado. Estou esperando um *não, não estou* ou um *não se preocupe com isso*, o tipo de *adivinhe em que estou pensando* com o qual estou acostumada quando se trata dos homens da minha vida. Mas, em vez disso, ele se senta em um banco perto dos sabonetes e das velas de cera de abelha e passa a mão pelo cabelo cor de areia.

– Posso fazer uma pergunta, sem você se descontrolar? – pergunta Aaron.

Meu corpo inteiro logo fica alerta, esticando-se como o de um furão – mas como ele poderia saber?

– Sim, claro – respondo. Penso em mim e Cade quando crianças, nos fazendo de bobos assim. Puxo o carrinho para perto a fim de que possa ver o rosto da bebê. – É claro.

– Foi para a casa de Sawyer depois de sair da minha casa na outra noite?

Hum.

– Você me *seguiu*? – É a primeira coisa que me vem à mente, de zero a completamente assustada em dois segundos e meio. O sol bate em meu pescoço. Há, tipo, seis emoções diferentes acontecendo no momento, sem dúvida: culpa e essa indignação esquisita, raiva de Sawyer e de mim mesma. Mais que tudo, tenho medo de ter destruído isso. Aaron me olha como se fosse louca.

– Não – diz ele de imediato. – Cruzes. Encontrei Lorraine no trabalho, e ela mencionou que a viu lá. Não sei. Só estou perguntando...

– *Lorraine* me seguiu?

– Reena, ninguém seguiu você! – Aaron parece um pouco irritado. – Acalme-se por um segundo. Ela mora por lá. Perto dos LeGrande, acho. Ela os conhece, por isso comentou comigo.

Eu... ah.

– Só isso? – pergunto.

Aaron franze a testa.

– Tem mais alguma coisa?

– Não – respondo depressa. – Não, definitivamente não. – Ele não sabe. Estou agindo como louca. – Estou agindo como louca – digo a Aaron, encarando a calçada entre os pés. – Desculpe. – Esfrego a ponta do rabo de cavalo por um segundo, tentando entender como agir em relação àquilo. Sei que às vezes sou reservada. Não é uma qualidade de que gosto em mim mesma, mas de maneira alguma posso contar toda a verdade a Aaron. O que aconteceu com Sawyer foi um erro idiota, uma recaída que só aconteceu uma vez. Nunca vai se repetir. – Desculpe. Sim, vi Sawyer aquela noite.

– Você viu? – diz Aaron, e, nossa, o *rosto* dele, sinto-me terrível, sinto-me a pior pessoa no mundo. Ele parece irritado, sim, mas, mais do que isso, parece *magoado*. – Sério?

– Ele é o pai de Hannah, Aaron. – Estou sendo deliberadamente dissimulada, como se, de alguma forma, Sawyer fosse apenas isso, alguém que eu conheci há muito tempo, uma nota de rodapé em minha vida. Não é justo fazer isso, eu sei, mas é que... a última coisa que quero é estragar tudo com Aaron. – É claro que vou vê-lo agora que voltou. Ele quer participar da vida da bebê, e só precisamos... entender como isso vai ficar, acho.

Pego a mão de Aaron, passo o polegar pelos calos nas pontas dos dedos dele – há uma cicatriz na parte carnuda da palma de sua mão, longa e fina, de um machucado que sofreu em um pedaço de metal pontiagudo de uma escuna que ele ajudou a restaurar em Nova Hampshire. Às vezes, imagino o que teria acontecido se Aaron tivesse ficado em Broward para o ensino médio – se eu teria reparado nele então, no sorriso irônico e nas manchas âmbar nos olhos castanhos, ou se teria sido burra e distraída demais para ver.

Ele dá de ombros agora, um indício de teimosia triste que jamais vi nele antes.

– Não, eu sei – diz Aaron, por fim. Ele olha para Hannah por um minuto, pega o biscoito encharcado e meio mastigado que ela estende para ele sem nenhuma hesitação. – Olhe, Reena – diz Aaron para mim. – Eu cresci com muita falsidade na vida, está bem? Não sou mais assim. Gosto muito de você. Quero que *saiba* que gosto muito de você. Mas se não estiver em um momento em que isso possa progredir... – Ele sacode a cabeça. – Acho que eu preferiria saber agora.

Sinto o rosto corar, uma vermelhidão quente e agradável que começa em meu peito e irradia para fora, o corpo inteiro se aquecendo de um modo que não tem nada a ver com a temperatura do ambiente. Coloco as mãos nos dois lados do rosto dele e dou um beijo em seus lábios.

– Gosto *muito* de você – digo a ele, as pontas dos dedos roçando os cabelos de sua nuca. – Foi só... não sei, um imprevisto ou algo assim. Mas não tem nada acontecendo entre mim e Sawyer, está bem? – Engulo a culpa e a incerteza, sorrio quando Aaron estende a mão para colocar uma mecha de cabelo atrás da minha orelha. – Eu diria se tivesse.

Depois de um momento, Aaron me dá um meio sorriso, relutante. Uma bandinha começa a tocar no fim da rua. Por fim, Aaron estende a mão e voltamos pelo mercado: multidões e laranjas, o estado ensolarado.

No início do verão, Shelby e eu marcamos de fazer ioga depois de minha aula de artes nas quintas-feiras de manhã. Porém, durante três semanas seguidas, uma de nós ou ambas nos atrasamos tanto que não pudemos entrar. Então, agora, marcamos de tomar café da manhã no restaurante grego do outro lado da rua da academia de ioga, e para esse encontro chegamos sempre, misteriosamente, na hora.

Ela chega antes de mim hoje, senta-se a nossa mesa de sempre, com dois cafés gelados diante de si, e empurra o mais escuro na minha direção quando me sento.

– Cuidado – diz ela baixinho, os cabelos ruivos caindo como uma cortina de teatro no rosto. – Marjorie está de mau humor.

– Bom saber. – Marjorie é a garçonete extremamente alta e magra que trabalha neste turno do Monte Olimpo. Metade do tempo ela fica animadíssima ao nos ver, na outra metade nos odeia, e não existe jeito de prever isso. Essa instabilidade acrescenta um verdadeiro elemento surpresa à omelete Ocidental. Assinto depressa, estendo a mão para o cardápio. – Vou escolher rápido.

– Acho melhor. – Shelby coloca mais creme no café, toma um gole para experimentar e franze o nariz coberto de sardas. – Então, o que aprendeu na escola hoje, querida? – pergunta ela depois que peço, muito educadamente, dois ovos fritos dos dois lados. – Tem algum dever de casa para eu assinar?

Sorrio.

– Você pode me fazer um ditado com algumas palavras para eu treinar a grafia. – Foi Shelby quem me convenceu a me inscrever em Broward, logo depois de Hannah nascer. Ela estava preocupada, provavelmente com razão, que eu jamais visse alguém da minha idade de novo se não fosse obrigada a comparecer a algum lugar em que faziam chamada. – Idiota.

Tomamos café e tentamos, sem sucesso, fazer Marjorie sorrir. Planejamos levar a bebê à praia. Shelby está namorando agora uma menina chamada Cara, de Boston, estudante de comunicação política com enormes óculos de estilo *hipster*, e estou bem curiosa a respeito da garota, que, de acordo com Shelby, talvez venha no final do verão.

– Vocês vão gostar uma da outra – promete ela, embora eu secretamente não consiga imaginar que a deprimente mãe adolescente amiga de Shelby seja uma das pessoas que essa garota precisa conhecer. Mesmo assim, Shelby parece tão *feliz*; estou ansiosa para conhecer o motivo de tanta felicidade.

– Então – diz Shelby enquanto termino a torrada, e, apenas pela mudança quase imperceptível no tom de voz dela, já tenho a sensação pesarosa de que sei que rumo aquilo vai tomar. – Você e Sawyer.

– Eu e Sawyer o quê? – digo, e sai um pouco mais defensivo do que pretendo. Respiro fundo, engulo o que estava mastigando. – Aaron contou alguma coisa?

– Se meu irmão falou comigo sobre os problemas com a namorada? – Shelby ri com deboche. – Não. – Ela estende a mão e rouba as últimas batatas fritas abandonadas em meu prato. – Ele também meio que não precisa. – Ela dá de ombros, como se dissesse *o que se pode fazer?* – Coisa de gêmeos.

Assinto, mastigo devagar.

– Certo.

– Certo. – Shelby toma um gole demorado de café, então se recosta de novo e me encara do outro lado do tampo de fórmica rachado. Ela consegue fazer isso; sei por experiência própria. Shelby me vence na espera.

– O quê? – indago por fim, literalmente jogando as mãos para o alto. Meu garfo tilinta na mesa. Marjorie me lança um olhar detestável. – Não tem nada acontecendo com Sawyer. Acredite. Sawyer é um desastre. Ele e eu *juntos* somos um desastre.

– Mas? – incita Shelby, então repete mais três vezes: – Mas, mas, mas. – Ela sorri, como se estivesse tentando amenizar a pontada de dor. – Isso é de um poema, certo? Sinto que é de um poema.

Rio com deboche.

– Deve ser – digo a ela com tranquilidade, fazendo o melhor para conter a conversa. Sinto-me o pior tipo de traidora. Porque o que aconteceu com Sawyer, uma única vez ou não, é mais do que apenas sacanear Aaron. É cem vezes mais complicado do que isso: Shelby e a família dela só fizeram cuidar de mim. *Minha* família só fez cuidar de mim. E aqui estou, mentindo para todos como se estivesse no segundo ano do ensino médio de novo. Odeio isso. Não vou fazer isso. De jeito algum.

Shelby apenas dá de ombros.

– Olhe – diz ela para mim. – Não vou me sentar aqui e dizer a você que não tem nenhum tipo de risco emocional. Amo você, amo meu irmão idiota. É claro que quero que vocês sejam felizes juntos se puderem.

– Shelby – começo, e ela ergue a mão para me interromper.

– Mas se não *puderem*, e já vi esse filme, sei como as coisas são com você e com Sawyer. Então, contanto que não seja sacana em relação a isso, só quero dizer que vou tentar muito não ser sacana em relação a isso também. – Ela dá de ombros de novo, parecendo cansada da conversa. – Mas ele gosta de você. Aaron. Posso ver.

– Eu gosto dele – digo de imediato: um reflexo, como virar o rosto ao ouvir meu nome. – Eu gosto dele pra caramba.

– Bem – replica ela. – Bom. – Shelby franze a testa e olha pelo restaurante em busca de Marjorie. – Acho que deveria ter pedido mais bacon – lamenta ela, e não tocamos mais no assunto depois disso.

# 28

*Antes*

Numa tarde úmida de fim de fevereiro, dei uma passada no restaurante no meu tempo livre, às pressas – não ia trabalhar, mas deixei o livro de cálculo no escritório na noite anterior e queria ver se conseguiria pegá-lo antes de precisar voltar para a escola para uma reunião do jornal.

– Droga. – Foi a primeira coisa que ouvi. O restaurante estava deserto, a calmaria entre o almoço e o jantar, e a voz de Roger ecoava do escritório. – Por onde diabo você andou?

– Olhe, não vai acontecer de novo. – Era Sawyer. Ele estava ali. Congelei. Por onde tinha andado? Não o via há semanas, desde a noite que passamos juntos, mas imaginei que estivesse me evitando.

– Pode apostar que não vai. Não vamos fazer isso. Não quero policiais ligando para minha casa. Você não vai desaparecer durante semanas. Se quiser viver naquele chiqueiro, desperdiçar sua educação e destruir sua vida, é problema seu, mas não vou participar disso.

Polícia? O que diabo ele tinha *feito*? Pensei no comprimido que não era Advil no tênis de Sawyer na noite em que dormi com ele. Pensei na mão quebrada dele no ano anterior. Fiquei de pé ali como se tivesse sido atingida por um raio, as pontas dos dedos tracejando a borda de uma toalha de mesa, sentindo-me absoluta e cem por cento colada ao chão.

– Saia da minha frente, Sawyer. Não quero nem olhar para você.

Eu conseguia ouvir meu coração batendo, rápido e ansioso. Cheguei mais perto, de fininho, para ouvir.

– Pelo amor de Deus, pai – começou Sawyer, mas Roger o interrompeu, tinha terminado.

– Falei sério. E não ouse falar assim comigo.

– Tudo bem. – Ouvi Sawyer se levantar e corri para a porta da frente o mais rápido que consegui. Tentei ser bem silenciosa, mas a alça da minha mochila agarrou no encosto de uma cadeira e precisei parar para soltá-la. Minhas mãos tremiam enquanto a libertava.

– Ah – falou Sawyer quando se virou em um canto e me viu. Ele parecia *irritado*. – Oi.

– Não ouvi nada – respondi de imediato, então voltei atrás. – Quero dizer. Oi, eu, hã, esqueci o livro.

– No escritório – disse ele, esboçando um sorriso, que sumiu em um piscar de olhos. Sawyer não tinha feito a barba. – Sobre a mesa. Imaginei que fosse seu.

– É. Bem. – Comecei a passar por ele, mas Sawyer me segurou pelo pulso.

– Aonde vai?

– Pegar o livro – respondi, olhando para nossas mãos, então para o rosto dele, depois para as mãos de novo. Aquilo saiu mais arredio do que pretendi.

– Ãhã. – Sawyer deu um apertão, então soltou meu braço. – Parece um plano.

– É. Então. Vou entrar e... fazer isso.

Sawyer assentiu.

– Tudo bem.

Entrei no escritório, murmurei um cumprimento para Roger, peguei a porcaria do livro e disparei para fora. O jipe de Sawyer estava estacionado no meio-fio, e ele se recostara na porta do motorista, os braços e os tornozelos cruzados.

– Precisa de carona? – perguntou ele.

Engoli em seco.

– Não.

– Quer uma mesmo assim?

– Sawyer... – O vento soprava. Um carro passou correndo. – Tenho uma reunião.

Ele deu de ombros.

– Falte.

– Não.

– Por que não?

*Está de brincadeira?*, quase perguntei. *Porque estou tentando tirar você da cabeça. Porque nem sempre gosto do modo como ajo quando estou com você. Porque transamos e você desapareceu da face da terra.*

– Por que a polícia ligou para sua casa? – perguntei.

Sawyer sorriu.

– Achei que não tivesse ouvido nada.

– Menti.

– Entendo. Pegue uma carona comigo e contarei.

– É assim que jovens são mortas.

– Como?

– Entram no carro com garotos suspeitos.

Sawyer apenas ergueu uma sobrancelha.

– Uma caminhada, então?

Eu deveria ter respondido não. Deveria ter ido para minha reunião idiota. Deveria ter feito basicamente qualquer outra coisa em vez do que, de fato, acabei fazendo. Mas isso jamais havia me impedido quando se tratava de Sawyer, e, mesmo me lembrando do inferno desprezível que as últimas semanas tinham sido, assenti.

– Bem rápida – falei depois de um minuto. – Pelo quarteirão.

Sawyer assentiu uma vez, considerando.

– Pelo quarteirão – disse ele.

Partimos na direção da Grove Street, sob o sol claro de fevereiro – passamos por uma joalheria, pela lavanderia. Aquilo parecia um pouco ridículo. Por um tempo, nenhum de nós falou.

– Então, aqui estou – falei por fim. – Caminhando. O que a polícia queria?

Sawyer deu de ombros.

– Eu me meti em problemas em um bar. Bebi demais.

Revirei os olhos sem conseguir evitar.

– Acha que isso o torna mais interessante ou algo assim?

– Hum? – Aquilo chamou a atenção dele. – Como assim?

– Todo esse sofrimento que você demonstra. – Eu me sentia descontrolada. Ele já tinha me largado, eu não tinha nada a perder. – Quero dizer, sei que as garotas caem nessa. Eu caí nessa. Mas acha que torna você mais interessante? Quer saber? – Dei de ombros. – Não torna.

– Não. – Sawyer deu uma risadinha impossível de decifrar. – Acho que não.

– Posso perguntar outra coisa?

– Vá em frente – permitiu Sawyer. – Mande.

– Por que perdeu tempo comigo? – Eu me sentia reconfortada pelo ritmo de minhas botas na calçada; por algum motivo, encontrava coragem naquilo. – Sei lá, aquelas garotas... aquelas no seu show ou aquelas que vão ao restaurante. Sinto que provavelmente teriam... sinto que você provavelmente teria precisado de muito menos esforço com elas. Menos enrolação.

Sawyer parou de andar.

– Não quero nada com elas. Já falei.

– Certo. Você odeia pessoas do seu tipo.

– Reena, desculpe por não...

– Não importa – falei, interrompendo-o, mentindo. – Quero dizer, não estava mesmo esperando nada de você.

– Ai. – Sawyer exalou, passou a língua pelos dentes. – Você deveria falar com meu pai.

– Está vendo? É disso que estou falando. Pobrezinho. Quando, na verdade, é tudo mentira, e não sei por que deixei que me afetasse daquele jeito se vou embora em alguns meses, de qualquer forma, e provavelmente nunca voltarei, a não ser que seja Natal e eu precise que alguém me compre um casaco. Ou algo assim.

– Sei que você vai sair daqui, Reena. – Sawyer suspirou. – Não precisa usar a cartada da inteligência comigo, está bem? Sei o quanto é inteligente. Olhe – disse ele, segurando meu pulso de novo, puxando-me para um canto com força o suficiente para fazer minha mochila bater contra a parede. Meu coração estava aos pulos dentro do peito. – Fiquei um pouco arisco, está bem? Fico assim às vezes. Um pouco assustado. Mas não quero fazer isso com você. Não quero ficar com medo.

Bufei um pouco.
– Pare.
– Estou falando sério – disse ele, baixinho. Sawyer segurava meus dois pulsos, depois passou a segurar minhas mãos. – Sei que não tem motivo para acreditar em mim. *Eu* provavelmente não deveria acreditar em mim. Provavelmente pensaria que é tudo mentira. Mas eu *gosto* de você.

Sacudi a cabeça com teimosia.
– Certo.
– Eu gosto. Gosto da sua inteligência. – Sawyer sorriu. – E gosto do resto também, se não se importa que eu diga.

Em algum lugar da minha mente, um piloto em um pequeno avião fazia o que podia para evitar uma queda violenta, gritando *socorro* sem que ninguém ouvisse.

– Pare com isso – consegui dizer, mas àquela altura eu não estava enganando nenhum de nós. – Não estou brincando.
– Nem eu.
– Você jamais teria dito outra palavra para mim se eu não tivesse...
– Você está errada – interrompeu Sawyer. – Eu teria levado algum tempo. Mas teria chegado lá.
– Duvido muito.
– Preciso provar que não.

Mudei de posição, hesitante. Uma guerra silenciosa era travada em meu peito.

– Estou falando sério sobre a faculdade – falei por fim, como se fosse algum tipo de comprometimento, uma rota de saída, um plano de contingência, um modo de proteger o coração. – Vou receber a resposta das universidades em breve. Não vou ficar muito tempo por aqui.

– Anotado. – Sawyer sorriu. – Mas quero ficar com você.

– Você sempre consegue o que quer? – comecei, mas só cheguei à metade do interrogatório, pois Sawyer inclinava o corpo para me beijar contra a lateral do prédio, as mãos quentes dos dois lados do meu rosto. E no calor emanado do corpo dele, de algum modo, minhas perguntas se evaporaram no ar úmido da Flórida.

# 29

## *Depois*

Aaron me leva para comer comida mexicana algumas noites depois (eu vi a *drag queen* Celine Dion na farmácia lendo uma *Us Weekly* com um pacote tamanho família de M&Ms de amendoim, e por isso é a vez dele de pagar). Pedimos margaritas e tacos de peixe em uma mesa próxima à banda. O restaurante fica na esquina da casa dele, e voltamos para lá depois, os dedos firmes de Aaron entrelaçados nos meus.

Não paro de falar, tão tagarela que beiro a insanidade, mas por dentro me sinto ansiosa e desconfortável – inquieta e quase em pânico, como se algo dentro de mim empurrasse a pele por dentro, tentando sair. É apenas uma ansiedade comum, provavelmente, mas mal ouço uma palavra que Aaron diz a noite toda.

A verdade: não consigo parar de pensar em Sawyer.

– Tudo bem – protesta Aaron por fim, afastando-se um pouco. Estamos no sofá da sala dele, uma de suas grandes mãos apoiada em concha em minha nuca. Eu me sinto tensa desde as pontas das orelhas até os tornozelos. – Agora é *você* quem está estranha.

Fico surpresa por ele ter notado, na verdade; por Aaron prestar tanta atenção que possa perceber. Não estou acostumada a isso. Não sei se gosto ou não.

– Quem, eu? – pergunto, blefando, os olhos arregalados e inocentes. – Estou bem.

Ele não acredita em mim – sei que não acredita –, mas me deixa beijá-lo por mais um minuto antes de tentar de novo.

– Reena – diz Aaron, e passa a palma da mão para cima e para baixo do meu braço. – Por favor. Pode me contar.

Eu *poderia* contar a ele, acho, e *quase* conto, mas, em vez disso, meio que tomo as rédeas.

– E se eu ficasse esta noite? – pergunto. – Poderia buscar a bebê e depois voltar, e... – Paro. – Você sabe. Ficar.

Aaron parece surpreso, como se não estivesse esperando por isso.

– É claro – responde ele devagar, abrindo um sorriso alegre. – Eu adoraria, se é o que você quer fazer.

– Eu... é – digo com a voz um pouco esganiçada e desesperada, mesmo para meus ouvidos. – Sim.

O sorriso de Aaron hesita um pouco, bem nos cantos.

– Tem certeza?

– Aaron... – Abro a boca para reconfortá-lo, para dizer: *é claro que quero*, mas, quando a resposta sai, é de algum lugar dentro de mim que eu nem sabia que existia, algum lugar pequeno e escondido que não apareceria em um mapa. – Acho que precisamos dar um tempo.

Hum.

– *O quê?* – Por um segundo, ele parece total e completamente estupefato, como se eu estivesse falando uma língua desconhecida, e acho que não posso culpá-lo, quinze segundos atrás eu estava pedindo para passar a noite. – Eu não... – Aaron olha para mim, parecendo achar que estou ficando louca. – Por quê?

– Eu só... – Assim que sai de minha boca, sei que é verdade, que o que estou tentando fazer não vai dar certo. Que venho tentando forçar uma chave na fechadura errada. – Acho que preciso de um tempo, sabe? Com tudo o que está acontecendo com minha família, e a faculdade...

– O quê? O que está acontecendo na *faculdade?* – Essa é uma desculpa idiota, e Aaron sabe. Ele ainda está me encarando como se tivesse a visão ofuscada, o ódio começando a aparecer. – É por causa de Sawyer?

– Não – digo de imediato, ainda andando de um lado para outro. – Prometo que não é.

– Mesmo? – Ele ergue a voz, apenas um tom. – Acho que não entendo bem de onde isso saiu, se não é por causa de Sawyer.

– Está saindo de mim! – disparo. É o mais perto que já estive de perder a calma com ele: mantenho os sentimentos bem trancados. – Acho que estou inquieta, não sei.

– Vamos viajar! – sugere Aaron. – Para Keys ou algo assim. Podemos levar Hannah, ficar na praia por uns dias.

*Você não está entendendo,* quero dizer. É tão maior do que isso. Mas como ele *poderia* entender, na verdade? Jamais me incomodei em explicar.

A pior parte é que posso me imaginar sendo feliz com Aaron. Posso me acomodar por aqui, em uma casinha, com minha bebê, segura perto da família dele e da minha. Eu tiraria o diploma pela faculdade estadual. Trabalharia como garçonete no restaurante até Hannah crescer. Posso ver tudo isso planejado para mim, organizado, pequeno e prazeroso como um fim de semana em Keys, e isso me faz querer gritar, diferente de tudo o que já vivenciei. Não posso viver desse jeito para sempre. *Não posso.*

– Essa não é a solução – consigo dizer, a voz um pouco trêmula; nossa, já estou pensando que existe uma chance remota de eu ser a mulher mais burra do mundo. – Olha, Aaron, você merece alguém que fique cem por cento...

– Não faça isso – interrompe ele baixinho, e vejo que o deixei irritado. – Não transforme a questão em algo que eu mereço. Se não quer estar comigo, tudo bem, mas pelo menos me diga a verdade.

E, porque ele merece pelo menos isso, apenas... assinto.

– Desculpe – digo a Aaron, e dou de ombros, desesperada. Eu me sinto no olho de um furacão, amedrontada e tranquila. – Mas acho que preciso ir.

Aaron me olha por um minuto, como se eu o tivesse destruído, como se eu não fosse nenhum pouco a pessoa que ele achou que eu fosse.

– É – replica ele por fim, dando de ombros também, um erguer ínfimo de ombros, magoado e pouco convencido. – Acho que precisa.

# 30

## *Antes*

– Olhe para ele – disse Shelby, de pé no pódio na quinta-feira à noite, riscando um grupo de cinco da lista durante o recesso de primavera do segundo ano, a praia fervilhando, o restaurante inteiro lotado. Shelby gesticulou para o bar, parecendo enojada. – Ele acha que é a porcaria do Don Juan DeMarco. Sabe, se eu estivesse me jogando nos clientes daquele jeito, pode apostar que ouviria algumas. Ou, Deus me livre, se você estivesse.

– O quê? – Olhei para trás, uma cesta de pão em uma das mãos e uma jarra de água na outra, e tentei parecer bem desinteressada. Sabia que Shelby não era exatamente fã da minha relação com Sawyer.

– Você chama de sair, eu chamo de masoquismo. – Ela gostava de dizer, franzindo o nariz cheio de sardas. – Diferença nenhuma.

E talvez fosse masoquismo: de fato, naquele momento particular, Sawyer estava inclinado sobre o bar, envolvido em uma conversa animada, definitivamente um flerte, com duas garotas que reconheci da escola.

– Hum. – Foi tudo o que falei antes de entregar a cesta de pão, fazendo o melhor para ignorar a pontada forte de ciúme, o peso no peito. Nem sequer estávamos *namorando*, eu não achava. Duas semanas depois da cena na calçada, eu ainda não sabia o que éramos.

Tanto faz. Eu estava bem. Sawyer gostava de garotas. Naquele momento, ele gostava daquelas garotas.

Mas percebi, ao passar por Shelby quando voltava para a cozinha, que as duas estavam segurando taças de vinho meio vazias.

– Ah, que babaca – murmurei.

– Nolan, mesa para quatro? – chamou Shelby. Ela se virou para mim, sentada bem esticada no banquinho. – Vá em frente. Dê uma de caubói.

Fui até o bar, olhei com raiva até chamar a atenção dele.

– Posso falar com você um segundo?

Sawyer sorriu para mim, tirou o pano do ombro e o deixou sob o balcão.

– Oi, linda.

– Não me chame assim – disparei, enquanto Sawyer me seguia para o corredor dos fundos, perto do escritório.

Ele franziu a testa.

– Por que não?

– Porque não é legal. – Fiz uma careta e olhei para as garotas, uma das quais tinha Sexy escrito com strass na camiseta. Eu odiava isso. Era como precisar explicar uma piada. – Você não pensa? Quero dizer... – Fiz uma pausa, tive dificuldade para encontrar as palavras. – Você não *pensa*?

– Eu não... – Sawyer apoiou a mão no meu braço. – Do que está falando?

Desvencilhei o corpo do toque dele.

– Você serviu as duas?

– Se eu servi quem?

– Aquelas garotas. – Assenti na direção delas. – Helga e Olga, não sei bem os nomes. – Engoli em seco. – Você as serviu?

– Sim – disse ele, sem nem hesitar. Parecia confuso. – Por quê?

– Elas fazem educação física comigo, Sawyer. Estão no ensino médio.

– Ah. – Sawyer olhou para elas e de novo para mim. – Ops.

– Ops? – Minha voz estava esganiçada, eu sabia disso, mas àquela altura não me importava. – Sério, *ops*? Esse é um bom modo de meu pai perder a licença para vender bebida alcoólica.

– Reena, relaxe. Ninguém vai perder a licença. Eu não pensei em verificar, mas...

– Só estou dizendo que, talvez, se passasse um pouco menos de tempo... – Parei. Um pouco menos de tempo *fazendo o quê?* Olhando para garotas gostosas, era isso, mas eu não podia dizer em voz alta. Sawyer piscou para mim. – Uau – disse ele, após um momento. – Tudo bem. Você está irritada.

– Sim, estou.

– É bonitinho. – Duas depressões que por pouco não se tornaram covinhas surgiram nos cantos da boca de Sawyer.

– Pare de me dizer coisas assim. – Fiz uma careta. – Sabe, nem toda garota no mundo fica impressionada com você.

Ele assentiu, sério.

– Cerca de três quartos delas.

Meu Deus, ele era tão canalha às vezes. Senti vontade de gritar.

Shelby surgiu nesse momento, dedos frios se fechando sobre meu pulso.

– Está bem cheio lá fora, chefe – disse ela, indicando o bar.

Sawyer assentiu.

– Já vou – disse ele, me olhando. – Reena...

– Esqueça – falei, sacudindo a cabeça. – Esqueça.

Saí batendo os pés, estampei um sorriso no rosto, voltei para minhas mesas e enfrentei, irritada, o movimento do jantar. Cerca de duas horas depois, eu estava no corredor dos fundos, olhando pela janela para o pátio e tomando uma xícara de café, quando o ouvi se aproximar por trás.

– Procrastinadora – disse ele, como cumprimento.

– Estou no intervalo.

– Eu sei. Estou brincando. Olhe, Reena, o que aconteceu...

– Não – interrompi. Já me sentia burra, ciumenta, imatura. – Não quero falar sobre isso.

– Pisei na bola, está bem? Desculpe. Mas ninguém se feriu.

– É claro. Está certo. – Comecei a me afastar, mas Sawyer segurou meu braço. Puxei de volta. – Não.

– Por quê? – Sawyer se mostrava bem confuso. Ele parecia o menino Christopher Robin, do ursinho Pooh. – Reena, não sei qual é seu problema comigo hoje, mas...

Nesse momento, as palavras de Sawyer foram interrompidas pela sirene alta e esganiçada do alarme de incêndio: vi o rosto dele se enrugar, os olhos se arregalarem.

– Puta merda – disse Sawyer baixinho, e, quando me virei para olhar para trás, vi a fumaça saindo pela porta da cozinha.

– Ai, meu Deus.

– Merda. Vá – disse ele, girando a maçaneta da porta dos fundos e me empurrando por ela. Eu conseguia ouvir as pessoas gritando do lado de dentro.

– Sawyer, meu pai...

– Reena! – Ele segurou meu braço e me guiou para o pátio. Minha xícara de café quebrou no concreto. – Vá.

Foi um incêndio de gordura, soube mais tarde, pequeno, rápido e fedido. Ninguém se feriu, mas os danos na cozinha foram o bastante para manter o restaurante fechado durante o fim de semana. Manchas escuras com aparência úmida subiam pelas paredes como dedos retorcidos; o salão de jantar inteiro fedia a óleo e fumaça.

Papai apoiou a mão em meu ombro enquanto eu estava sozinha a uma das mesas algumas horas depois. Ele já havia mandado Shelby e o resto da equipe de garçons para casa.

– Tenho algumas coisas para terminar aqui – disse ele. Parecia exausto; mais cedo eu o vira tomando antiácidos e fiquei preocupada, por um breve minuto, com o estresse em seu coração. A ideia de que poderíamos ter perdido o restaurante me deixou em pânico e com instinto protetor sobre o lugar e sobre meu pai. Pensei que partiria para a faculdade em alguns meses e senti uma pontada de saudade dele, embora papai estivesse bem diante de mim. – Pode esperar mais um pouco?

– Posso levá-la, Leo. – Era Sawyer, aparecendo do nada como um fantasma. Eu imaginava que ele tivesse ido embora sem despedida ou explicação, como naquela noite no hospital. – Posso levar Reena para casa.

Papai olhou para Sawyer por um bom tempo, e então, para mim. Por fim, ele suspirou.

– Direto para casa – disse ele, e eu sabia que devia se sentir bem pior do que parecia. – Sério.

– Direto para casa – prometeu Sawyer. – Com certeza.

Assenti, fiquei de pé, dei tchau para meu pai. Sawyer abriu a porta do restaurante com o ombro largo e xingou baixinho ao sentir a lufada de vento entrar.

– Congelando – disse ele, embora definitivamente só estivesse frio para a Flórida, e pegou minha mão de maneira tão casual que fiquei me perguntando se sabia que o tinha feito. Engoli em seco e tentei ignorar o contato simples, as ondas de choque irradiando para meus ossos.

– Não tem um casaco? – perguntou Sawyer. Ele franziu o lindo nariz conforme nos apressávamos pela lateral do restaurante até o estacionamento.

– Ficou na cozinha. – O céu estava carregado, cheio de nuvens espessas e roxas.

– E é muito útil para você lá – disse ele ao abrir a porta do carona. – Tem um moletom no banco de trás.

O garoto tinha educação, pelo menos, pensei. Lydia cuidou bem dessa parte.

– Estou bem – menti.

Sawyer se sentou atrás do volante, tateou no banco de trás e pegou um moletom cinza. Parecia irritado.

– Reena, pode esquecer seus princípios ou o que seja por um segundo e aceitar o casaco? Vai levar alguns minutos até o carro aquecer.

Ele parecia tão bonito no escuro, e me vi assentindo.

– Tudo bem.

– Que bom. – Sawyer acelerou. – Não foi tão difícil, foi?

Não respondi.

– Vai ficar bem caro – falei.

– É para isso que serve o seguro.

– Acho que sim. – Empurrei um CD para dentro do aparelho. John Coltrane: *A Love Supreme*. Encostei a cabeça na janela quando a música começou.

– Então – disse Sawyer. – Quanto a antes.

Suspirei.

– Sawyer, podemos, por favor, por favor, esquecer de antes? Eu fiquei irritada sem motivo. Às vezes ajo assim. – Era mentira. Eu tive motivo, na verdade, tive dois motivos, mas preferiria que Sawyer pensasse que eu tinha uma veia cruel aleatória a pensar que eu estava com ciúmes da atenção que ele dava às garotas. Ciúmes nos deixam vulneráveis. Maldade apenas nos torna uma rainha do gelo. – Não vamos falar sobre isso, está bem? Desculpe por ter sido má com você.

– Não peça desculpas. Não estou arrependido.

– É claro que não está.

– Por que fica dizendo essas merdas para mim?

– Não sei. Está vendo? Irritada sem motivo. – Fechei os olhos e me aproximei da janela o máximo que o cinto de segurança permitia. Não sabia o que havia de errado comigo, mas se continuasse olhando para ele, temia perder a calma por completo diante daquele garoto que eu queria tanto havia tanto tempo que querê-lo estava embutido em mim, fazia parte do meu corpo, parte de meus ossos, de forma que agora, mesmo quando o tinha, não conseguia parar de esperar que desse errado.

– Tudo bem. – Ele ficou em silêncio, deixou a música tocar direto até que perdi a noção de quanto tempo havia passado. O motor roncava, constante e alto.

– Caramba! – exclamou Sawyer a seguir, meio rindo, mas pisando forte nos freios.

– O quê? – Meus olhos se abriram quando o jipe de Sawyer derrapou por um segundo no meio da estrada deserta. – Qual é o problema?

Ele assentiu para o para-brisa.

– Olhe.

Semicerrei os olhos.

– Isso é um...?

– Acho que é um pavão.

Era. Um pavão adulto estava imóvel no meio da Campos Road, a cauda de penas aberta. Era enorme. A ave piscou uma vez. Olhei para ela pelo vidro quando Sawyer encostou o carro.

– Temos pavões aqui?

– Acho que não. – Ele soltou o cinto de segurança.

– O que está fazendo?

– Só quero ver se tem identificação ou algo assim.

– Tipo, se é o animal de estimação de alguém? Sawyer, essa coisa provavelmente tem raiva.

– Aves pegam raiva?

– Não sei.

– Você deveria saber coisas de gente inteligente, Reena. – Ele sorriu uma vez. – Relaxe. – Sawyer soltou o cinto, saiu do jipe. – Talvez seja da reserva ou algo assim.

O pássaro permitiu que Sawyer se aproximasse diversos metros, observando-o com olhos cautelosos. Além de todos os atributos, ele também era encantador de pavões, é claro. Sawyer se agachou.

– Oi, amigo – disse ele.

O pavão não respondeu. Os dois ficaram ali, se encarando pelo que deve ter sido um minuto, e, por fim, não aguentei mais. Abri a porta.

O movimento assustou o pássaro e ele soltou um longo grasnido antes de encolher as penas com um farfalhar, como um leque se fechando. O pássaro saiu aos galopes para o outro lado da estrada com muito mais velocidade do que eu teria esperado. Hesitei.

– Isso aconteceu de verdade?

– Você o assustou – disse Sawyer, tranquilo, aproximando-se para ficar do lado do carona.

– Bem, eu costumo ter esse efeito sobre as pessoas.

– Nada. – Sawyer baixou o braço e segurou minhas mãos, tirando-me do jipe para o acostamento coberto de grama. Eu sentia os calos nas palmas das mãos dele. – Não sinta pena de si mesma.

– Ah, eu não sinto.

– Não? – As mãos de Sawyer subiram por meus braços, tão sutilmente, então desceram de novo, até ele segurar minhas mãos de novo. Ele as puxou para cima e cruzou-as atrás do próprio pescoço.

– Eu nem *gosto* de pássaros – falei, e Sawyer gargalhou. Corei um pouco, olhei para baixo, para o espaço entre nós. – Mas eu gosto de você.

– Bem – disse ele, e me beijou. – Isso é bom.

Eu ainda ouvia Coltrane. Não conseguia decidir se estava com calor ou com frio. O rosto de Sawyer contra o meu estava macio, como um pedido de desculpas. Ele estava mais perto agora, impossivelmente perto, e, quando me recostei contra o jipe, pude sentir o metal pelo moletom dele.

– Você é minha namorada? – murmurou Sawyer em minha orelha, bem baixinho. Gargalhei, uma gargalhada alta e melódica, para responder que sim.

# 31

## *Depois*

Shelby está sentada a uma mesa nos fundos quando chego ao restaurante, dois dias depois de romper com Aaron, e está limpando os folhetos grossos que usamos como cardápio, acrescentando os especiais da noite.

– Não fale comigo. – É tudo o que ela diz.

Sinto náusea. Odeio a ideia de brigar com Shelby, de ter estragado a única boa amizade da minha vida: já passei por esse caminho, e ele é ladeado por um monte de porcarias.

– Shelby...

– Não – diz ela, mal erguendo o olhar. Os cabelos ruivos, hoje cacheados, caem sobre seu rosto como um véu. – Quero que não fale comigo por um tempo. Estou com raiva de você. E não costumo ficar com raiva de você, Reena, não tenho muita experiência nisso. Então o que preciso no momento é sentar aqui e limpar esses cardápios idiotas sem parar e que você me deixe em paz até eu decidir o que vou fazer a respeito.

– Não é justo – protesto. Sento diante dela, contrariando o bom senso, esperando ao menos poder contra-argumentar. – Você disse que não se envolveria no que quer que acontecesse entre mim e Aaron...

Shelby me olha agora, revira os olhos como se eu estivesse sendo burra de propósito.

– Eu falei que não me envolveria no que quer que acontecesse entre você e Aaron contanto que você não fosse sacana, o que... *ops.*

Estranhamente, lembro-me com nitidez de Allie, naquela noite nos balanços, há um século. *Você quer ganhar essa briga?* E aqui estou, tantos anos depois, ainda brigando com minha melhor amiga por causa de Sawyer. Isso faz com que eu me odeie um pouquinho. E me faz odiar Shelby um pouquinho também.

– Está bem – digo com o máximo de educação. – Sou uma namorada de merda e uma amiga de merda.

– Tudo bem, *ouça.* – Shelby suspira ruidosamente e apoia os cardápios na mesa, a expressão no rosto indicando que não queria fazer aquilo, mas eu insisti, então, aí vai. – Sei que teve dois anos difíceis, Reena. E é uma droga, de um jeito Alanis Morrissette na música "Ironic", que você fosse, tipo, a pessoa que menos se arriscava na história do mundo e toda essa merda tenha acontecido com você, mas sinto que fez um bom trabalho construindo uma vida para si, apesar de tudo. Mas, agora que Sawyer voltou, você está agindo como se estivesse no ensino médio de novo. – Ela contabiliza uma lista nos dedos, como possíveis efeitos colaterais de algum medicamento novo e não aprovado. – Você briga, se maqueia, ele é sua pessoa preferida, você o odeia, e talvez isso seja fora do comum para você, ou talvez ele seja a única pessoa perto da qual você pode ser você mesma, eu não sei. Tudo bem, é problema seu... contanto que outras pessoas não sejam magoadas enquanto você se decide.

– Eu estava tentando não magoar Aaron! – replico, irritada. – Foi por isso que terminei com ele.

Shelby faz uma careta.

– Ah, Reena, nem brinque. Você terminou com Aaron por causa de Sawyer, direta ou indiretamente. E isso não é... – Ela para de falar, sacode a cabeça. – Não quero que pense que estou com raiva de você por ter terminado com meu irmão.

– Então por que está com raiva de mim? – estouro. Olho ao redor, envergonhada. Dois executivos bebem no bar, há um ou dois casais de idosos jantando cedo. Baixo o tom de voz. – Sério. Por que está com raiva de mim?

– Estou com raiva de você... – Shelby suspira de novo. – Estou com raiva de você porque Sawyer voltou e você, tipo, esqueceu que é incrível. É como se agora que ele está por perto de novo, todo o trabalho que teve nem mesmo importasse. Não é nada contra Sawyer, não quero que pense isso também, principalmente porque todos na sua família pensam que ele é o anticristo...

– Obrigada – interrompo, e Shelby bufa.

– Eu só acho – diz ela, bruscamente –, que você está se esquecendo de si mesma por um cara.

Agora sou eu quem está com raiva.

– O que estou esquecendo, exatamente? – Exijo saber. – Que moro na casa de meu pai, que nem consegue olhar nos meus olhos na maioria dos dias porque ele literalmente acha que eu sou a puta da Babilônia? Que sou garçonete e provavelmente sempre serei? Ou que tenho dezoito anos e um bebê para cuidar e nenhum modo concebível de sair deste lugar idiota? – Nossa, que ousadia dela, com sua bolsa de estudos e a namorada inteligente e o futuro promissor como médica, com seu poder de fazer as malas no fim do verão e pegar um avião para milhares de quilômetros daqui. Em quê, neste mundo de meu Deus, ela pode se basear para dizer que minha vida é *incrível?* Empurro a cadeira para trás com estardalhaço, pego a bolsa de cima da mesa. Estou tão cheia das opiniões de todo mundo que tenho vontade de gritar. – Obrigada, Shelby – digo a ela com o máximo de desprezo. – Vou me lembrar disso.

Sawyer não desiste, é claro. Passei a vida analisando as expressões dele, e alguma coisa no modo como ele me olhava antes de eu sair transtornada da cozinha dos pais dele naquela noite me mostrou que, na sua opinião, a conversa não tinha terminado. Era apenas uma questão de *quando.*

Sawyer mantém distância até quinta-feira. Estou recostada no balanço da varanda com o laptop quando o jipe dele encosta, e, mesmo à meia-luz alaranjada, reparo mais uma vez que o carro está em péssimo estado nos últimos tempos: nunca foi exatamente bom, para início de conversa, e agora está amassado como uma lata de café, a ferrugem descasca das portas. Pelo barulho, o silenciador está quebrado.

Os pelos em meus braços se arrepiam, embora ainda faça vinte e seis graus, e fecho o laptop com mais força do que pretendo, sem querer que Sawyer veja a tela: embora todas as minhas assinaturas de revista tenham vencido e eu tenha tirado o e-mail da lista de contatos de todos os sites de viagens da internet, ainda tenho uma queda pelos blogs. Passo noites inteiras clicando: encarando as imagens fortes e de cores supersaturadas feitas por mulheres visitando San

Diego ou passando um ano em Jakarta, lendo histórias sobre as comidas que têm comido e as pessoas que conheceram pelo caminho. Estou me torturando. Não sei por que me dou o trabalho de fazer isso.

Até agora, não consegui me obrigar a parar.

– Oi – diz Sawyer baixinho, subindo pela entrada da casa. Ele veste jeans escuro e rasgado e uma camiseta e deixou os sapatos no carro. Os pés dele estão pálidos contra o concreto. Ele segura um copo plástico gigante.

– Tudo bem, preciso perguntar – digo a Sawyer, semicerrando um pouco os olhos do outro lado do gramado. – Qual é a das raspadinhas?

Sawyer dá de ombros, então inclina o copo na minha direção.

– Mais barato do que bebida alcoólica.

Mordo o lado de dentro da bochecha, imaginando qual é a história toda ali, mas, no fim, apenas deixo para lá.

– Seus dentes vão apodrecer e cair – aviso; então: – O que faria se eu não estivesse sentada aqui?

– Quem disse que vim ver você? – Ele sorri ao subir os degraus, depois se senta meio de lado no alto deles, de modo a ficar de frente para mim, recostado em minha casa. Está silencioso lá dentro, as janelas escuras. Meu pai fez um teste de estresse à tarde e foi dormir cedo. Soledad o seguiu pouco depois. – Eu ia bater à porta.

Ergo as sobrancelhas.

– Está tarde.

– Ah. Teria atirado pedras em sua janela, então, talvez. – Ele indica o laptop com a cabeça. – Estava escrevendo?

– Não. – Sacudo a cabeça de modo decidido, com algum prazer esquisito ao responder. – Eu disse que não escrevo mais.

– Lembro que disse isso, sim. – Sawyer me olha com cuidado. – É uma pena. Achei que talvez você só estivesse dificultando as coisas para mim.

– Porque obviamente tudo o que faço tem a ver com você?

Sawyer revira os olhos.

– Foi isso que eu disse? – pergunta ele, sem uma irritação específica. Parece saber que precisa esperar por mim e está disposto. – Sério. Você me ouviu dizer isso agora?

– Vai se ferrar – disparo de volta, imitando o tom de voz dele. A paciência de Sawyer me provoca, me faz querer brigar com ele. – O que quer que eu faça?

– Quero que não me odeie.

– Não odeio você.

– Você não *gosta* de mim.

Levanto o rosto e olho para ele, sentado no chão como um penitente. Suspiro e conto a verdade.

– Sawyer, gostar de você jamais foi o problema.

Ele sorri – queria que não tivesse um sorriso tão lindo – e muda de tática.

– Venha se sentar ao meu lado – diz ele agora.

– Por quê?

– Porque estou pedindo. – Sawyer inclina o corpo e pega um punhado de pedrinhas brilhantes do caminho que leva à varanda, começa a atirá-las no gramado uma a uma. Elas saltam pela grama verde e escorregadia enquanto sacudo a cabeça.

– Sawyer – digo a ele. – Não.

– Por que não?

Não tenho uma resposta muito boa para isso – não uma que possa contar a ele, pelo menos –, então afasto o cobertor no balanço e me sento no degrau do alto. Sawyer desliza para baixo, para ficar sentado abaixo de mim, o queixo na direção de meu joelho.

– Essa é nova – digo. Tem uma estrela azul-escura no bíceps dele que não estava ali antes; ela se destaca contra a pele de Sawyer como uma marca de gado.

– Fiz em Tucson.

Sinto as sobrancelhas se erguerem, aquela expressão que Shelby chama de Enorme Sulco quando estamos conversando.

– O que estava fazendo em Tucson?

Sawyer olha para mim, sorri um pouco.

– Trabalhei em uma fazenda.

– Sério?

– Soja – diz ele, assentindo uma vez. – E em uma casa de cerâmica.

Dou uma gargalhada, não consigo evitar.

– Você está fora de controle.

– O que há de descontrolado nisso? – pergunta ele, todo inocente. – Eu cuidava do forno.

– Entendo. – É claro que cuidava. Sawyer poderia ter qualquer emprego, fazer qualquer coisa, dirigir uma empilhadeira, um carro de corrida, ou transformar água em vinho. – Aonde mais foi?

– Ah, cara. – Sawyer pensa. – Bem. Nova Orleans, assim que saí daqui. Los Angeles.

Los Angeles é suja e cheia de neon. Não se pode beber água da torneira em Los Angeles. Eu sei disso: não porque já estive lá, mas porque, como com tantas outras coisas, li em um livro.

– Kansas, por um tempo.

– Kansas.

– Ã-hã. Nunca tinha ido. É bem plano lá.

– É o que dizem.

– Missouri. Plano lá também.

Fecho os olhos e imagino como estou fazendo isso, como estamos conversando exatamente como antes. Na brisa, sinto cheiro do mar, perto e infinito; minha pulsação parece uma bomba-relógio dentro da garganta. Respondo com murmúrios por um tempo, incapaz de me envolver no papo.

– Novo México – diz Sawyer, como uma liturgia. Depois de um momento, a mão dele roça em meu calcanhar. – Austin.

Tento não reparar – acredito em acidentes –, mas então, a palma da mão dele desliza por trás da minha perna, pelos músculos que se acomodaram ali desde que ele foi embora.

– Pare com isso – digo, e preciso pigarrear para fazer isso.

– Reena – diz Sawyer, e a voz dele dizendo meu nome é um murmúrio que desce por minha espinha e se espalha. Ele pressiona o indicador contra a depressão atrás de meu joelho. – Não estou fazendo nada.

– Está, sim. – Nossa, seria tão fácil. Como é possível que ainda seja tão fácil? Respiro fundo e desço um degrau, afastando-me dele.

Sawyer me solta de imediato, estica a mão para pegar mais pedrinhas para jogar e, quando não encontra nenhuma, começa a puxar grama das rachaduras na entrada.

– Posso perguntar uma coisa? – diz ele depois de um momento, sem me olhar. As mãos dele estão muito bronzeadas. – Se eu tivesse pedido que fosse comigo, acha que teria ido?

– O quê, quando você foi embora? – Olho para ele com curiosidade. – Eu já estava grávida.

Sawyer ri um pouco.

– Sem brincadeira, princesa. Não é o que estou perguntando. Estou perguntando se teria ido.

Por um minuto, não digo nada e o silêncio pesa; parece que o mundo inteiro está dormindo. Um pequeno lagarto verde passa correndo. Penso nos mapas que dobrei no quarto, nos guias de viagens e atlas que jamais vou usar. Penso em minha menina, que amo mais do que qualquer criatura viva no universo, e inclino a cabeça para a lua em um uivo silencioso.

– Não – respondo, por fim. – Provavelmente não.

Sawyer assente como se eu tivesse lhe dado alguma coisa, confirmado as suspeitas que ele tinha desde o início.

– É – diz ele. – Foi o que pensei.

De manhã, acordo e encontro uma romã à porta: vermelha e perfeita, redonda como o próprio mundo.

# 32

*Antes*

Cade e Stefanie se casaram no fim de semana depois de o restaurante pegar fogo, de pé diante de Deus e de todo mundo, jurando amor eterno e devoção um ao outro, na riqueza ou na pobreza, até que a morte os separasse. A festa deveria ter sido no Antonia's, mas, como a cozinha estava carbonizada, Finch montou tudo na nossa casa. Soledad e eu passamos o sábado inteiro desinfetando a casa, montando mesas no jardim e enchendo vasos gigantes com limas para os enfeites de mesa. Cade só andava de um lado para outro.

Agora, apenas alguns minutos antes da hora do bolo, eu estava na ponta dos pés no armário, vasculhando a última prateleira em busca da caixa de sapatos com as fotos do livro do ano que minha tia Carin precisava ver *neste minuto, Reena, traga para cá.* Eu tinha acabado de pegar as provas das fotos quando Sawyer passou os braços ao redor de minha cintura, por trás, apoiando o queixo recém-barbeado no meu ombro.

– Oi – disse ele.

– Oi. – Sorri olhando para meus cardigãs. Não me virei.

– Oi – repetiu Sawyer, então me colocou mais para dentro do armário e me virou para encará-lo. Sawyer seguiu para minha boca sem hesitação, encostando minhas costas nos casacos e nos jeans; senti cheiro de desodorante e lenços e ri.

– Veio me agarrar em um armário? – perguntei, e dei mais um passo para trás. – Isso é muito elegante, LeGrande.

Sawyer deu de ombros, sorriu um pouco.

– Podemos nos agarrar lá embaixo se quiser.

Ri com deboche.

– Tentador, mas vou recusar.

– Eu sabia – disse ele, fingindo tristeza. – Sou seu segredinho sujo.

– Ah, é mesmo.

Ele sorriu.

– Senti sua falta.

– Sou muito popular nessa festa.

– Estou vendo. – Sawyer olhou para fora do armário, para as paredes. – Você pintou?

Dei um risinho, olhando em volta.

– Tipo, uns dois anos atrás.

– Ah, nossa. – Sawyer riu. – Nem lembro da última vez que pude subir aqui.

– Eu lembro – disparei logo, então me encolhi. – Isso é vergonhoso.

– Nada. – Sawyer se sentou no chão do armário e pegou minha mão, puxando com carinho até eu descer para o lado dele. O indicador de Sawyer tracejou a alça fina do meu vestido. – Conte.

– Não. – Empurrei uma pilha de revistas *Budget Travel* do ano anterior, as páginas todas manchadas e dobradas pelo manuseio constante. Havia uma edição em especial com uma matéria sobre feiras livres em Londres que eu conseguia repetir quase palavra por palavra, exatamente como me lembrava de cada detalhe da última vez que Sawyer tinha estado em meu quarto. – É bobo.

– Segurando informação – implicou Sawyer, recostando-se contra a parede. Estava escuro ali: jeans e vestidos bloqueavam a luz do quarto e parecia que estávamos fingindo, como se estivéssemos em um forte. Enroscado no fundo de um armário estava um moletom antigo de Allie, vermelho e com uma enorme cruz branca na frente, de um verão em que ela trabalhou como salva-vidas. Peguei o casaco de repente, puxando uma das cordinhas do capuz. – Vamos lá.

– Não sei – falei, bufando um pouco enquanto pensava naquilo... na noite em que Sawyer foi jantar lá com os pais, o verão depois de nosso último ano antes do ensino médio. – Foi há muito tempo. Allie estava aqui comigo.

– Ah! – disse ele, lembrando-se. – Jogamos cartas?

Assenti. *Buraco*, eu poderia ter acrescentado. *Allie pegou minha regata emprestada e você lhe disse que ela parecia velha para a idade, e desejei que ela fosse embora, pela primeira vez em nossa amizade, enquanto estávamos sentados ali, pensando que talvez você fosse reparar em mim depois que ela fosse embora.*

Sawyer deve ter visto minha expressão mudar, porque me agarrou pela cintura com pressa, me puxou ainda mais para perto até minha cabeça estar no colo dele. Eu conseguia sentir os músculos das pernas dele sob a calça cinza de lã. Ela quase não tinha elasticidade.

– Não fique estranha.

– Não estou ficando estranha – protestei, embora me sentisse prestes a ficar. Eu não conseguia afastar a ideia de que Allie era a terceira pessoa naquele relacionamento, de que querer Sawyer, sentir culpa e sentir falta dela a ponto de doer eram como um pacote; as cordinhas do capuz se esticavam ao máximo. Olhei para Sawyer a fim de ver se ele também sentia isso, se sentia *Allie*, entulhada em meu armário bagunçado conosco, mas ele estava me olhando com indiferença. *Falar sobre isso não muda nada*, lembrei a mim mesma. – Conte algo bom.

Sawyer ergueu as sobrancelhas.

– Alguma coisa em particular?

– Não, não sei. Qualquer coisa. Diga qual é seu filme preferido.

– *O poderoso chefão.*

– Sério? – Fiz uma careta. – Previsível.

– Ah, e qual é o seu?

Dei de ombros e murmurei.

– *Alguém muito especial.*

– Porque *essa* é uma escolha ousada.

– Cale a boca – falei, e ele se inclinou para me beijar de novo... por mais tempo desta vez, as mãos livres.

– Ser invisível? – perguntou Sawyer, na direção de meu ombro. – Ou poder voar?

– Invisível, definitivamente – respondi. – Surdo ou cego?

– Cego.

– Por causa da coisa da música?

– Ã-hã. Quando vai me deixar ler sua redação?

Sorri; era uma piada entre nós dois agora, Sawyer dizendo que queria ler as palavras que eu tinha enviado para a Northwestern e eu me sentindo envergonhada demais para deixar.

– Algum dia – prometi. – Veremos.

Nós nos beijamos por mais um tempo, dez minutos escondidos com meus jeans e meus tênis, a camiseta da Northwestern que meu pai tinha encomendado na internet apesar de meus protestos de que nem mesmo tinha sido aprovada. Sawyer passou os dedos pelo meu cabelo. A mão livre dele desceu e fiquei tensa por apenas um segundo, mas, no fim, ele apenas apertou meu joelho, olhou para o conteúdo do meu armário e assentiu.

– Você tem muito espaço aí dentro – disse ele com um leve sorriso. – Queria que meu armário fosse grande assim.

– Para acomodar todas as suas camisetas de banda?

– Acha que é inteligente, hein? – perguntou Sawyer, as pontas dos dedos buscando as laterais do meu corpo. Fiquei de pé antes que ele conseguisse fazer cócegas, segurei o braço de Sawyer para tirá-lo do armário.

– Vamos, Sorrateiro – falei, sorrindo. – Preciso descer.

– Hum – disse Sawyer, sem se mover. – Não precisa, não.

– Preciso, sim. Meu pai vai vir atrás de mim. – Sorri. – Com a espingarda.

– Seu pai não tem uma espingarda.

– Claro que tem. Ele usa em caras que tentam me agarrar em armários.

– Anotado. – Sawyer sorriu e seguiu. – O que mais a irrita?

Suspirei e me abaixei de novo para nivelar nossos olhos.

– Pessoas que pronunciam errado a palavra *nuclear*.

Ele riu.

– Nerd linguística.

– Livro preferido.
– *O som e a fúria.*
– Está mentindo.
– Eu não sou completamente analfabeto, sabe.
– Não, claro que não. – Corei. – Só achei que diria, tipo...
– *O apanhador no campo de centeio?*
– Bem – falei, envergonhada. – Sim, na verdade.
Sawyer inclinou o corpo na minha direção.
– Não sou tão previsível assim. Primeiro beijo.
– Elliot Baxter, no baile do sétimo ano. O que, de verdade, você buscou com o baterista naquele dia?
Sawyer franziu a testa.
– Está bem – disse ele de súbito, levantando do carpete e tentando me escalar para sair pela porta do armário. – Está certa. Hora de descer.
– É, foi o que pensei. – Soltei o moletom de Allie e deixei que ele me puxasse consigo, um pouco tonta. Ficamos de pé sob a luz de meu quarto, súbita e forte. – Analgésicos, certo?
– Eu... – Sawyer ergueu as sobrancelhas, surpreso, e eu sabia que não estava errada. – O que a faz pensar isso? – perguntou ele.
Dei de ombros.
– Tenho olhos – contei a Sawyer. E também tinha Google. – Não sou burra.
– Nunca achei que fosse. – Ele não pediu desculpas, nem tentou negar. Em vez disso, passou os dois braços em volta de meus ombros e me deu um apertão amigável e familiar. – Não faço muito isso – prometeu ele. – Só de vez em quando.

Que frequência seria *essa*? Queria perguntar. Pensei em Lauren Werner e em longas noites na Prime Meridian, nos programas de intervenção a que Shelby gostava de assistir. Pelo que vi nos filmes e na TV, Sawyer não *parecia* um viciado – alguém que sua o tempo todo e rouba o DVD player dos pais. Mesmo assim, ali estavam partes tão grandes da vida dele sobre as quais eu não sabia nada – parágrafos inteiros censurados de cartas dos tempos da guerra, filmes modificados para o formato da exibição. Quem *é* você? Queria indagar, mas apenas assenti, guardando aquela informação, e tudo o que poderia significar, no fundo da mente para considerar depois e tentando ignorar a sensação de nó no estômago. Precisava que ele não fosse bom demais para ser verdade.

– Caramba – falei nesse momento, ao olhar meu cabelo no espelho acima da cômoda, com fotos, porta-joias e desodorante espalhados pela superfície. Quarenta e cinco minutos do trabalho manual cuidadoso de Soledad estavam totalmente desfeitos. – Viu o que fez?

Sawyer observou enquanto eu consertava o pior do estrago, me beijou na testa e sorriu.

– Você é bem bonitinha.

Mostrei a língua para ele.

– Está bem, seu destruidor de cabelos sob efeito de drogas. Vamos.

– Bem atrás de você, sua elitista intelectual obcecada por linguística.

Esperei mais cinco minutos depois que Sawyer desceu e me esgueirei para baixo o mais discretamente possível. Sujo ou não, ele não era um segredo, eu disse a mim mesma, mas aquele era o dia de Cade, e eu estava feliz. A última coisa de que precisava era mais um olhar sisudo e desapontado de meu pai, a sensação pesarosa de que alguma coisa não estava bem atrás das costelas.

Peguei um pedaço de bolo de casamento, fui até o quintal. Carin pegou meu braço enquanto eu passava.

– Reena – disse ela com curiosidade, uma expressão no rosto como se eu tivesse mudado inexplicavelmente nos trinta minutos desde que ela me vira. – Cadê as fotos?

# 33

*Depois*

Brigar com Shelby me deixa totalmente arrasada. Começo a mandar mensagens de texto pra ela – por vários motivos diferentes, coisas normais idiotas, para avisar que *Center Stage* está passando na TV a cabo ou reclamar da nova música de Taylor Swift alojada bem no fundo de meu cérebro –, até perceber que não estamos nos falando e atirar o celular de volta no sofá. Fico deprimida. Eu me lembro dessa sensação um ano antes de Allie morrer, o vazio esquisito de não ter uma melhor amiga para quem contar as coisas. Como é mais solitário do que qualquer término poderia ser.

Trabalhamos no mesmo turno atribulado no Antonia's uma noite, dois grupos grandes em oito mesas e uma festa nos fundos, no salão de banquete. Eu a pego pelo pulso no bar durante o período mais próximo de um descanso que conseguimos, os dedos enroscados em torno da meia dúzia de pulseiras que ela usa.

– Shelby – começo, então fracasso completamente e não consigo continuar de algum modo decente.

Shelby ergue as sobrancelhas, um punhado de guardanapos e um olhar que indica que, independentemente do que tenho a dizer, espera que seja algo bom.

– O quê? – pergunta ela bruscamente.

Hesito. Quero perguntar a ela como está a semana; quero as últimas novidades sobre a *hipster* Cara. Quero dizer que sinto muito, que me sinto como uma daquelas garotas horríveis que não conseguem fazer a amizade com outras garotas dar certo, que sinto falta dela aos montes e não quis estragar as coisas com seu irmão e farei tudo o que ela quiser para compensar. Quero consertar isso da pior e mais idiota maneira, mas não sei como, e no fim apenas sacudo a cabeça.

– Esqueça – digo, perdendo a coragem no último segundo. – Não importa.

– Tudo bem. – Shelby revira os olhos para mim como se, ao mesmo tempo, esperasse aquilo e achasse colossalmente péssimo. – Como quiser, Reena – diz ela por fim, e, depois de um segundo, solto seu braço.

Duas semanas se arrastam. Fico inquieta e ansiosa; Hannah e eu dirigimos pela autoestrada durante horas todas as noites.

– Você está desperdiçando gasolina – observa Cade, mas apenas dou de ombros, entregando o cartão de crédito para o balconista pálido e magricela como um viciado em crack em busca de uma dose. A estrada ronca sob meus pés: *siga em frente, siga em frente, siga em frente.*

Dirijo.

São cinco horas de um domingo e Soledad está cozinhando; a cozinha tem um cheiro delicioso, uma grande panela de arroz amarelo fumegando no fogão e o balcão cheio de ingredientes para uma receita, que sei que ela tirou da cabeça. Soledad nunca faz nada com receitas prontas.

– Vai jantar aqui? – pergunta ela quando tiro uma garrafa de água da geladeira. – Os LeGrande vêm.

Fico tensa.

– Por quê?

– Como assim, por quê? – pergunta ela, me olhando de um jeito estranho. – Para comer.

– Não, eu sei. – Foi uma pergunta idiota. Roger e Lydia ainda vêm jantar de vez em quando, embora, em geral, Hannah e eu façamos o possível para sair pela porta dos fundos antes de eles chegarem. Sempre pareceu mais honesto fazer dessa forma, e ninguém nos pede para ficar. Não faço ideia do que costumam dizer.

– Não vai ver Aaron esta semana? – pergunta Soledad agora, com a expressão toda casual ensaiada ao tirar uma panela tampada do forno, e faço o possível para devolver à altura. Aaron deixou algumas mensagens no meu celular desde que terminei com ele. Até agora, não liguei de volta.

– Hum, não – digo, brincando um pouco com os ímãs da geladeira. Reena, monto, em vermelho, verde e amarelo. Casa. – Estamos dando um tempo. Posso ajudar?

– Aqui, continue mexendo isto. Está grudando. – Ela sai para que eu possa ficar com o fogão para mim, um cheiro de lilás e baunilha quando Soledad passa. – O que quer dizer com um tempo?

– Hum? – pergunto, batendo com a colher de madeira na borda da panela com mais força do que preciso. – Não sei. Só, tipo, um tempo separados.

– Sério? É uma pena. – Soledad joga alguns tomates-cereja na vasilha de madeira para salada, coloca um na boca e me dá outro por educação. – Gosto de Aaron – diz ela, engolindo. – Acho que ele faz bem para você.

– Jura? – digo. E então: – Merda. Desculpe. É só que você e o resto do mundo acham isso.

– Ah. – Ela não diz nada depois. O silêncio fica suspenso, uma gota de sangue numa vasilha de leite. Espero, no entanto, pacientemente, e, por fim, Soledad suspira. – Reena, quanto a Sawyer...

Não gosto do rumo que estamos tomando.

– Sol, por favor, não quero...

– Sei que há um certo... romance no fato de ele estar aqui. Como um filme. Mas só preciso que se lembre de como foram os últimos anos, está bem? – Soledad passou para as cebolas agora. As mãos finas e graciosas dela cortam e picam. – Para todos. Para seu pai.

– Para meu *pai*? – Olho para ela.

Soledad trabalha sem parar, o som eficiente do aço na madeira.

– Foi difícil para todos, é o que estou dizendo. E todos poderíamos ter feito as coisas de um jeito diferente e... – O rosto de Soledad se suaviza, e ela está me olhando com compaixão, e é por isso que fico tão surpresa quando ela diz: – Por favor, apenas *pense* desta vez, querida.

Fico de pé ali por um momento, pateta como uma vaca. Então, meus olhos se arregalam.

– Porra, está de brincadeira comigo? – pergunto baixinho e tenho certeza de que ela vai me passar um sermão pela boca suja, mas, em vez disso, apenas apoia a faca no balcão e sacode a cabeça linda e castanha.

– Não, Serena – responde com calma. – Não estou, porra.

\* \* \*

Preciso ir.

Não sei aonde – a casa de Shelby, talvez, se ela falar comigo, ou a autoestrada, ou pegar o carro e me jogar de um penhasco – mas para fora desta casa é o primeiro passo. Tiro Hannah do cercadinho e pego as chaves nas almofadas do sofá quando a campainha toca, e, quando Roger e Lydia entram, Sawyer está logo atrás deles.

Usando *gravata*.

Encaro-o por um minuto, como a bebê faz quando está tentando entender algo que nunca viu antes. Dou uma risada curta e histérica.

– O que aconteceu? – pergunta Sawyer antes de dizer oi.
– Nada. – Minto. – Oi.

Sawyer não fica satisfeito. Ele aponta as chaves em minha mão.

– Aonde vai?

Roger e Lydia me olham com expectativa; Soledad está atravessando a porta da cozinha.

– A lugar nenhum – digo, e é definitivo, como o som de algo batendo. Guardo as chaves de novo e entro com eles.

# 34

*Antes*

Eu estava indo a pé para a escola em uma manhã ensolarada de abril, totalmente perdida em meus pensamentos, tentando desatar um nó teimoso nos fones de ouvido e planejando a matéria que tentaria fazer Noelle aprovar naquela tarde, sobre rotas de viagem para adolescentes no verão. Quando ouvi uma buzina soar atrás de mim, saltei como louca, o iPod quicando pela calçada. Dei meia-volta, assustada, e lá estava o jipe de Sawyer, estacionado no meio-fio.

– Quebrou? – gritou ele, do assento do motorista. Sawyer tinha parado a meio quarteirão de minha casa, em meu caminho normal. Ele usava óculos escuros, mas, mesmo de onde estava, pude ver que ria. Sawyer tinha uma risada excelente.

Peguei o iPod do chão e o avaliei em busca de danos permanentes, mas, tirando alguns arranhões, parecia bem.

– Nenhum problema – gritei de volta, sacudindo a cabeça ao seguir para a porta do motorista. – Passei direto por você? – perguntei, envergonhada.

– Ã-hã. – Sawyer estendeu a mão e me beijou pela janela aberta, o sol morno da manhã se refletia na pintura cromada do jipe. Ele vestia uma camiseta azul desbotada que parecia ter sido lavada um milhão de vezes, como se pudesse se desfazer feito algodão-doce se fosse levemente puxada. – Você – pronunciou ele, os dedos entrelaçados nos meus e me apertando – se assusta fácil.

– Não assusto, não! – protestei, segurando o fone de ouvido e mudando de posição para acomodar a mochila. Precisei me abaixar em um ângulo esquisito para entrar no jipe. – Eu estava distraída.

– Obviamente. – Sawyer riu de novo, o rosto tão perto do meu que nossos narizes roçaram quando ele se mexeu. Eu sentia o suor brotar agradavelmente na minha nuca. – Então, é o seguinte – disse Sawyer, com uma voz baixa e confidencial, e parecia que ia me contar algo realmente emocionante, e que eu precisaria prometer mantê-la apenas entre nós. – Acordei pensando em waffles.

Ri com deboche.

– Isso é um código? – perguntei, implicando.

Sawyer ergueu as sobrancelhas.

– Quer que seja?

Dei de ombros e me aproximei um pouco, puxando os óculos escuros para baixo do osso do nariz dele com um dedo. No lado de dentro, o carro cheirava a Sawyer.

– Talvez – admiti.

– *Talvez*. – Sawyer apontou o queixo na minha direção e deu vários beijos no meu lábio inferior. Ele sorriu, e eu senti seu sorriso. – Entre e descubra.

Nossa, eu queria. Meu estômago se revirou com a força do quanto eu queria.

– Não posso – falei para ele apesar disso, sacudindo a cabeça. Suspirei um pouco para quebrar o feitiço. – Minha aula começa em, tipo, quinze minutos.

– E daí? – perguntou Sawyer. A boca dele seguiu a minha quando me afastei, ainda sorrindo. – Falte.

Gargalhei, esticando o corpo todo e limpando as mãos de súbito suadas na parte de trás do jeans. Eu ainda segurava o iPod.

– Não posso simplesmente faltar – falei, era horrível, claro, mas eu realmente não podia. Tinha uma prova sobre a primeira metade de *Anna Karenina* e uma reunião com a sra. Bowen para conversar sobre estágios de verão, além da reunião do jornal e de um relatório de laboratório para entregar. Precisava ir à escola... e logo, na verdade, se não quisesse me atrasar. – Não posso.

Sawyer, aparentemente, não tinha pressa alguma.

– Claro que pode – disse ele, tranquilo. – Aqui, vou mostrar. Apenas entre no carro, então vou acelerar, e depois, bum: waffles.

Franzi o nariz, o sol estava forte e os fones de ouvido tinham se enroscado em meus dedos, mais ainda do que no início.

– Simples assim, hein? – perguntei.

– Simples assim – concordou ele.

Não duvidei de que, para Sawyer, fosse exatamente simples assim: quando queria fazer algo, ele fazia. Fim de papo. Não parava para pensar em tudo o que poderia dar errado. Imaginei como era ser esse tipo de pessoa – o tipo que não está sempre preocupada com o que pode acontecer, com o que as pessoas pensariam ou com cada desastre que poderia recair sobre si no meio do caminho. Ele apenas... agia.

Pensei de novo na reunião sobre o estágio e na matéria do jornal que estava tão ansiosa para apresentar apenas cinco minutos antes, mas conseguia sentir a determinação perdendo força ao ficar ali e olhar para o rosto de Sawyer. Mesmo após namorarmos por um mês inteiro, era emocionante quando ele aparecia assim, saber que ele estava pensando em mim o suficiente para me procurar. Que ele achava que eu podia ser o tipo de pessoa que simplesmente age também.

– Você é má influência – falei, por fim, sentindo-me culpada, com um sorriso prazeroso estampado no rosto quando a ideia de passar um dia inteiro, e *em segredo*, com Sawyer começou a se firmar em minha mente. Olhei por cima do ombro, então para os pés, para que ele não visse o quanto eu estava animada. – É sério.

Sawyer assentiu, decidido.

– Eu sei – disse ele. Por um minuto, pareceu que Sawyer se sentia sinceramente mal com aquilo, como se achasse que estava me prejudicando de alguma forma. Então, ele sorriu como se fosse feriado. – Entre.

Pelo visto, waffles significavam mesmo waffles. Fomos a um Denny's em péssimo estado na Rodovia Federal e pedimos grandes pratos de waffles cobertos com chantilly e mirtilo, uma porção gigante de bacon como acompanhamento. O joelho quente de Sawyer tocava o meu sob a mesa. Ficamos sentados ali pela metade da manhã, cercados por um bando de idosos e duas mães com crianças barulhentas em uma mesa próxima à janela, que parecia grudenta. Música brega de Michael Bolton saía dos alto-falantes. Estar ali em uma hora tão estranha era como estar de férias, como se estivéssemos muito mais longe de casa do que a apenas quinze minutos de distância: aquele parecia um grande truque que executávamos juntos, Sawyer e eu contra o mundo. Eu sabia que aquilo era idiota – eu estava matando aula, não roubando um banco ou coletando informações de inteligência internacional – mas, mesmo assim, não era exatamente uma fantasia repulsiva.

– Então, quantas pessoas aqui acha que são espiãs? – perguntou Sawyer, tomando um gole grande de suco de laranja e sorrindo como se tivesse lido meus pensamentos. – É o disfarce perfeito, certo? – Ele passou um pedaço de bacon em uma poça de xarope. – Ninguém jamais suspeitaria.

– Exceto você – observei, gargalhando. Eu estava absurdamente cheia, mas queria continuar comendo mesmo assim, para ficar naquela porcaria de restaurante o máximo que pudesse. Tomar tanto café que meu corpo começaria a vibrar.

– Bem, e você agora. – Ele assentiu para uma senhora em uma mesa não muito longe de nós, com vestido florido e Crocs laranja-fluorescentes. – Ela, por exemplo. Acha que só está sentada ali, cuidando da própria vida, comendo o Grand Slam, mas, na verdade, é uma agente especial da CIA. – Sawyer ergueu as sobrancelhas de modo ameaçador. – Só estou dizendo que ela pode estar envolvida em algo bem louco, tipo James Bond.

– Ah, é? – Inclinei o corpo sobre a mesa. – Qual é o codinome dela?

– *Moons Over My Hammy* – respondeu Sawyer, sem hesitar, citando o prato do cardápio. Ele cutucou minha perna com a dele sob a mesa, enganchando um dos tornozelos em volta do meu. – Dãã.

Depois que Sawyer pagou a conta, voltamos para a casa dele sem discutir o assunto, como se ambos meio que soubéssemos que acabaríamos ali. Ervas daninhas roxo-esverdeadas brotavam entre as rachaduras da calçada. Dentro estava silencioso e parecia vazio, todos os vários colegas de apartamento dele estavam fora ou dormindo, aquela sensação vaga de abandono que as casas têm no meio de um dia de semana. O ar tinha um cheiro um pouco sufocante. Havia um saco meio comido de Doritos no futon sujo e garrafas de cerveja espalhadas sobre a mesa de centro, além de uma que havia caído sem que ninguém se incomodasse em limpar o conteúdo do chão. Sawyer deu um sorriso sem graça.

– Eu, hã. Não limpei desta vez – admitiu ele.

– Tudo bem – respondi depressa, embora, na verdade, me deprimia um pouco pensar nele morando ali o tempo todo. Pensei na casa de estilo rústico de Roger e Lydia, arejada e imaculada, cheia de antiguidades reformadas e tapetes felpudos que cediam agradavelmente sob as solas dos pés. Imaginei se Sawyer tinha um plano de longo prazo.

Não tive muito tempo para pensar nisso, no entanto, pois no segundo seguinte ele me envolveu com os braços pelas costas, beijando toda a curva do meu pescoço. Estremeci por dentro da regata cinza.

– Ainda gosta de mim? – perguntou ele baixinho, a boca roçando o lado da minha orelha enquanto me levava na direção da escada. – Mesmo que eu more com um bando de vagabundos?

E... sim. Eu gostava muito, *muito* mesmo.

Depois disso, tiramos um cochilo, o corpo de Sawyer quente e sólido sob as cobertas, e nós dois caímos no sono e acordamos várias vezes. Ele tracejou as sardas de meu ombro com um polegar carinhoso. Eu quis poder embalar

Sawyer no edredom e guardá-lo por vários dias, quis que nós dois ficássemos ali para sempre; eu não gostava de cochilar durante o dia, mas com Sawyer tudo parecia simples e relaxado.

Estávamos nos beijando de novo, sonolentos, Sawyer recolocando o peso do corpo sobre mim e deslizando a boca devagar pelo meu maxilar, quando a porta do quarto dele se escancarou:

– Ei, você está em casa? – perguntou Iceman aos berros. E então: – *Opa*. Desculpem, crianças.

Congelei, muito envergonhada, e soltei um arquejo de susto. Tinha recolocado a regata um pouco mais cedo, para beber água, então ele não viu nada, mas mesmo assim. Sawyer estava sem camisa; meu cabelo devia estar um desastre. Estávamos definitivamente no meio de algo muito específico. Senti o rosto corar, quente e vermelho.

Sawyer, no entanto, parecia não se incomodar.

– Ei, cabeça-oca – respondeu ele, virando-se e olhando para Iceman como se tivessem se esbarrado na cozinha ou na rua. – Quem usou todo o papel higiênico, hein?

Iceman riu com deboche.

– Ah, é, desculpe, fui eu. Aqui, posso compensar você. – Ele vasculhou o bolso por um minuto e puxou um saquinho como o que eu tinha encontrado no sapato de Sawyer na noite que passei lá, talvez meia dúzia de comprimidos dentro. Iceman o atirou na cama. – Foi o que vim entregar, para início de conversa. – Ele acenou para mim nesse momento, como se talvez tivesse acabado de lhe ocorrer como era desconfortável que estivesse de pé ali, olhando para nós como dois animais de zoológico. – Oi, Reena – disse Iceman.

– Boa – falei para Sawyer depois que Iceman enfim se foi, revirando os olhos e puxando as cobertas de volta. Eu me sentia vulnerável e meio nojenta, como se a redoma de vidro na qual eu tinha passado o dia tivesse sido quebrada de repente. Pela primeira vez desde que entrara no carro de Sawyer naquela manhã, me ocorreu que talvez eu devesse ter ido para a escola mesmo.

– O quê? – Sawyer franziu a testa para mim, ainda deitado de costas com um braço atrás da cabeça. – Não fique chateada. Ele não sabia que você estava aqui. Foi um erro inocente.

– Ele ficou e papeou por uns vinte minutos!

– Não ficou. – Sawyer sorriu para mim, vencendo. Estendeu a mão para mim. – Está bem, ele meio que ficou. Desculpe, está certa. Eu deveria ter dito a ele para ir embora na mesma hora.

Bufei um suspiro ruidoso, mas peguei a mão dele mesmo assim. Sawyer me puxou eu sentar na cama de novo, encaixada na curva do corpo dele. Peguei o saquinho que estava aninhado nos lençóis.

– Quanto tempo vai levar para você acabar com eles? – perguntei, contando os comprimidos com o indicador pelo plástico. Eu estava estranhamente curiosa com relação a eles, pareciam tão inócuos, como Tylenol, Altoid, ou algo assim, mas, ao mesmo tempo, estar no mesmo quarto que os comprimidos, por si só, me deixava nervosa. Eu nunca tinha visto Sawyer usá-los. – Hum? – insisti. – Quanto tempo?

Sawyer deu de ombros sobre o travesseiro, sem querer responder. Ele ainda estava segurando minha mão.

– O suficiente – respondeu ele depois de um minuto. Não fiz mais perguntas depois disso.

Descemos para comer um pouco depois e encontramos Iceman e Lou jogados no futon, *Judge Judy* aos berros na televisão e o cheiro de maconha forte no ar.

– Desculpe de novo! – gritou Iceman, sem elegância. Encolhi o corpo. – Quer um pouco? – perguntou ele a Sawyer, estendendo o cachimbo. Então, para ser educado, acho:
– Reena?

– Ah. – Fiz que não antes mesmo de pensar naquilo, tão instintivamente quanto não aceitar doces de estranhos. – Não, estou bem – respondi.

– Tem certeza?

Eu tinha. Sawyer não, então me acomodei em um pufe no canto enquanto ele fumava, assistindo a uma senhora de tomara que caia verde-limão defender a pensão alimentícia no Canal 5.

– Não mije na perna da juíza Judy e diga a ela que está chovendo – disse Lou. Sawyer gargalhou.

Roí as unhas, entediada e inquieta. De repente, estava incrivelmente ciente de tudo o que tinha dispensado. Eu não era uma pessoa que faltava em provas ou não aparecia em reuniões, nunca. Quando a juíza Judy devolveu à moça de tomara que caia os pagamentos dela, eu senti um ataque de ansiedade completo cutucando meu calcanhar.

Verifiquei o relógio – eram apenas duas e meia. Se eu saísse naquele minuto, poderia assistir à reunião do jornal, pelo menos. Talvez alcançar a sra. Bowen antes de ela encerrar o dia, explicar que tinha passado mal, mas me sentia melhor agora. Olhei ao redor em busca da mochila, tentando me lembrar se tinha subido com ela quando entrei, e minha agitação chamou a atenção de Sawyer.

– Algo errado? – perguntou ele, já ficando doidão. Imaginei se para passar o dia comigo ele precisasse ficar doido.

– Eu preciso ir – murmurei, tentando sair do pufe o mais graciosamente possível. – Está ficando tarde.

– O quê? – Sawyer franziu a testa para mim de onde estava, jogado no carpete imundo, os tornozelos cruzados e as costas contra o braço do futon. – Por quê, por causa da erva?

Corei, olhando para Iceman e Lou. Não queria que pensassem que eu era alguma corta-barato careta, mesmo que eu meio que me sentisse assim, alguém que não podia aproveitar algo tão ostensivamente inofensivo quanto matar um dia de aula.

– Não – respondi, depressa. – Não é isso, é só...

– Meio que parece – interrompeu Sawyer.

– Tudo bem, então – falei por fim, olhando para a mochila; ela estava perto da base da escada, onde eu a havia deixado antes que Sawyer e eu subíssemos aos tropeços para o quarto dele mais cedo. Levantei e joguei a mochila por cima do ombro. – Não é. Só faltei em um monte de coisas hoje, só isso. Vejo você no trabalho, está bem? – Segui para a porta, a mochila junto ao corpo como se fosse o casco protetor de uma tartaruga. Senti que aquele dia tinha se transformado bem rápido.

Sawyer me alcançou na minúscula varanda do bangalô – uma coisa boa, acho, pois percebi, quando passei pelo portal, que não tinha ideia de como voltar para casa.

– Reena – disse ele, esfregando a mão no rosto. – Por favor, não saia com raiva.

– Não estou com raiva – falei, e não estava mesmo. Não sabia exatamente o que era. Não conseguia entender como poderia me sentir tão próxima de uma pessoa em um minuto e logo depois nem ter certeza de que eu a conhecia. – Sinceramente, preciso ir. Eu me diverti muito hoje, sério.

Sawyer me abraçou em vez de responder, a camiseta azul quente e macia contra minha bochecha. Eu me acalmei um pouco assim que ele me tocou. E me deixei embalar.

– Tudo bem – disse Sawyer por fim, com a boca na minha têmpora e não parecendo totalmente convencido. – Eu também me diverti.

# 35

## Depois

É ousado Sawyer vir aqui para jantar. Para ser sincera, estou quase impressionada. Por um segundo, penso que meu pai poderia, de fato, partir para cima dele, mas, se Sawyer repara, não deixa transparecer – sorri afavelmente, conta histórias, é o filho pródigo preferido de todos. Imagino o que deve ter passado pela cabeça de Lydia ao convidá-lo, se é tão importante para ela enganar Sawyer e fazê-lo acreditar que somos uma família grande e feliz. Se ela está tentando convencer o filho a não ir embora de novo.

Sentamos a uma mesa, acomodamos a bebê, enchemos os copos e os pratos. Meu pai recita uma oração rápida e simples. Estou apenas atenta em parte à conversa ao redor – a opinião negativa de Lydia a respeito do novo filme de Woody Allen que viram recentemente, a risada de Soledad como o tilintar de sinos de vento. Parece que ouço do fundo de um poço.

– Está bem, Serena? – pergunta Lydia ao me entregar a cesta de bolinhos; as unhas curtas dela estão pintadas de um carmesim profundo e glamoroso. Por um segundo, me imagino atirando a coisa inteira nela. – Está tão quieta.

– Estou bem – murmuro, olhando para baixo, para o colo. Minhas unhas estão em frangalhos, as cutículas tão roídas que quase sangram.

Brindamos. Jantamos. Recosto-me à cadeira. Eu me sinto tão presa quanto nos primeiros dias da gravidez, como se pudesse literalmente entrar em combustão onde estou sentada e só diriam *nossa, que tempo estranho tem feito*. Como se eu nem existisse.

Hannah também não está com fome: não gostou do arroz, faz uma bagunça ao espalhá-lo pela bandeja na cadeira, agitando os braços e tagarelando. Depois de um momento, ela começa a reclamar.

– Ã-hã – replica ela, sem se distrair com o que tenho a oferecer, empurrando minha mão, irritada, quando tento chamar sua atenção com um rolinho amanteigado. – *Não*, Ma.

– Ela está cansada – explico quando a reclamação se torna um grito esganiçado e irritante. Lembro-me do dia no shopping e penso *ah, bebê, por favor, agora não*. – Ela não dormiu hoje.

– Eu pego ela – diz Lydia, como se fosse a coisa mais natural do mundo, como se ela tivesse reconfortado minha filha durante o último ano e meio e não nos ignorado completamente feito alguma gafe ínfima e vagamente embaraçosa, do jeito que a gente faz com um enorme e verde pedaço de espinafre alojado nos dentes de um companheiro de refeição. Ela estende os braços para Hannah enquanto coloco meu guardanapo na mesa, aquelas mãos perfeitas sob os braços gorduchos de neném de Hannah.

– Deixe comigo – falo, ficando de pé rápido demais. Consigo sentir o sangue subindo até o rosto.

Lydia me ignora, soltando o fecho de segurança da cadeirinha.

– Serena, querida, não tem problema...

– *Não*.

Isso a detém. Isso detém a todos, na verdade: a mesa inteira fica de súbito em silêncio, exceto pelo choro de minha filha temperamental.

– Tudo bem, então – diz Lydia baixinho. Ela ergue as mãos e depois se senta.

– Desculpe. – Estou envergonhada, mas, mais do que isso, estou com raiva. Sinto o ódio abrir caminho de algum lugar bem no fundo de mim, vermelho e poderoso. Tento explicar. – É só que... entende como isso parece para mim, não? Você com um interesse súbito depois de todo esse tempo?

Lydia ergue uma sobrancelha cuidadosamente feita.

– Acho que não entendo.

– Reena – começa papai. – Deixe isso pra lá.

– Não, Leo – fala Lydia, fria como a outra face do travesseiro no meio da noite. – Se Serena tem algo a dizer, por favor, deixe que diga.

– Você não quer saber de Hannah, nem de mim, há *anos* – digo a ela com a voz embargada. Penso em represas rompidas, as paredes cedendo. – Não fala comigo. Ninguém fala comigo. Sobre mim, talvez, mas talvez nem isso. Eu não saberia, porque este é o primeiro domingo desde que Hannah nasceu em que fui convidada para jantar. – Olho para Sawyer, meus olhos agitados como os de um animal encurralado. – Então, sabe, obrigada por me trazerem de volta ao clube.

– Reena... – Sawyer começa a dizer, mas ignoro, olho para nossos pais. Hannah ainda está chorando. Isso é loucura, é provavelmente um erro imenso, mas a verdade é que acabei de começar. Já me sinto mais poderosa do que em anos.

– Não sou idiota – digo, tirando a bebê da cadeirinha e agitando-a um pouco sobre o quadril. Mas é inútil; de maneira alguma vou conseguir acalmá-la enquanto eu mesma estiver tão agitada. – Estraguei tudo, mas não costumo ser burra. Não pensem que não sei como se sentem em relação a mim. Vocês todos deixaram muito claro como se sentem.

– Espere, o quê? – Sawyer interrompe de novo. Ele olha para a mãe. – O que vocês *fizeram*?

– Eu certamente não...

– Bem, Hannah pertence a nós dois. – Olho em volta da mesa de modo acusatório, Roger, meu pai, Lydia. – Eu e Sawyer. Nós transamos. Não somos casados. Desculpem. Sei que é incrivelmente ofensivo para todos vocês, e não tem problema, mas não consigo mais ficar sentada aqui fingindo e... me *punindo*. Tenho me punido há anos. – Paro por um segundo, dando de ombros com raiva. – Ninguém nem fez um chá de bebê para mim!

– Serena – diz meu pai. O rosto dele está vermelho como os tomates, as sobrancelhas unidas em uma linha espessa. – Acalme-se.

– Não consigo – disparei de volta, mas, mesmo conforme as palavras saem, consigo ouvir a voz começando a falhar. Deus, não quero chorar, chorar agora só vai me fazer parecer louca, vai destruir tudo o que estou tentando dizer, mas não consigo evitar. Estou tão imensamente cansada de carregar tudo isso dentro de mim, toda a culpa, a raiva e a solidão. Não consigo mais. É demais. – Desculpe por ter desapontado você, pai, e desculpe por ter trazido vergonha para esta família e por você me odiar, por achar que sou uma piranha, uma puta e tudo de mais imundo. – Estou em prantos agora, um choro forte e feio. Hannah se agarra aos meus braços. – Talvez eu mereça e talvez não, mas a questão é que não posso fazer nada *a respeito* disso agora. Queria mesmo que você me perdoasse logo. Como pode ser meu pai e não me perdoar? – Hannah está se agitando, puxando meu cabelo, e não consigo fazer nada para acalmá-la. – Estou falando sério! Por que só me amava quando eu era boa?

Olho para Soledad neste momento, o lindo rosto dela embaçado e distorcido entre minhas lágrimas.

– E, *por favor, apenas pense uma vez?* – Sacudo a cabeça, desesperada. – Sério? Como se eu não soubesse como tem sido difícil? Como se não tivesse sido difícil para mim.

– Alguém pode, por favor, me dizer que diabo está acontecendo? – Sawyer exige saber. Ele também está perdendo a calma, fica de pé agora, um toque do temperamento que lembro de quando estávamos juntos. Os olhos dele estão sombrios e com raiva.

– Pergunte a *eles* – digo, pegando minha filha aos berros, deixando o jantar intocado e seguindo para a porta. – Para mim, chega.

– Reena! – Sawyer está me segundo. – Reena, espere. – Ele segura a porta do motorista no momento em que estou prestes a batê-la, e faço uma careta.

– Quase arranquei seus dedos.

– Nada. – Sawyer sorri o que seria um sorriso muito fantástico se tomasse seu rosto todo. – Tenho reflexos rápidos.

– Eu lembro.

Ele abre mais a porta e se coloca na abertura para que eu não possa tentar fechá-la de novo.

– Deixe eu ir com você, tudo bem?

Sacudo a cabeça, fungando; definitivamente, estou com catarro no rosto. Não ando muito bonita nos últimos tempos.

– É uma viagem longa.

– Não tem problema.

– Eu pego a estrada.

– Não me importo.

Por dentro, sinto como se tivesse sido raspada com um garfo, oca como uma abóbora. Não sei como aquilo saiu tanto do controle. Dou de ombros e limpo o rosto, inclino a cabeça na direção do lado do carona.

– Então – digo a ele. – Entre.

Ficamos dez minutos na 95 antes de falarmos qualquer coisa, e, quando Sawyer fala, sua voz é baixa, o oceano na maré baixa.

– Ninguém organizou um chá de bebê para você? – pergunta ele.

– Não. – Sacudo a cabeça. – Mas foi uma coisa idiota de se dizer. Um exemplo idiota. Só me veio à cabeça.

– Não é idiota. É uma droga.

– É, bem. Sou uma grande decepção para a minha família. – Eu me concentro na estrada e tento parecer contida, tranquila, resignada. Sinto-me humilhada por ter perdido a calma como perdi; não ajo daquela forma, nunca. Sinto que preciso me recompor o mais rápido possível. – E para a sua, na verdade.

Sawyer sacode a cabeça. Ele parece enojado.

– Não sei por que estou chocado. É claro que usaram aquela porcaria católica com você. Madonas e putas e o que mais puderam pensar para fazer você se sentir minúscula. São hipócritas, todos eles.

– Não, não são.

– Pode, por favor, se irritar?

– É óbvio que estou irritada, Sawyer!

– Eu sei. – Sawyer sacode a cabeça, esfrega os cabelos com as mãos inquietas. – Desculpe. É só que... quanto mais penso nisso, mais irritado fico.

– É por isso que não penso nisso.

– Você é cheia de mentiras.

Dou de ombros.

– Apenas um pouco.

– Por que aturou?

– Bem, não podemos todos fugir – digo, então percebo que há uma linha tênue entre estar irritada e ser cruel, e provavelmente acabei de ultrapassá-la. – Desculpe – digo a ele, suspirando. Às vezes parece que meu relacionamento inteiro com Sawyer foi um grande pedido de desculpas. – Não quis dizer como disse.

– Claro que quis – diz ele, carinhoso.

– É, meio que quis. – Estou acabada como um trapo. Quase rio.

– De qualquer forma, eu não tinha para onde ir.

– Queria que tivesse me contado. Assim que cheguei, quero dizer. Queria que tivesse dito.

Olho por cima do ombro e troco de faixa.

– Era sua família, Sawyer.

– É, bem. – Ele estende a mão para trás para pegar o coelhinho de pano de Hannah, que ela deixou cair. Hannah sorri. – Você também é minha família.

Dirigimos por mais de uma hora, sem falar quase nada. Sawyer murmura. É estranhamente pacífico estar no carro com ele, tranquilizador; como se ele, Hannah e eu estivéssemos na nossa bolha climatizada, sem qualquer incômodo do mundo que corre lá fora. Sei que em algum momento precisaremos voltar e encarar a vida – sei que de modo algum pode durar –, mas Hannah está dormindo e Sawyer respira ao meu lado e, por um tempo, é bom fingir.

Estou entrando na garagem quando a mulher de Cade, Stefanie, sai correndo para a calçada, o rosto gorducho preocupado e contraído. Hesito, surpresa: Stefanie não estava no jantar. Um segundo depois disso, sou atingida por uma lufada fria de medo. Abro a porta o mais rápido que consigo, os pensamentos se atropelando e a lembrança do celular tocando na noite em que Allie morreu, como o olho de uma tempestade devastadora.

– O que aconteceu? – indago, alto o suficiente para acordar a bebê, lutando para soltar o cinto de segurança e sair. – Stef.

Stefanie ergue as mãos, sacode a cabeça loira cacheada.

– Reena – diz ela antes que eu consiga sair do carro. – É seu pai.

# 36

*Antes*

A sra. Bowen não ficou feliz por eu ter faltado a nossa reunião.

– Você não costuma fazer isso, Reena – repreendeu-me com um tom muito frio, que nunca tinha usado comigo. Ela estava de óculos naquele dia, com armação de tartaruga e aparência inteligente. – Sem falar que foi desrespeitoso comigo.

– Eu sei. – Senti o corpo se encolher sob o olhar dela. – Desculpe. – Além disso, meu professor de literatura avançada era rígido, e, como não entreguei um atestado médico, ele tirou dois pontos da minha prova sobre Tolstói.

Encarei o *C* vermelho forte no alto da folha da prova de segunda chamada e me senti mal. Aquilo definitivamente não aconteceria de novo, prometi a mim mesma, tentando evitar um ataque de pânico no meio do corredor. Não podia deixar que Sawyer me distraísse do que eu deveria estar fazendo de verdade se pretendia, mesmo, me formar mais cedo.

A determinação não durou muito: uma semana ou mais depois eu tinha cumprido um terço de um turno atribulado à noite no restaurante, voltava para a cozinha para pegar mais uma cesta de pães para os turistas loucos por carboidratos em uma mesa dupla nos fundos, quando Sawyer me puxou pelo pulso para dentro do escritório.

– O que... – comecei, os olhos arregalados, mas ele estava ocupado fechando a porta, e então me pressionou contra ela e me deu um beijo selvagem. Ele tinha gosto de chiclete e também de cerveja. – Então, como está sua noite, querido? – murmurei contra o contorno bem-definido do maxilar dele.

Sawyer abriu um sorriso, grande e brilhante, as duas mãos quentes contra a base de minhas costelas, onde minha blusa de botão tinha se soltado (ou, mais precisamente, onde ele a havia soltado).

– Minha noite está ótima – falou Sawyer, e me beijou de novo.

Fechei os olhos e me deixei levar um pouco, os punhos se abrindo e fechando contra o tecido engomado da camisa de trabalho dele. Ele beijava bem. Estava com uma das mãos em minha nuca agora, as pontas dos dedos em meus cabelos, puxando minha cabeça para baixo apenas um pouco a fim de alcançar a pele pálida e sensível abaixo de minha gola; ele estava colocando um joelho entre os meus, muito devagar, quando a porta do escritório se abriu com força atrás de mim.

Tropecei para a frente, em cima de Sawyer, e então me virei. Ali estava meu pai, os olhos sombrios e irados, o maxilar contraído com força. Por um segundo, ele só nos encarou.

– Hum – falei, a mão disparando para a boca antes que pudesse conter o impulso, limpando-a com o dorso da mão. Atrás de mim, Sawyer pigarreou. – Só estávamos...

– Não. – O rosto dele estava muito vermelho. Papai abriu a boca e fechou-a de novo, como se precisasse de todo o controle do mundo para não nos dar um sermão, aos berros, na frente dos setenta e cinco clientes no salão. – Volte para o bar antes que eu o demita – disse ele por fim, olhando para Sawyer. – Agora.

Sawyer assentiu em obediência, alisou a frente da camisa e deu a volta por mim para se dirigir à porta. Fiz menção de segui-lo, o rosto ainda mais vermelho do que o de papai, mas ele colocou a mão em meu cotovelo, tão forte que doeu.

– Você – disse ele, baixinho. – Você fica.

– Leo... – começou Sawyer.

– Sawyer, juro por Deus, se não sair da minha frente em um segundo, vai ver um lado meu que jamais viu, e juro que não vai gostar dele.

Sawyer foi.

Meu pai fechou a porta com força e se virou para falar comigo.

– Está de brincadeira? – perguntou ele. Só me encarou por uma fração de segundo, parecendo ter dificuldade de manter contato visual. Foi até a escrivaninha e pegou um frasco de aspirina da primeira gaveta, engoliu duas sem ajuda de água. – É sério. Sinceramente, não sei como lidar com você ultimamente. Não sei mesmo.

– Pai – falei, tentando manter a calma, como tinha aprendido a lidar com um cliente transtornado. – Só estávamos...

– Só estavam o *quê*, Serena? – replicou ele, literalmente erguendo as mãos. O telefone tocou na mesa, um toque ruidoso, mas papai agiu como se nem tivesse ouvido. Os olhos dele passaram para minha camisa puxada para fora da calça. – Se agarrando no meu *escritório* e quem sabe o que mais? Não vou aturar isso. Não vou.

Brinquei um pouco com os fios do computador pendendo da beira da escrivaninha. De fato, o escritório tinha sido um lugar absurdamente idiota para escolhermos – era difícil para mim pensar de modo racional quando o assunto era Sawyer.

– Desculpe – falei com o máximo de sinceridade. Queria tanto acalmá-lo. – Aquilo foi idiota.

– Foi mesmo – concordou papai, esfregando a testa bronzeada –, mas não quero ouvir desculpas. Estou cansado de desculpas. Tratei você como adulta, Reena. Confiei em você mesmo quando foi difícil para mim. Sei que teve um ano difícil, e não a proibi de ver Sawyer até agora, mas farei isso se for o único jeito de você ouvir. – Estava ficando escuro; do lado de fora da janela, eu via a luz mudando, tons roxos e azuis. – Estou preocupado com você, Reena. Entende? Mais do que preocupado. Estou aterrorizado.

– Com o quê? – Exigi saber, a voz esganiçada. – Com o que *exatamente* está tão preocupado?

Meu pai me encarou como se eu fosse uma criança, como se eu não tivesse noção de como o mundo funcionava.

– Ouça – disse ele devagar, me encarando pela primeira vez desde que entrara no escritório. – Sou seu pai. E estou preocupado que você cometa um erro que não vou poder consertar.

Senti minha coluna enrijecer. Eu estava cansada da religião de papai, dos julgamentos dele, da culpa e do cheiro opressor de incenso; não era muito boa em quebrar as regras, mas estava cansada de ser tão comportada. Em momentos como aquele, mal podia esperar pela Northwestern para sair de debaixo do olhar vigilante e tirano dele, embora isso, é claro, também significasse deixar Sawyer.

– Você é tão linda – disse papai, quase implorando. – E é tão inteligente. Não consigo, pela minha vida, entender por que quer arriscar jogar tudo isso fora por...

– Não estou jogando nada fora! – Minha voz se ergueu perigosamente. – Tenho dezesseis anos. Tenho um namorado. É normal. Não para mim, até agora, talvez, mas para outras pessoas isso é *normal*. Pode, por favor, relaxar e me deixar *viver*?

Papai gargalhou ao ouvir isso, grave, baixo e incrédulo.

– *Reena* – disse ele, baixinho –, é exatamente isso o que estou tentando fazer.

Abri a boca para responder, mas ele tinha terminado àquela altura e seguia para a escrivaninha para pegar o que fora buscar a princípio.

– Volte para suas mesas – disse ele, quase distraído. – E, pelo amor de Deus, coloque a blusa para dentro.

Não sei quando me ocorreu pela primeira vez que meu pai não era o único que não gostava de pensar em mim e Sawyer juntos. Lydia estava nos olhando de esguelha, com certeza.

– Sua mãe acha que sou uma idiota – contei a Sawyer depois de um encontro especialmente esquisito no estacionamento do Antonia's, quando Lydia me ofereceu uma carona para casa em um tom que pareceu uma ordem, e eu gaguejei para admitir que, na verdade, estava indo para a casa do filho dela. Sawyer gargalhou como se achasse que eu estava brincando. Eu não tinha tanta certeza.

– Ela é uma valentona, só isso – falou Shelby depois que contei a ela no tempo livre que tínhamos; disse-lhe como me sentia incapaz de falar perto de Lydia, eu a tinha visto deixar um assistente de cozinha robusto quase em lágrimas com uma reprimenda fria e afiada sobre a qualidade de nosso molho *hollandaise*, e me vira completamente incapaz de montar uma frase quando ela me fez uma pergunta extremamente simples sobre o novo horário de primavera. Ela me lançara um olhar entediado e irritado e fora embora. – Você só precisa enfrentá-la. É como socar a criança mais malvada do parquinho.

Meu riso de deboche foi tão alto que a monitora da sala de estudos me lançou um olhar irritado, os enormes óculos deslizando pelo nariz oleoso. Desviei o olhar para a matéria que deveria escrever sobre o concerto de primavera das bandas de jazz, então olhei de novo para Shelby.

– Quer que eu soque Lydia LeGrande?

– Ai, meu Deus, sim. Com cada fibra do meu corpo, quero. – Shelby gargalhou e estendeu o braço sobre a mesa, depois puxou minha trança de modo reconfortante. – Você vai ver, Reena. Ela nunca vai saber o que a acertou.

Eu estava sentada de pernas cruzadas na cama, com o laptop e um caderno espiralado, alternando entre o texto da revista e uma carta de apresentação para um estágio no *South Florida Living* que a sra. Bowen – que já havia me perdoado um pouco – parecia certa de que eu conseguiria, quando algo pequeno e duro estalou contra o batente da janela atrás da minha cabeça. Dei um salto, jogando o caderno no piso de madeira, e fiquei de joelhos, virando-me e olhando pela janela no momento em que uma pedrinha branca e brilhante bateu na lateral da casa, perto de meu nariz.

Afastei o cabelo do rosto e senti o estômago se revirar – Sawyer estava de pé na entrada da minha garagem de camiseta de beisebol de manga comprida, uma das mãos enroscada nos cabelos despenteados. Suspirei. É claro que estaria apaixonada pelo tipo de garoto que atirava pedras em janelas.

Abri a janela e recebi uma lufada do ar quente e úmido da Flórida. O céu estava escuro, nuvens preto-arroxeadas pesadas entrando da direção da água, e as palmeiras já começavam a se dobrar com o vento abafado. Cheirava a chuva.

– O que está fazendo? – sussurrei. Olhei para trás, na direção da porta aberta do quarto, em busca de algum sinal de vida de papai e Soledad no corredor. Depois da cena no escritório do restaurante, a última coisa de que eu precisava era que ele pegasse Sawyer em nossa casa no meio da noite.

– Oi – gritou ele de volta. – Pode descer?

– O quê? – falei de modo idiota, embora tivesse ouvido bem. – É claro. Sim. Espere. – Vesti um suéter por cima da regata e desci, descalça, as escadas. A cozinha estava escura, exceto pela luminária sob o micro-ondas, e silenciosa, a não ser pelo murmúrio baixo da lava-louças no modo de secagem. Ele estava de pé nos degraus dos fundos quando abri a porta.

– Oi – falei, cautelosa, ainda lembrando de quando tínhamos sido flagrados. Sawyer me beijou por um tempão sem entrar, como se esperasse um convite. Ele tinha um cheiro quente como a terra, não completamente limpo, e, quando finalmente entrou na cozinha, trouxe um pouco de lama para dentro.

– Desculpe. – Foi o que ele disse primeiro, olhando para baixo. – Oi.

– Oi. Tudo bem. – Olhei para a entrada da garagem atrás dele, mas o jipe não estava lá. – Veio de carro até aqui?
– Não. Andando.
– Da sua casa?
Sawyer fez que não com a cabeça.
– Estava em uma festa.
– Por quê?
– Por que eu estava em uma festa?
– Por que veio andando?
– Queria ver você.
Semicerrei os olhos.
– Está bêbado?
– Só um pouco.
– Está *só* bêbado?
Sawyer fez uma careta.
– Posso dormir aqui?
Jesus Cristo.
– Hum – falei, hesitante. Aquele era basicamente o plano mais idiota do universo. De maneira alguma Sawyer poderia passar a noite em minha cama. Eu nem conseguia imaginar como meu pai ficaria puto se nos pegasse, definitivamente me proibiria de ver Sawyer depois daquilo, e o que aconteceria então? Era absurdamente estúpido sequer pensar naquilo, uma missão suicida, mas: – Claro. – Ouvi-me dizer. – Sim. Claro. O que há?
– Nada. Senti sua falta. Sou burro. Você devia estar dormindo.
– Fazendo dever de casa, na verdade. – Afastei os cabelos dele da testa. Sawyer precisava de um corte.
– Ah. – O rosto dele se anuviou apenas por uma fração de segundo, ao redor dos olhos. – Se estiver ocupada, posso ir.

A voz dele acabou comigo, tão baixa e murmurada, como um ronronar de gato e um caminhão sobre cascalho. Eu poderia ouvir Sawyer ler a lista telefônica, era a verdade.

– Não se preocupe. Suba. Posso terminar amanhã de manhã. – Encolhi um pouco o corpo ao dizer isso, pensando na sra. Bowen e no meu C em literatura, as promessas que tinha feito a mim mesma de que não faria aquilo. Era primavera, a formatura estava próxima. Eu não podia arriscar estragar tudo. Mesmo assim, dei a mão a Sawyer, puxando-o para perto. – Sério, tudo bem.

Ele hesitou, sem se mexer muito.

– Não quero estragar as coisas para você – disse ele.

– Não está estragando nada para ninguém.

– É, diga isso a meu pai.

– O que seu pai disse? – perguntei, parando para olhá-lo, confusa. Estávamos de pé no meio da cozinha agora, canecas para o café da manhã posicionadas meticulosamente no balcão. Soledad jamais ia dormir até que tudo estivesse no lugar certo. – Quando viu seu pai?

– Passei lá para buscar algumas coisas. Preciso tomar banho.

– Sawyer. O que ele disse?

Os dentes de Sawyer roçaram a parte de cima do meu maxilar, voltando para perto de minha orelha.

– Você deveria vir comigo.

– Já estou limpa – respondi, engolindo em seco audivelmente.

– E daí?

– E daí que, se meu pai acordasse, ele arrancaria suas bolas.

Sawyer inclinou a cabeça para o lado como se dissesse, *justo*.

– Nada de banho, então.

Dei uma risadinha e segurei a mão fria e macia dele, puxando-o para fora da cozinha pelo corredor escuro. As escadas antigas estalavam e murmuravam.

– Shh – sussurrei, o coração acelerado, as pontas dos dedos enroscadas no ombro dele para mantê-lo onde estava. Nossa, íamos, com certeza, ser pegos.

Prestei atenção por um minuto e não ouvi nada.

– Precisa ficar muito quieto, Sawyer, sem brincadeira.

– Não sou eu, é sua casa – sussurrou Sawyer de volta. A mão dele subiu a parte de trás da minha camiseta. Mesmo bêbado, ele era rápido e sorrateiro, gracioso como um animal em fuga. Pensei na floresta Sherwood. Pensei em Robin Hood.

Meu quarto estava à meia-luz com a lâmpada de leitura na mesa de cabeceira, e fiquei próxima à porta para olhar em volta, tentando, de novo, entender o que Sawyer viu quando entrou ali. Olhei para as prateleiras lotadas, as fotos nas paredes – Cade e eu na praia quando éramos pequenos, Shelby na arquibancada da escola. Havia uma foto de minha mãe, de quando ela estava grávida de mim, redonda como uma bola, a cabeça para trás, rindo; ao lado dessa, havia uma grande foto em preto e branco do rio Sena.

– Ei – disse Sawyer, exalando, sentando-se na beirada do colchão. – Sua cama está quente.

– Eu estava sentada nela. – Tranquei a porta do quarto para ficar em segurança, então atravessei o cômodo e ajoelhei diante de Sawyer. Havia cordões e pulseiras ao redor da garganta e dos pulsos dele, de cânhamo e couro, parecia um cigano. – Tem certeza de que está bem?

– É. Desculpe. Eu deveria ter deixado você dormir.

– Já falei, não estava dormindo. Deite-se – instruí, e subi ao lado dele. Ouvi Sawyer respirar por um tempo, até que ele pareceu se acalmar um pouco. Mantive um ouvido atento para o corredor. Sawyer definitivamente não estava só bêbado.

Eu me aproximei até estar encostada nele, uma das pernas jogada sobre a sua, e apoiei o queixo na curva de seu ombro. A pele fina do pescoço de Sawyer estava quente contra minha bochecha. Imaginei onde ele estava e com quem, se por acaso se divertia mais quando eu não estava por perto. Percebi que Sawyer conseguia ser uma pessoa completamente diferente quando queria, como se pudesse se transformar bem diante de meus olhos.

*Ele não é o que achamos que era*, lembrei-me de Allie dizendo, a luz do quintal refletindo nos cabelos amarelos dela na última noite de nossa amizade. Desejei poder conversar com ela agora. *Ele era assim com você?* Imaginei-me perguntando – nós duas, sentadas nos balanços para os quais éramos velhas demais, a mãe dela fazendo muffins de linhaça dentro da casa.

– Você pensa em Allie? – perguntei de súbito. Disparei a frase, rápida e baixa, antes que pudesse pensar o suficiente para perder a coragem.

Apenas por um segundo, observei Sawyer desaparecer em algum lugar de sua mente no qual eu não conseguia encontrá-lo. Então, ele piscou e voltou.

– O quê?

– Você ouviu.

– Talvez não.

– Ouviu, sim.

Sawyer deu de ombros sobre os travesseiros em minha cama.

– Não sei, Reena. Não quero falar sobre isso.

– Por que não? – perguntei, me apoiando em um cotovelo para olhar para ele: músculos nos ombros, nós duros dos ossos do pulso. A pele de Sawyer estava levemente brilhante, um pouco pálida.

Ele sacudiu a cabeça com teimosia.

– Por favor.

– Por favor, eu? – Franzi a testa. – Por favor *você*. Só estou perguntando...

– Reena. – Ele parecia nervoso, como se eu o estivesse irritando de alguma forma, como se talvez ele estivesse arrependido de ter aparecido. – Olhe, posso ir embora se quiser. Mas não quero falar sobre isso.

– Tudo bem. – Deitei de costas de novo e olhei para o teto. Eu me sentia inquieta e desconfortável, fora de mim.

– Não vai mais gostar de mim – disse ele baixinho. – Se falarmos sobre isso.

Sentei na cama.

– O que *isso* quer dizer?

Sawyer deu de ombros de novo, desanimado.

– Significa exatamente o que eu disse.

– Eu jamais poderia não gostar de você – protestei, embora, de repente, houvesse uma parte de mim que não estava totalmente certa disso. – Teremos que conversar sobre isso em algum momento, não acha?

– *Por quê?* – perguntou ele então, direta e simplesmente. Eu nem mesmo tinha uma resposta para isso. Pensei no queixo delineado de Allie e nos pés de palhaço dela, nas longas horas passadas na seção de DVDs da biblioteca debatendo o que assistir naquela noite e o modo como ela conseguia me fazer rir do outro lado da sala com uma contração ínfima do rosto.

*Porque sinto falta dela*, quase disse a Sawyer. *Porque sinto falta dela do fundo do meu coração idiota.*

No fim, no entanto, apenas deixei pra lá. Não sei por quê, exatamente, talvez tivesse medo do que ele diria, que, depois de exposto, Sawyer jamais conseguisse voltar atrás. Como se o que tivéssemos fosse tão frágil, quebradiço como casca de ovo, valioso como pedra preciosa, que eu precisasse proteger a qualquer custo.

– Qual é a única coisa que você acha interessante de verdade? – perguntei, abraçando os joelhos com os braços e baixando o rosto para Sawyer. – Não algo óbvio. Não diga que é sua guitarra.

Sawyer visivelmente relaxou nesse momento, o corpo inteiro se esticando. Ele colocou um braço atrás da cabeça e, simples assim, éramos amigos de novo.

– Posso dizer garotas? – perguntou ele, sorrindo um pouco.

– Não diga garotas.

– Posso dizer uma garota em especial?

– Eu mandei não dizer garotas!

– Tudo bem. – Ele se virou para me olhar. – Bem, se não posso dizer minha guitarra e não posso dizer garotas, acho que preciso dizer o tempo.

– Desculpe. Como é?

Sawyer deu de ombros.

– O clima.

– Todo tipo de clima?

– Bem, sim. Mas não é disso que estou falando, exatamente. Estou falando de, tipo, como ele funciona. Energia, frentes e coisas assim. Sei muito sobre o clima, na verdade. Eu queria ser meteorologista quando era pequeno.

– Não.
– Sim.
– Você é uma caixinha de surpresas.
– É o que dizem.
Estiquei o braço para Sawyer e apaguei a luminária.
– Fale sobre nuvens.

# 37

*Depois*

A última vez que estive em um hospital foi quando Hannah nasceu. Ela levou vinte e uma horas para chegar, minha bebezinha, e passei grande parte dessas horas mastigando lascas de gelo e xingando Deus e os homens. Encarava as paredes amarelo-claras da maternidade. Chorava um pouco.

A vez antes dessa foi a noite em que Allie morreu.

– Por que não estava com o celular? – Cade exige saber antes de qualquer coisa. Ele parece inquieto, anda de um lado para outro na sala de espera como um leão. – Tentei ligar para você milhares de vezes.

– Stef nos encontrou em casa – falo, sacudindo a cabeça, tentando limpar a mente. Entrego Hannah a Sawyer, os braços dele já estendidos. – O que está acontecendo? Como ele está?

– Está em cirurgia. Teve um ataque cardíaco.

– Eu *sei* – disparo. – Stef falou. O que mais?

– Eles o levaram para cima há alguns minutos. É uma ponte de safena tripla.

– Isso é perigoso?

– Não é mais perigoso do que o ataque cardíaco – replica meu irmão, o rosto contorcendo-se de forma maldosa.

– Não precisa ser sacana com relação a isso.

– Você deveria estar com o celular.

– Saí com pressa. – Uma nova onda de medo e náusea me percorreu quando lembrei da saída dramática. Não acredito que falei com meu pai daquele jeito, sabendo como é o coração dele. – Fui horrível com ele no jantar. Com Roger e Lydia. Brigamos. – Mal consigo dizer as palavras. Parece um *déjà vu* cruel e incomum, e tento não seguir a mesma linha de pensamento para a inevitável conclusão, como Allie e eu jamais conseguimos fazer as pazes antes de ela...

– Meu Deus, Reena. – Cade sacode a cabeça. – Eles estão aqui. Foram comprar café. – Cade olha para trás, para Soledad, que está imóvel como uma estátua da Virgem, sentada em uma cadeira de plástico com encosto duro. A camisa dela está frouxa e amassada. Soledad parece meio morta. Sento-me ao lado dela e busco o rosário dentro de sua bolsa, pois sei que ela o deixa ali, no fundo. Soledad passa o rosário pelo punho sem me olhar.

Olho em volta. Sawyer está perto da porta conversando baixinho com a bebê, explicando uma pintura em aquarela de aparência horrorosa pendurada na parede.

– ... o oceano. – Ouço Sawyer dizer. – Nada de banho hoje.

A parede é texturizada com tons de marrom e bege, o linóleo é salpicado de cinza, como um Pollock barato. A máquina de refrigerante zumbe e brilha. Um jovem com uma toalha enroscada na mão se senta ao lado de uma mulher de expressão entediada vestindo uma blusa de frente única e brincando com o celular: além de nós, são os únicos ali. Dia sem emergências, talvez.

Cruzo as pernas, descruzo. Está frio ali dentro, desconfortável, como o polo Norte ou uma loja de conveniência às duas horas da manhã. Penso no dia em que Sawyer chegou. Penso na noite do acidente de Allie. Atrás do balcão, uma recepcionista está lendo *Glamour*. Engulo em seco.

Cade me contou uma vez que, na noite em que mamãe morreu, papai ficou sentado no breu de nossa casa antiga e aos pedaços e tocou piano até o amanhecer alaranjado e orvalhado atrás dele. Escalas musicais, contou-me Cade. Escalas musicais, Mozart e Billy Joel e qualquer outra coisa em que conseguiu pensar, melodias inventadas do nada das quais ninguém, nem mesmo ele, conseguia se lembrar quando a manhã chegou.

Não tenho como verificar se isso aconteceu de fato. Deus sabe que meu irmão gosta de uma boa história, e nunca lhe faltou imaginação para inventar uma, mas, desde a noite em que a ouvi pela primeira vez – sussurrada no calor de floresta tropical de nosso quintal, anos depois de supostamente ter acontecido –, acreditei cegamente. Há um retrato disso em minha mente: meu pai, o rosto endurecido devido ao luto, curvado com os dedos flutuando sobre as teclas pretas e brancas do piano. Um retrato tão claro que, por muito tempo, eu estive convencida de que talvez me lembrasse também.

Agora, quando penso nisso, percebo que deve ser apenas uma montagem, algum amálgama incongruente de todas as outras noites em que acordei e encontrei papai ao piano Steinway lustroso e esplendoroso, próximo à janela de nossa casa. Vivi dezenas e dezenas de noites assim quando era pequena: noites em que eu saía da cama, acordada por algum pesadelo terrível, e saía descalça e sonolenta pelo corredor para me sentar à base da escada e ouvir papai tocar. Com a música certa, entenda, meu pai poderia expiar quaisquer pecados cometidos contra a filhinha dele pelo mundo afora. Com a música certa, eu, sonolenta e encostando a cabeça de cabelos castanhos contra o corrimão e fechando os olhos, pensava que papai poderia me libertar.

– Reena.

Olho para a frente e percebo que não é a primeira vez que Sawyer chamou meu nome – que ele, Cade e Stef, que nos seguiu no próprio carro, estão me olhando, esperando. Meu tornozelo se agita, sem descontrole. Paro.

– O quê? – pergunto, defensiva.

– Vou levar Hannah para trocar a fralda.

Quase rio.

– Você ao menos sabe como trocar uma fralda? – pergunto, e sai muito mais ofensivo do que pretendo.

Sawyer sorri, meio segundo apenas.

– Eu descubro.

Esperamos. O que não dizem sobre hospitais, o que não mostram nos programas de TV sobre médicos bem-paramentados e os pacientes cujas vidas eles salvam, é quanto tempo tudo demora. Roger e Lydia voltam com duas bandejas de papelão cheias de cafés gelados. Pego um e agradeço. Stef pega comida no refeitório. Sawyer caminha com Hannah. Consigo ouvir Soledad murmurando em espanhol:

– *Dios te salve, María...*

Quando a recepcionista termina de ler a *Glamour* e a deixa no balcão, me aproximo e pego a revista, folheio para descobrir o que garotas com mais dinheiro, menos gordura abdominal e pais saudáveis estão vestindo na estação. Consigo ouvir o relógio tiquetaqueando, constante.

Horas se passam até alguém sair para falar conosco, é quase meia-noite quando um médico desarrumado e com aparência cansada, usando óculos sem armação, aparece na sala de espera para nos informar que, na verdade, não tem nada a informar. Houve algumas complicações, diz ele vagamente; não há nada que possa nos dizer além disso. Ficarão com meu pai até de manhã, as máquinas apitando e mãos frias dentro do peito dele. Devemos todos voltar para casa.

– Eu fico – diz Cade de imediato, sacudindo a cabeça como um asno. – Você vai – diz ele a Stef. – Reena, você também deveria ir.

Discuto.

– Se você vai ficar, eu vou ficar.

Cade ergue uma sobrancelha para mim.

– E quanto a Hannah? – Ele é um desgraçado mandão às vezes, meu irmão, mas é prático como ninguém.

Olho para Sawyer. Estou tão desesperada a ponto de deixá-lo levar a bebê de mim? Estou tentando pensar rápido agora, mas Soledad se levanta da cadeira. Como se alguém a tivesse ligado na tomada, ela volta à ação, assumindo o comando.

– Não seja teimosa, Reena – diz ela. – Leve a bebê para casa.

– Eu levo – oferece Sawyer.

– Não falem de mim como se eu não estivesse aqui – disparo. – Estou bem aqui.

Ele dá de ombros, todo inocente.

– Eu sei que está.

– Vá – diz Soledad. – Amo você. Coloque a bebê para dormir. – Antes que eu consiga esboçar reação, Soledad me abraça, apertando forte. – Reena – continua ela baixinho, e me ocorre que um dia nunca deveria durar tanto. – Reze.

Em casa, bato a porta do carro na entrada da garagem. O som é estranhamente assustador. Sinos de vento tilintam na varanda. Nas árvores, grilos e cigarras estão esfregando as pernas preguiçosas.

– Que barulhão – sussurra Sawyer para Hannah ao tirá-la da cadeirinha do carro. Ficamos calados na viagem de volta, uma das poucas vezes que estive no carro com Sawyer sem o rádio estar ligado. O barulho repentino, natural ou não, é assustador.

Ele me leva até a porta, hesita quando tiro as chaves de dentro da bolsa de fraldas de Hannah. Ela está totalmente acordada agora, berrando sílabas sem sentido. Abro a porta, e Sawyer entrega Hannah para mim. Tantos pais e filhas esta noite.

– Então – diz ele, de pé em minha varanda com as mãos nos bolsos. Estou com metade do corpo dentro de casa e a outra metade fora.– Como está?

Dou de ombros, sobrecarregada com minha menina e a bolsa, mas muito mais pela fadiga repentina e total que toma meu corpo, como se a pele estivesse cheia de areia.

– Bem. Cansada.

Sawyer não fica satisfeito. Ele não se move.

– O que mais?

– Não sei. – Algo que não consigo nomear. – Fora de mim, talvez. – Tudo é tão pesado, e me sinto súbita e ridiculamente a ponto de explodir em gargalhadas na cara dele em mais um segundo, então:

– Precisa que eu fique? – pergunta Sawyer na mesma hora em que digo:

– Quer ficar?

De onde diabo isso saiu? Não quero entrar na casa sozinha, é daí que saiu, mas não tenho tanta certeza de que quero entrar com Sawyer.

– Acho que estou bem – digo, mas Sawyer interrompe.

– Eu dormiria no sofá.

– Não, é, totalmente – digo, toda desconfortável. – É claro.

Não tenho certeza se isso foi um acordo, mas Sawyer entende dessa forma.

– Tudo bem – diz ele, devagar. – Então... vou ficar.

Hesito.

– Tudo bem. – Seguro a porta externa para ele entrar e deixo que ela bata ao se fechar, jogo a bolsa de fraldas na base das escadas com um estampido forte. A primeira coisa que faço é desligar o ar-condicionado: não suporto mais um sopro de ar reciclado.

Levo Hannah comigo, equilibrando-a no quadril e abrindo as janelas com uma das mãos, deixando o ar entrar. Fiquei muito boa, no último ano e meio, em fazer coisas com uma só mão.

– Ei – diz Sawyer, surgindo atrás de mim na sala de jantar. – Precisa de ajuda?

– Não conseguia respirar. – Talvez seja a verdade, aliás, agora que penso a respeito. Talvez não tivesse respirado direito desde antes do jantar. Posso estar com danos cerebrais, privada de oxigênio.

– Vamos colocar esta dama na cama – sugere Sawyer. Assinto, querendo que alguém dite as regras neste momento, e troco Hannah antes de colocá-la no berço sem falar muito. – Apagou – diz Sawyer, esfregando a mão sobre a cabeça raspada, depois que Hannah passa a respirar profundamente por alguns momentos.

– Muito bem. – Afundo na cadeira de balanço, exausta.

– Vá colocar o pijama – diz Sawyer, reparando como estou cansada. Provavelmente pareço um lixo, embora não consiga me importar. – Está com fome?

Faço que não.

– Comi, tipo, três pacotes de M&Ms enquanto esperávamos – digo a ele, aceitando a mão que Sawyer oferece para me ajudar a levantar.

– Eu sei – responde ele. Sawyer fecha a porta do quarto da bebê quando passamos para o corredor, deixando apenas uma fresta aberta para que um filete de luz recaia sobre o tapete cinza do lado de dentro. – Eu vi. Você é uma mulher impressionante. Mas quer um jantar de verdade?

– Sim. Talvez. Não sei.

– Bem, como está tão determinada – ele sorri –, vou descer e ver o que tem na geladeira. Vá tirar as roupas.

– Cale a boca. – Caminho pelo corredor até meu quarto. Troco de roupa e refaço a trança dos cabelos apressadamente. Quando desço, Sawyer esquentou sobras do jantar da noite; Stef deve ter lavado a louça enquanto nos esperava, e há diversos potes Tupperware organizados e empilhados no balcão. Sawyer ligou o pequeno rádio de Soledad na estação da universidade, e Billie Holiday canta sobre seu homem mau, tão mau.

– Quer encher a cara? – pergunta ele, tirando a cabeça de dentro da geladeira. Sawyer segura uma garrafa de vinho branco.

Ergo as sobrancelhas.

– Achei que não bebesse mais.

– Não bebo. Mas isso não quer dizer que você não possa.

– Não, obrigada. – Sento no balcão enquanto ele guarda a garrafa. – Você entrou em algum programa?

– Hum?

– Para parar de beber?

– Ah. Não. Só meio que parei.

– Uau.

– Eu não era alcoólatra. Só era burro. – Ele gesticula elegantemente com os ombros. – Mas com a oxicodona precisei de uma ajudinha. O quê? – pergunta Sawyer ao ver minha expressão presumivelmente embasbacada. Ele assente e come uma garfada de arroz de um dos potes. – Fui em Tucson durante, tipo, um mês.

Hesito.

– Antes ou depois da fazenda de soja?

– Antes. – Ele me olha, interessado. – É tão difícil acreditar?

– Que você esteve em reabilitação? Um pouco.

Sawyer dá de ombros.

– Não espalhe, está bem? Não quero que as pessoas pensem que perdi o jeito. – Ele sorri, olha pela janela para o quintal sombreado. – Mas foi bom. Eu estava bem viciado quando saí daqui, menina.

Sem brincadeira. Penso nos comprimidos no sapato de Sawyer na primeira noite que passamos juntos, em Animal e em Lauren Werner e na casa de estuque aos pedaços. Penso em como me senti quando o perdi, devagar, de forma dolorosa e confusa, e em como foi imaginar se algum dia o tive de verdade.

– É – digo, devagar. – Eu lembro.

Ficamos em silêncio por um minuto, nós dois. Por fim, pigarreio.

– Seus pais sabem? – pergunto, a voz meio alta na cozinha vazia. – Que você foi?

– Não. – Sawyer sacode a cabeça. Ele tirou a gravata ridícula em algum momento, a camisa de botão foi desabotoada no colarinho e as mangas estão enroladas até os cotovelos. – Ninguém sabe. Ou melhor – corrige ele. – Você sabe, agora.

Penso nisso por um minuto.

– Queria que tivesse dito alguma coisa.

– Sério? – Sawyer parece interessado.

– É – respondo, sorrindo um pouco. – Talvez eu tivesse odiado você um pouco menos.

Sawyer sorri.

– Provavelmente não.

– Bem, não, provavelmente não. – Brinco um pouco com a comida no prato. – Mas não deve ter sido fácil.

– Olha, não foi moleza. – Sawyer dá de ombros. – Mas tinham uma máquina de raspadinhas vinte e quatro horas.

*Ahá.* Franzo o nariz.

– Resolvido o enigma – digo, sentindo-me um pouco envergonhada e não completamente certa a respeito do motivo. Ainda há tanto sobre ele que não sei. – Mais barato que bebida alcoólica.

– Mais barato do que muita coisa – diz Sawyer, e ficamos em silêncio depois disso.

Mesmo assim, fico feliz por ele estar aqui. Relaxei: meu coração se acalmou ao ritmo da música que sai do rádio, melosa e lenta, e *essa* percepção é o bastante para me deixar em pânico de novo. Mandei meu pai para o hospital hoje. Humilhei minha família. Estou em cacos, arrasada e exposta, em tantos sentidos da palavra.

– Ei – diz Sawyer. – Pare com isso.

Hesito.

– Com o quê?

– Você não causou o ataque cardíaco em seu pai.

– O quê? – Por um momento insano, acho que ele, de fato, leu minha mente, mas Sawyer apenas dá de ombros.

– Era o que estava fazendo, não? – pergunta ele. – Se martirizando por ter se defendido uma vez na vida?

Considero a negação, decido que é inútil.

– Entre outras coisas.

– Bem, pare com isso. Olha – diz Sawyer. – Sabe que amo seu pai como se ele fosse o meu. Sei que ele me odeia agora, e não tem problema, mas ele sempre foi bom para mim quando eu era pequeno, e não o culpo. Mas sei como ele é. E sei como deve ter sido para você. Tudo o que você lhe disse hoje... – Sawyer sacode a cabeça. – Ele mais do que mereceu.

– Talvez.

– Talvez, não – diz Sawyer. Ele dá um passo à frente, bem perto de mim. Minha respiração falha um pouco. – Estou dizendo a verdade.

Ele se inclina – ai, Deus, definitivamente se inclina, tão perto que consigo ver as manchas cor de âmbar em seus olhos verdes – mas, por fim, saio do balcão, fugindo. Este dia não acaba, e não preciso de mais uma coisa perigosa.

– Acho que vou tentar dormir – digo a Sawyer, abrindo um espaço seguro entre nós, a extensão limpa dos azulejos da cozinha. – Quer que eu arrume o sofá para você?

Sawyer ergue uma sobrancelha castanha.

– Acho que me viro.

– Tudo bem, então. – Colocamos os pratos na lava-louças. Limpo o balcão, distraída. A lua invade a janela, pálida e prateada.

# 38

*Antes*

Não demorou, após a noite em que ele entrou escondido na minha casa, para Sawyer começar a me levar a festas nas vizinhanças de Hollywood – reuniões lotadas em bangalôs alugados longe da costa, engradados de Bud Light com trinta cervejas na geladeira.

– Só vamos dar uma passadinha – dizia ele, sempre, antes de entrarmos, mas, no fim, a passadinha costumava levar uma hora ou mais. Sawyer segurava minha mão no início, me apresentava a um amigo de Animal ou a uma garota que tinha se formado em minha escola um ou dois anos antes, depois saía, prometendo voltar logo, sempre dizendo que apenas precisava falar com um cara rapidinho, cuidar de um negócio.

– A não ser que queira... – Sawyer sempre começava, então parava de falar, me deixando preencher sozinha as lacunas: a não ser que eu quisesse relaxar, enfim, deixar de lado a mania insana de controle e ser, afinal, como todo mundo. Tirar a armadura. Deixá-lo feliz. *A não ser que você queira.*

Eu não queria, era o problema, e então me sentei no balcão em diversas cozinhas, bebendo cerveja quente de um copo de plástico vermelho e observando os minutos passarem no relógio digital do micro-ondas, torcendo para que ninguém, entre os que passavam pelo cômodo, conversasse comigo, e desejando estar em casa assistindo a reprises com Soledad. Minha madrasta gostava de jantares, bebidas e jarras de vidro cheias de margaridas no balcão.

– Reena, querida – teria dito ela se soubesse como eu estava passando minhas noites –, não é isso o que fazemos.

Não gostava de pensar em Soledad naquelas cozinhas. Não gostava de pensar muito em nada, é a verdade, então brincava para me manter ocupada: "Conte os bêbados", ou "Coisas que eu queria estar fazendo agora". Uma vez, levei um livro e me escondi na despensa para ler.

Sawyer sempre voltava em algum momento, contente e lerdo, literalmente sem nenhuma dor. Ele sempre ficava feliz em me ver, mas meu humor era um pouco mais imprevisível: às vezes eu ficava tão feliz por ele ter voltado que era superamigável, me enroscando nele antes mesmo de chegarmos em casa. Outras vezes, eu estava muito cansada e irritada. Naquela noite, Sawyer estava com os olhos sonolentos e vermelhos quando chegou passeando na sala de estar, e eu? Eu estava pronta para matá-lo.

Sentara-me ao lado da pia da cozinha, chutando os armários e ouvindo os sons da festa enquanto pessoas entravam e saíam do cômodo. Sem querer, eu tinha colocado a mão em algo grudento no balcão, e estava esfregando a palma na calça jeans quando Lauren disparou pela porta como um raio. Vestia uma blusa azul drapeada e botas de caubói que eu tinha visto em uma revista e exibia um grande sorriso.

– Oi, Serena! – disse ela alto demais. Pareceu um tapa na cara. Encolhi o corpo quando Lauren se aproximou, enfiei a cara no copo. – Ainda está na mesma cerveja?

Tentei sorrir, provavelmente não consegui.

– Ainda nela.

– Boa menina, boa menina. Posso fazer uma pergunta? – Lauren subiu no balcão ao meu lado e bateu com o ombro no meu como se fôssemos velhas amigas. – É verdade que sua família é, tipo, fanática religiosa? É por isso que você não se diverte de verdade?

– Não sei se os chamaria de fanáticos religiosos... – comecei, imaginando se Sawyer tinha dito aquilo, mas Lauren continuou.

– Não tem problema se eles forem. Não quis me intrometer. É que sempre tive a impressão de que o catolicismo é uma daquelas religiões que deixam as garotas muito frígidas ou muito divertidas, sabe? – Lauren gargalhou. – Enfim, acabei de deixar seu namorado na outra sala. Ele está doidããããão. – Lauren cobriu o nariz com um dedo e fungou delicadamente. – Boa sorte para levá-lo para casa hoje.

Ai, Deus. Fechei os olhos por um momento. Não que eu não soubesse o que Sawyer estava fazendo com os comprimidos que levava consigo com frequência cada vez mais – *oxicodona produz uma onda similar à da heroína quando amassada e cheirada, obrigada pela dica, Wikipédia* – mas ouvir aquilo de Lauren, como se fosse uma piada interna entre ela e Sawyer...

Eu queria encontrá-lo, tirar nós dois dali, pisar no acelerador e descobrir o que fazer depois disso. Lembrei-me, de súbito, das noites que passei no Antonia's, quando tinha doze ou treze anos, sentada em um boxe perto da porta, tomando café e lendo enquanto meu pai, Roger e Finch fechavam o restaurante. Queria meu pai agora, era a verdade. O relógio no micro-ondas mostrava que ainda não era meia-noite, e eu estava pensando que todos deviam estar lá: Lauren estava completamente doida e eu tentava pensar em uma fuga cujas características teriam impressionado o próprio Houdini, mas a verdade era que eu era lenta e burra demais, e até ele tinha se afogado no fim.

– Sabe – dizia Lauren para mim, ainda papeando, uma alegria embriagada na voz. – Sawyer e eu costumávamos vir a festas aqui sempre, quando estávamos juntos.

*Não.*

Ele me disse que não. Que ele e Lauren jamais estiveram juntos – mas, de alguma forma, eu sabia, não sabia? Ou por que teria perguntado?

Hesitei.

– É mesmo?

Lauren estava um pouco bêbada, mas não a ponto de o brilho de seus olhos desaparecer.

– Desculpe. Isso é, tipo, estranho para você?

– O quê? – Sacudi a cabeça estupidamente. – Não. Não, continue.

– Não foi nada. Sei lá, éramos apenas crianças. Foi no ensino médio. Nós dois ficávamos bem doidões o tempo todo, e, tipo, tínhamos dezesseis anos. Éramos uma confusão. Era cômico.

É, muito cômico mesmo. Você devia usar essa história no circo, sério – coisa genial. Eu me agarrei ao balcão. Senti enjoo. Precisava sair dali.

O celular de Lauren tocou, e ela o tirou do bolso de trás; quase o deixou cair duas vezes.

– Ah, preciso atender – disse Lauren, animada, olhando para a tela. Ela desceu, cambaleando um pouco; Sawyer entrou quando ela saiu.

– Podemos ir agora? – perguntei a ele, antes de dizer oi. Sawyer franziu a testa e ficou de pé entre meus joelhos.

– Claro – disse ele carinhosamente, então virou a cabeça na direção da porta. – Lá vai sua amiga.

– Certo. Sabe, na verdade, tivemos uma conversinha muito boa enquanto você estava ocupado. – Desci do balcão e peguei a bolsa. – Contei a ela para quais faculdades me inscrevi e ela me contou como se vende para conseguir dinheiro para drogas.

– Ai – respondeu Sawyer, me seguindo para o quintal, dando a volta na casa em direção à garagem. – Essas são acusações sérias vindas de um indivíduo tão puro. Ela não é uma puta viciada em crack, Reena.

– Eu sei. Ela é a Virgem Maria. – Era o meio de abril e estava muito úmido; a grama estava escorregadia e grudava em meus pés conforme passávamos pelo gramado. – Vá dormir na cama dela se gosta tanto assim de Lauren. Ah, *espere*.

– Ei, ei. – Sawyer franziu a testa, um tom agitado despontando na voz. – Qual é o seu problema?

– Eu gosto de como a implicação aqui é que a culpa, querido Brutus, não recai sobre nossas estrelas, mas sobre mim. Passe a chave do carro.

– Isso é Shakespeare?

– "Passe a chave do carro"? Não, eu inventei essa sozinha. – Eu me sentia ágil e afiada, como a lâmina reluzente de um bisturi. Parecia que eu também tinha tomado alguma coisa.

– Garota inteligente.

– Passe.

– O quê? Não. – Sawyer abriu a porta do carona e fez sinal para eu entrar. – Estou bem.

– Está brincando? Passe a chave do carro ou vou chamar um táxi.

– Sério? – Sawyer revirou os olhos para mim, mas entregou a chave. – Está bem. Aqui. Sabe, Reena – disse Sawyer, enquanto eu colocava o cinto. – Você não morreria se relaxasse de vez em quando.

– E um bom modo de fazer isso é deixar você bater o carro e me matar? Cale a boca, Sawyer.

– Qual é seu problema hoje?

– Deram cerveja para o cachorro. – Saí devagar da garagem para a estrada, mexendo, sem ânimo, nos botões das rádios salvas: eu estava tão irritada no momento que queria fazer barulho. – Viu isso? Estavam dando cerveja para aquele cachorro no pote de água dele. Acharam isso muito engraçado.

– Eles não machucaram o cachorro. – Sawyer riu um pouco com deboche, como se estivesse tentando ser inteligente. – De tudo o que aconteceu naquela festa, está irritada com o cachorro?

– Não, na verdade, estou irritada com Lauren von Vadia me contando em detalhes o histórico das descobertas sexuais dela enquanto eu estava na cozinha de uma casa em que nunca estive antes e você se entorpecia até cair. Mas o cachorro, preciso dizer que o cachorro foi o que de fato me levou ao limite. Pelo menos todo mundo estava embriagado por vontade própria. O coitado do cachorro foi forçado.

– Isso é uma metáfora?

– Quer que seja?

Sawyer apoiou o cotovelo na janela, esfregou a testa como se eu fosse uma criança malcriada.

– Podemos apenas não fazer isso agora, por favor?

– Por quê? – disparei. – Estou cortando seu barato?

– O problema *é* o meu barato?

– Não, é você ter dito que nunca transou com aquela garota quando obviamente transou!

– Ai, Deus. – Sawyer ficou em silêncio por um momento, apoiou a cabeça no banco. – Com Lauren? Ela disse isso?

– Entre outras coisas.

Eu meio que esperava que ele negasse, mas Sawyer apenas deu de ombros.

– Foi antes de você. Antes de Allie, até. Não foi importante.

– Eu perguntei e você mentiu.

– Você disse que ficaria chateada se eu tivesse transado com ela! Basicamente me pediu para mentir!

– Não mesmo – disparei, fazendo uma curva aberta à direita na Commercial. – Eu estava sendo sincera. Estava esperando o mesmo de você.

– Reena, querida, não quer que eu seja sincero com você.

– O que *isso* quer dizer?

– Quer dizer... – Sawyer se interrompeu. – Quer dizer que, de alguma forma, colocou essa ideia na cabeça de que quem eu sou não corresponde necessariamente à realidade. E, quando não ajo do modo que acredita que Sawyer LeGrande deveria agir, fica irritada. Como se eu não tivesse decorado meu roteiro, ou algo assim.

– Primeiro, isso não é verdade. – Ou era? – Segundo, eu nunca pedi que você agisse de qualquer modo, exceto que fosse honesto comigo. Sinceramente, acho que é você que tem um roteiro de como Sawyer LeGrande deveria agir. Como se precisasse ser legal cem por cento do tempo. Não precisa. Só precisa ser humano.

Ele deu de ombros.

– Eu só estava... Achei que estava dizendo o que você queria ouvir.

Pensei em Allie pela centésima milésima vez. *Se não aguenta jogar* flip cup *com Lauren Werner...* Estava se tornando um mantra irritante em meu cérebro. Eu me sentia tão violada no jipe de Sawyer com ele, engolindo o nó que sentia em minha garganta. Queria me enroscar em um canto e nunca deixar ninguém me tocar de novo.

– Ainda *gosta* dela?

– Reena. – Sawyer abafou uma risada silenciosa, incrédulo. – É por isso que a odeia tanto? Porque acha que gosto dela?

– Não, é por isso que odeio tanto *você*. Eu odeio Lauren por muitos outros motivos.

– Não diga que me odeia. – Aquilo o afetou um pouco; os olhos de Sawyer se semicerraram como se eu tivesse lhe dado um golpe. – Isso é maldoso.

– Assim como mentir. – Virei na entrada da garagem da casa em que Sawyer estava morando e pisei no freio. – Vá dormir, Sawyer. Trago seu carro de volta amanhã.

– Se é o que você quer fazer. – Ele saiu do jipe, e, por um momento, achei que fosse disparar para dentro da casa sem se despedir, mas Sawyer foi até a janela aberta do banco do motorista. – Me beije.

De perto, ele não parecia tão bem: pálido e quase macilento, os olhos brilhantes como na outra noite, em meu quarto. Sawyer cheirava a bar. Eu dei um selinho nele, rápido. Sawyer fez uma careta.

– É sério? – perguntou ele, sacudindo um pouco a cabeça. – Não vai me beijar?

– Eu beijei você.

– Não foi um beijo.

– Sawyer... – Eu estava atormentada. – Se você tivesse acabado de comer um pacote inteiro de Doritos, eu também não o beijaria.

– O que *isso* quer dizer?

– Nada. Não sei.

– Sabe, Reena, só acho que talvez, se tentasse... – Ele começou, e, do nada, eu me fechei cem por cento.

– Não ouse. – Consegui dizer, os braços cruzados como se eu estivesse morrendo de frio, embora fizesse vinte e seis graus. – Não.

– Ei – disse Sawyer, as mãos estendidas, recuando um passo. – Ei. Sou eu. Relaxe.

– Bem, não tente me fazer ceder à pressão social!

Ele gargalhou.

– Não estou tentando fazer nada com você. Só acho que todo mundo deveria tentar tudo uma vez.

Revirei os olhos.

– Isso é tão chato, Sawyer.

– Por que é chato?

– Por que precisa que eu o aprove?

– Não preciso!

– Então, faça o que quiser!

– Então não aja como se eu fosse um merda quando faço!

– Não ajo assim.

– Age, sim!

– Isso é ridículo. – Segurei o volante, apoiei a testa nas articulações dos dedos. – Talvez eu não devesse mais sair com você.

– Talvez não.

– Tudo bem, então. – Dei de ombros, ergui as mãos. A luz azul refletiu no rosto dele. Senti como se aquilo tivesse escapado de mim de alguma forma, quando não estava prestando atenção. – Só... tudo bem.

Sawyer colocou a mão dentro do jipe, passou-a pelos meus cabelos, até minha bochecha. Virei a cabeça e pressionei os lábios contra a palma da mão dele.

– Até amanhã – disse Sawyer, devagar, mas, mesmo naquele momento, parecia um adeus.

## 39

*Depois*

Não estou dormindo quando o telefone toca no meio da noite – apenas deitada na cama, preocupada com papai, pensamentos como um trem desgovernado e disparado, implacável, em meu cérebro. Impulsiono o corpo sobre o colchão para atender.

– O quê? – digo imediatamente, a voz em pânico e esganiçada, exigente. – O quê? O quê? Diga.

– Reena – diz Soledad baixinho, e acho que nunca senti tanto medo na vida nesta terra de meu Deus. – Reena. Está tudo bem.

*Está tudo bem.*

Ele está bem, diz ela tranquilamente. Papai sobreviveu à cirurgia, está em estado crítico, mas respira sozinho. Por enquanto, não há nada a fazer a não ser deixá-lo descansar.

– Amo você – diz Soledad antes de desligar; as articulações de minha mão estão pálidas e suadas em torno do fone, e apoio o queixo no joelho no escuro. – Não importa o que aconteça, querida, seu pai a ama também.

Desligo. Choro um pouco. Sento em silêncio no meio do colchão, como se fosse uma ilha no meio do oceano.

Por fim, saio da cama.

Abro a porta e arquejo: ali está Sawyer, sentado no chão do corredor, a cabeça encostada contra a moldura da porta e os cotovelos nos joelhos. Ele tirou a camisa de botão que usou no jantar – parece que faz dias desde que entrou em minha casa com Roger e Lydia, todo idiota e corajoso –, e a cruz no braço de Sawyer aparece por debaixo da manga da camiseta.

– Oi – diz ele, de súbito alerta. – Como está seu pai?

– Bem, acho. Soledad diz que está bem. – Eu me agacho para olhar nos olhos dele, a voz baixa para não acordarmos a bebê. – O que está fazendo?

Sawyer dá de ombros levemente, meio envergonhado.

– Vigiando.

– Para o caso de invasores entrarem?

– Basicamente, você. – Ele faz uma careta. – Desculpe. Foi uma coisa bem ridícula de se dizer. Não quero assustar você.

– Não está me assustando.

– Eu estou me assustando um pouco.

Dou de ombros.

– Meu pai está bem – digo a Sawyer. – Por enquanto, pelo menos.

Sawyer sorri.

– Era Soledad ao telefone?

Faço que sim com a cabeça. Não fico surpresa ao encontrá-lo ali fora, essa é a verdade – como se, de alguma forma, aquilo fosse inevitável, o curso natural das coisas. Talvez ele seja um pombo-correio. Talvez eu seja a base dele.

– Já pensou que este realmente não é o lugar para nós? – pergunta Sawyer.

Semicerro os olhos um pouco, sem ter total certeza do que ele quer dizer.

– Todo dia – respondo. – Mas, como falei antes, para onde vou?

– Você, não – diz Sawyer em tom urgente, como se eu não estivesse entendendo alguma coisa. – Nós.

– Nós?

– E se nós saíssemos daqui? – pergunta ele. – Quando seu pai estiver melhor, quero dizer. E se pegássemos a bebê e partíssemos?

Engulo o nó no coração de volta para o peito.

– Para onde? – pergunto.

Sawyer me encara e sorri, um sorriso grande e simples como um mapa do mundo.

– Todos os lugares – responde ele.

*Todos os lugares.*

– Sawyer. – Penso logo em todos os motivos por que é impossível, nos lugares em que jamais estive e em todas as coisas que ainda não fiz. Penso em uma estrada se estendendo pelo país e nas noites que passei sozinha e, quando vejo que Sawyer ainda está esperando uma resposta, dou a única que faz sentido. – Por que você não vem dormir onde deveria?

Uma linha vertical surge entre as sobrancelhas dele; os olhos de Sawyer adquirem uma cor esmeralda profunda, pedras preciosas no escuro.

– Tem certeza? – pergunta ele depois de um minuto, e sua voz sai mais baixa do que eu jamais ouvi. – Não diga se não tiver certeza.

– Ã-hã. – Fico surpresa com o equilíbrio em minha voz. Os dedos de Sawyer se abrem e se fecham; pego um dos punhos dele e forço para que ele abra a mão, coloco a minha mão lá dentro. – Tenho certeza.

Puxo Sawyer para que ele fique de pé e entre no quarto. Do lado de fora, pela janela aberta, consigo ouvir a chuva começando a cair. O calor nunca passa aqui, não de verdade. Eu me deito levemente nos lençóis.

Sawyer murmura um ruído baixo em minha têmpora. Sob os cabelos macios e raspados dele, a curva do crânio parece familiar e estranha. Passo os braços ao redor do pescoço de Sawyer para evitar que minhas articulações desmontem, e nós nos abraçamos como se fosse o último dia, até que, de repente, Sawyer fica completamente parado.

– Diga que me ama – ordena ele baixinho. Não está se movendo nem um pouco.

– Hum? – digo, na direção do ombro de Sawyer. Olho para cima. Ele está equilibrando o peso do corpo nos antebraços e consigo ver as sardas no rosto dele enquanto paira em cima de mim. – O quê?

– Diga que me ama – repete Sawyer, e no relance sombrio de seus olhos verdes, vejo que aquilo é muito importante para ele, algum tipo de promessa que fez a si mesmo. Ele não quer que eu o obrigue a fazer aquilo sem dizer as palavras. – Reena. – Sawyer está quase implorando. – Diga que me ama.

*Não faça isso comigo*, é o que quero dizer a ele. *Não pode. Não posso.* Quando Sawyer foi embora, segurei aquele *amo você* bem forte na palma da mão suada, enfiado dentro da camisa como um talismã. *Amo você.* A única coisa que ele me deu que não devolvi multiplicado por dez. A única coisa que guardei para mim.

– Sawyer – digo, passando o polegar pela sobrancelha dele, tentando enrolar. – Por favor.

Ele me encara.

– Diga.

Se eu disser e o perder de novo, isso pode me matar. Se eu não disser, posso perdê-lo bem ali. Meu coração salta dentro do peito.

– Não consigo – sussurro, por fim, e me sinto a maior covarde. – Desculpe.

Ele fecha os olhos por um segundo, e fico tensa como se estivesse esperando por um golpe, ou que ele role para longe de mim, vista o jeans e saia dali de vez. Mas então:

– Tudo bem – diz Sawyer com um suspiro longo e silencioso. Consigo sentir as costelas dele se expandirem e se contraírem contra meu peito. – Tudo bem.

– Podemos parar se quiser – digo estupidamente. – Entendo se quiser parar.

Sawyer sorri para mim, um sorriso breve que some.

– Não quero parar.

Então continuamos.

É estranho e familiar, de partir o coração, fazer aquilo com ele depois de tantas outras coisas terem acontecido: de uma só vez, me lembro de centenas de coisas diferentes que me obriguei a esquecer, as falhas reveladoras na respiração dele e a cicatriz no centro do peito. A parte de trás do joelho de Sawyer está quente quando encaixo o pé ali. Ele me olha todo o tempo.

Quando acaba, ficamos deitados de lado, olhando um para o outro pelo que parecem dias, luz cinzenta e o som do vento nas palmeiras do lado de fora da janela. Sinto o peso do olhar de Sawyer como algo físico, uma película de suor cobre minha pele. Por fim, não consigo mais segurar; só respirar é difícil.

– Seattle – digo.

Sawyer ergue uma sobrancelha.

– Seattle?

– Penso que todos os lugares devem começar em Seattle.

– Então é Seattle – diz ele como se fosse uma certeza, e, depois disso, caímos no sono.

# 40

## *Antes*

Sawyer ir a festas sem mim era quase pior do que eu ir com ele. Às vezes, ele aparecia em minha garagem depois, piscando os faróis do jipe, esperando no escuro até eu descer para deixá-lo entrar. Eu mandava Sawyer se calar conforme subíamos as escadas, sempre com medo de que aquela fosse a noite em que meu pai nos flagraria. Tentava não pensar em onde ele estivera e o que fizera enquanto nos deitávamos em minha cama e conversávamos sobre todo tipo de coisa: música, nossas famílias, os diversos fatos científicos que Sawyer, na infância, havia aprendido lendo livros sobre o clima.

– Fale sobre tempestades de trovões – sussurrava eu, sonolenta. Tornados. Secas.

Talvez os problemas tivessem começado ali, quando acabaram os fenômenos meteorológicos sobre os quais perguntar a ele, ou talvez tivessem começado muito antes, antes mesmo da noite em que Sawyer apareceu na minha casa muito mais tarde do que o normal, suado e esquivo, eufórico e pálido.

– Você está bem? – perguntei depois de nos trancar dentro de meu quarto, nós dois escondidos do mundo que dormia.

Sawyer assentiu vagamente.

– Hum-hum.

– Tem certeza?

– Eu disse que sim, querida.

Ele sempre teve o sono intermitente e perturbado, mas naquela noite Sawyer se mexeu mais do que o normal, enroscando os cobertores, respirando com dificuldade. Passei a palma da mão pela coluna dele, tentando acalmá-lo, mas parecia que ele estava esperando que algo o atacasse. Como se quisesse se levantar e caçar.

– Quantos? – perguntei, por fim, na terceira vez que ele caiu no sono e acordou assustado um momento depois. Sawyer estava me deixando nervosa. Obviamente, as atividades extracurriculares dele pendiam para o ilegal, mas eu jamais o vira daquele jeito. Tentei me lembrar do que tinha lido sobre como era fácil sofrer uma overdose de comprimidos. – Sawyer. Ei. Quantos?

– O quê? – Ele parecia irritado. – Nada. Estou bem.

– Sawyer...

– *Reena.* – A voz dele soou afiada. – Deixa pra lá, está bem?

*Então por que veio?*, eu queria indagar. Em vez disso, desisti, rolando para o lado a fim de encarar a parede.

– Claro – falei, deprimida. Tinha uma prova de cálculo de manhã. Estava mais cansada do que queria admitir. – Bem, tente não morrer, está bem?

Aquilo chamou a atenção dele.

– Ei – disse Sawyer, se aproximando, pressionando o corpo contra minhas costas, enterrando o rosto em meus cabelos. – Ei. Estou bem, certo? Desculpe. Não vou morrer. Fui burro hoje à noite. Não farei de novo.

Não respondi. Não entendia o que havia com Sawyer: não conseguia entender como ele podia me deixar tão feliz e tão triste ao mesmo tempo. Mas deixei que ele me abraçasse mesmo assim, nossas pulsações em um ritmo coordenado, nossa respiração enfim se acalmando. Meus olhos estavam fechados há alguns minutos quando ele disse as palavras:

– Amo você – murmurou Sawyer, tão baixo quanto uma oração sussurrada em meu pescoço.

– Hum? – Eu mesma estava quase dormindo, a visão embaçando; estava cem por cento certa de que tinha ouvido errado.

– Amo você. – Ele falou mais uma vez, agora com mais clareza, bem em meu ouvido, a respiração fazendo cócegas. Sentia-me como uma bomba de hidrogênio. Tentei ficar imóvel, mas sabia que Sawyer conseguia sentir meu corpo inteiro se enrijecendo, um corredor pronto para começar uma corrida...

*Preparar...*

*Fogo.*

Abri a boca, fechei de novo.

Ai, Deus.

Eu o amava, sim, esse era o problema. Eu amava Sawyer desde o sexto ano, quando Allie e eu começamos a fazer uma lista dos lugares nos quais o víamos. Eu amava as mãos de músico dele, ágeis e cheias de calos, e a alma sincera que Sawyer mantinha escondida, a salvo de toda bravata, e eu amava como, todo dia, aprendia alguma coisa sobre ele. Eu amava o lado boboca, pateta e secreto dele, e o modo como olhava para meu rosto. Eu amava tanto Sawyer LeGrande que às vezes não conseguia calar a imensidão daquilo, mas, quando abria a boca para contar a ele, nada saía.

Eu poderia fazer qualquer coisa por Sawyer, percebi de súbito. Poderia dar a ele qualquer coisa. Mas não aquilo. Se dissesse aquilo a ele, sabia que jamais poderia pegar de volta.

– Vá dormir agora – sussurrei, e Sawyer não repetiu as palavras.

# 41

## *Depois*

Acordo algum tempo depois do amanhecer, sobressaltada pelo tilintar metálico do caminhão de lixo conforme ele avança, ruidoso, pela Grove Street. Ouço por um momento o clangor de latas de metal na casa ao lado e, quando abro os olhos, fico surpresa ao encontrar Sawyer ainda dormindo ao meu lado: apesar de todas as noites que passamos juntos, essa deve ser a primeira vez que ele não sai de fininho antes do amanhecer.

Aproveito a chance de olhar para ele, de rosto para baixo com um braço jogado por cima da cabeça, as sardas pontuando as costas como constelações. Apenas por um minuto cedo à vontade de tocá-lo, de passar os dedos pela pele, mas Sawyer não se mexe. Ele dorme diferente de como costumava. Está se debatendo menos, respira mais profundamente. Costumava estremecer no sono, tremer e murmurar como se o diabo estivesse em seus sonhos.

Somente quando saio da cama ele acorda, entreabrindo os olhos.

– Aonde vai? – indaga, espreguiçando-se um pouco.
Sorrio.
– Preciso acordar.
– Nada. – Ele sacode a cabeça, sonolento, e levanta a coberta, um convite para que eu volte para a cama. – Mais cinco minutos.
– Bem. – Reflito. – Está bem. – Deslizo para debaixo da colcha, rolando sobre a barriga e passando a mão para baixo do travesseiro. – Oi.
– Oi. O que precisa fazer hoje? – pergunta Sawyer com uma das mãos em minhas costas, o polegar tracejando círculos preguiçosos ali.
– Hum. – Repasso, em minha mente, a lista de coisas para fazer. – O hospital. Então, a faculdade, se Stef puder ficar com a bebê por mim.
– Posso ficar com a bebê para você.
– Tudo bem. – Isso me faz sorrir. – E então trabalho às quatro horas.
– Eu entro às sete. – Ele sorri. – Não trabalhamos juntos há muito tempo.
– Quando estávamos no ensino médio, eu costumava checar seus horários logo depois de ver os meus, para saber se deveria me vestir melhor ou não – confesso. Sinto-me um pouco zonza. – Não que você tenha notado.
– Ah, eu reparei.
Rio com deboche.
– Não reparou.
– Sua aparência jamais passou despercebida por mim – diz ele, passando o braço ao redor de meu ombro, me puxando para baixo até minha cabeça estar apoiada em seu peito. – Nada que dissesse respeito a você, minha querida, jamais passou despercebido por mim.

# 42

## *Antes*

Em maio, a Ideal Platônico começou a fazer shows em um dos pavilhões da praia – o tio de Iceman trabalhava para o departamento de parques e recreação e conseguiu o negócio, terças e quintas-feiras à noite, logo depois do pôr do sol. Eu ia sempre que não estava trabalhando, atraindo Shelby com promessas de cebolas fritas e milk-shakes ou sozinha, quando pegava o carro de Soledad à noite e dirigia até a praia com todas as janelas abertas, cantarolando baixinho, fora do ritmo. A verdade era que eu gostava de estar sozinha, livre para me sentar lá no fundo, na mureta que separava a areia da calçada, e olhar sem interrupções, ouvir meu namorado cantar suas músicas.

Naquela noite, eu me sentei no lugar de sempre, mordendo, pensativa, o lábio inferior enquanto a banda se atirava em uma versão em ritmo de rock de "Come Rain or Come Shine", cujo arranjo eu sabia que Sawyer tinha feito. Olhei ào redor, para a multidão, reconhecendo diversos rostos de outros shows na praia ou das festas às quais tinha ido antes de parar de ir: as Reboladeiras estavam lá – tentei ao máximo não olhar para elas – e usavam short e a parte de cima do biquíni. Sawyer estava se esforçando para não olhar para elas também. Ele me viu olhar e sorriu, os dedos se movendo agilmente sobre o braço do baixo.

Ele era muito bom, e eu ficava muito feliz por assisti-lo. Seu corpo todo relaxava quando ele tocava, os cadarços dos sapatos desamarrados, como se afinal estivesse livre. Ele vestia bermuda azul-marinho e All Star Chuck Taylor surrado, e nunca me senti tão feliz por ser a namorada dele. *Vou amá-lo como ninguém jamais amou...*

– Então, fomos incríveis? – perguntou Sawyer mais tarde, descendo até mim quando acabou, a multidão se dissipando e flutuando para longe em aglomerados de três e quatro. Eu sempre tentava dar liberdade a Sawyer naqueles eventos, sempre esperava até ele me procurar. Tirei os cabelos úmidos e pesados da nuca.

– Como sempre.

– Cara, vamos para a Meridian um tempo – gritou Animal. Ele estava com uma das garotas de biquíni, que eu silenciosamente nomeei Reboladeira Risonha. – Vocês querem vir?

Segurei a respiração, mas Sawyer sacudiu a cabeça.

– Não – gritou ele de volta por cima do ruído rítmico do oceano. – Encontro vocês depois.

Compramos dois refrigerantes na loja de sanduíches do outro lado da rua, então caminhamos de volta, na direção da água, e nos sentamos onde a areia começava a esfriar.

– Não vamos à praia muitas vezes – observei, olhando para o horizonte escuro. A maré estava subindo, lambendo meus dedos do pé. – Gosto da praia.

– Os verdadeiros moradores da Flórida não vão à praia – respondeu ele. – É quente demais.

– E quanto a eles? – perguntei, inclinando a cabeça para a direita. A distância, um grupo de jovens um pouco mais velhos do que nós estava reunido sob um cobertor. Passava das dez da noite, e, exceto por eles, a areia estava quase vazia. – Eles estão aqui.

– Provavelmente vêm de Michigan.

Terminei o refrigerante e estiquei a mão para pegar a dele, que Sawyer me entregou com um suspiro.

– Não mastigue meu canudo.

– Eu não mastigo canudos.

– Mastiga, sim. – Ele beijou minha nuca.

Toda a pele do meu corpo formigou agradavelmente, mas me inclinei para a frente, para longe da boca de Sawyer.

– Estou suada.

– Salgada – corrigiu ele. – Está com um gosto bom. Como de pretzels.

– Você sabe mesmo como ganhar uma garota na lábia.

– Um Casanova – afirmou Sawyer.

– Heathcliff – falei. – Nas charnecas e tudo.

– Don Juan.

– Juan Valdez. – Gargalhei.

– Ã-hã. Já fez sexo na praia?

– Os verdadeiros moradores da Flórida não fazem sexo na praia – informei a ele. – Quente demais.

Sawyer cutucou a bochecha por dentro com a língua.

– Engraçadinha.

– Você poderia tentar a sorte com alguma daquelas garotas de Michigan.

– Certo. – Ele fez uma careta quando lhe devolvi o copo. – Olha isso – disse Sawyer, erguendo o canudo e rindo.

– Você parece uma marmota. – Ele deitou, apoiando a cabeça na areia. Por um minuto, nenhum de nós falou. – Então, o que vou fazer quando você for embora, Reena?

Hesitei. Não estava esperando por isso. Não esperava jamais falar sobre aquilo, muito menos que Sawyer tocasse no assunto. *Não vou ficar muito tempo por aqui*, eu tinha dito a ele naquele dia, do lado de fora do restaurante, embora ultimamente parecesse que a formatura ia acontecer a qualquer minuto. Eu verificava o correio todo dia em busca de um envelope da Northwestern.

– Pegar garotas de Michigan, obviamente.

– Estou falando sério.

Bem.

– Não sei – falei com cuidado, escolhendo as palavras com toda a cautela de dezessete anos passados ouvindo nas entrelinhas. – Não espero que você, tipo... Não lhe peço nada.

A expressão de Sawyer se alterou, indecifrável. Ele não estava me olhando.

– Ai.

– Não, não quis dizer dessa forma – repliquei, voltando atrás. – Quero dizer, sei que você poderia ser, tipo... fiel. Se quisesse. Eu só... não acho que você ia querer, é isso. Além do mais – tentei, por fim, quando Sawyer ainda se recusava a responder –, isso é tudo completamente hipotético. *Se* eu entrar. O mágico *se*.

Sawyer deu de ombros, olhou para o mar. As ondas estavam vindo mais rápido agora: em breve, precisaríamos sair dali.

– Você vai entrar.

\* \* \*

Ele estava certo. Eu entrei.

Sawyer foi me buscar na escola, e eu peguei as cartas no correio quando chegamos à minha porta, devagar como se estivesse passeando. Ele estava com os dedos presos nas alças de trás de meu jeans e peguei as contas, uma revista *TV Guide*.

E.

Um envelope grande. Da Northwestern.

– Ah – falei, mais como um suspiro. Sentei nos degraus, um punhado de catálogos e envelopes se espalhando na varanda. – Ai, meu Deus.

– Grande é bom, certo? – perguntou Sawyer, sentando-se ao meu lado, embora devesse saber a resposta, pois tinha se inscrito e sido aceito na faculdade no ano anterior. Mas ainda estava de óculos escuros e eu não conseguia ver a expressão em seu rosto. – Grande significa que querem você?

– Grande significa que me querem.

– É claro que querem você. Seriam idiotas se não quisessem.

*Parabéns*, dizia a carta.

A porta se entreabriu; Soledad estava de pé diante da tela vestindo uma regata rosa-claro, a pele toda bronzeada e os braços cheios de sardas.

– Como foi seu teste? – perguntou ela. E então: – Oi, Sawyer.

– Bom – respondi, virando de costas e olhando para ela. Estendi a carta. – Entrei na Northwestern.

O rosto de Soledad se abriu, um sorriso grande e satisfeito.

– Reena! – gritou ela, correndo para fora a fim de me abraçar. – Ah, Reena, querida, isso é maravilhoso!

Deus do céu, como eu queria ir. Queria fazer aquele curso de escrita, queria estudar fora – ter calças de gorgorão e ler romances russos espessos em cafés e descer a rua toda congelada em botas de neve amarelas durante o inverno. Eu queria ser alguém completamente diferente. Queria conhecer lugares nos quais jamais estive. Queria todas essas coisas desde que conseguia me lembrar, mas queria Sawyer há muito mais tempo do que isso, e, agora que o tinha e que a escolha estava diante de mim, não parecia tão fácil quanto um dia fora. Pensei na sra. Bowen, em todo o trabalho que tivemos para eu me formar mais cedo. *Muitos jovens não querem perder o ano de veteranos.*

Sawyer ficou na minha casa até tarde naquela noite. Nós dois ficamos no chão de meu quarto até quase onze horas, a porta escancarada de acordo com instruções de Soledad, jogando um jogo épico de buraco: ele era o único que tinha conseguido aprender o conjunto de regras complexo de Allie. Corri para baixo a fim de pegar mais sorvete no freezer, lançando um alegre "Não trapaceie!" por cima do ombro; voltei cinco minutos depois com um copão na mão e vi Sawyer não onde o havia deixado, no chão, mas de pé perto de minha escrivaninha, os tornozelos cruzados casualmente, lendo minha redação de inscrição na faculdade.

– Hã – falei, olhando para ele e tentando não me sentir irracionalmente surpreendida, tão exposta e estranhamente espionada. Afinal de contas, eu sempre disse a ele que o deixaria ler em algum momento. – Onde conseguiu isso?

– Estava no topo da pilha – disse Sawyer, assentindo para a enorme bagunça sobre a mesa: livros e provas, um e-mail da *South Florida Living* me pedindo para ir conversar com eles sobre aquele estágio. Ele não parecia nem um pouco mal. Estava sorrindo. – Está muito bom, Reena.

– É? – perguntei, deixando passar um tom esganiçado na voz. Eu sabia que estava bom, objetivamente falando; afinal de contas, tinha garantido minha vaga na Northwestern, mas era diferente ouvir Sawyer dizer aquilo. Apoiei o sorvete na cômoda. – Acha mesmo?

Sawyer assentiu e se sentou em minha cama; por instinto, olhei para o corredor, mas meu pai e Soledad ainda estavam lá embaixo.

– Por que não me deixou ler antes? – perguntou ele.

– Não sei – respondi, me sentando a seu lado. Rocei dois dos dedos de Sawyer com dois dos meus sobre a colcha. – Fiquei tímida, acho.

Sawyer sorriu.

– Não precisa ser tão tímida o tempo todo – disse ele. – Sou só eu. – Então, um segundo depois: – Você vai mesmo para todos esses lugares, hein?

Olhei para Sawyer, surpresa. Havia algo no modo como falou que me fez pensar que ele acabava de compreender, pela primeira vez, que eu iria mesmo partir no fim do verão. – É o plano – falei baixinho.

Sawyer assentiu de novo, afundando de volta nos travesseiros. Ele dormira ali tantas vezes que meus lençóis tinham começado a ficar com seu cheiro.

– Talvez eu também precise sair daqui – falou Sawyer depois de um momento.

Ergui as sobrancelhas, estendendo a mão para o sorvete. Apesar de vago, era a primeira vez que eu o ouvia falar sobre qualquer coisa parecida com um plano.

– Quero dizer – falei, inclinando o corpo para cima da cama a fim de pegar nossas colheres dos potes vazios no tapete –, ouvi dizer que Chicago é uma boa cidade para músicos.

– Ah, é? – Olhei para ele e Sawyer estava sorrindo, um sorriso largo e aberto. Senti algo parecido com esperança se expandir como um balão amarelo bem no fundo do peito. – Bem – disse ele, batendo a colher na minha como se talvez estivéssemos decidindo algo juntos. – Talvez eu precise conferir.

# 43

*Depois*

Levamos meia hora para descer, vestir e alimentar Hannah e colocá-la no cercadinho na sala de jantar, bem ao lado da porta da cozinha.

– Vou fazer café da manhã para você. – Sawyer decide e se dirige à geladeira.

Sacudo a cabeça.

– Não estou com muita fome.

Ele faz uma careta.

– Você não comeu ontem à noite porque estava chateada, o que não é um problema. Mas hoje é um novo dia. Portanto, ovos. – Sawyer sorri para mim e eu me sento, feliz por alguém cuidar de mim por alguns minutos. Feliz por deixá-lo fazer isso.

A campainha toca.

– Deve ser Shelby – digo a Sawyer, e fico de pé. A mãe dela é enfermeira no hospital, e tem um monte de mensagens no meu celular. O telefone na cozinha começa a tocar.

– Pode atender? – peço a Sawyer, olhando para trás.

Corro até a sala e escancaro a porta sem verificar pelo olho-mágico, percebendo a idiotice um segundo tarde demais. Não é Shelby que vem me visitar nessa manhã ensolarada de verão. É Aaron. Durante um segundo, penso: *merda.*

– Oi! – digo, alegre, recuando um passo para deixá-lo colocar um pé dentro da casa, mas não mais do que isso. Aaron acabou de tomar banho e veste uma camiseta com a logomarca da marina, barcos navegando para o mar.

– Oi – diz ele. – Soube de seu pai.

– Ele está bem, achamos – conto a Aaron. – Vou passar no hospital daqui a pouco.

– Quer companhia? – pergunta Aaron. – Poderíamos ir tomar café da manhã bem rápido.

Estou tentando decidir como responder quando a voz de Sawyer reverbera pela sala de estar, alta e animada.

– É Shelby? Convide-a para entrar! Farei ovos para ela.

*Droga.*

O rosto de Aaron muda, fica sério.

– Desculpe – diz ele. – Não percebi que tinha visita. Só seu carro está na entrada da garagem.

– Não, é só... – É só o quê? Não é algo insignificante. É sexo com Sawyer LeGrande.

– Shelby Fitzsimmons, estrela do palco e da tela – chama Sawyer, passando pela sala de jantar. Ele vê Aaron e congela por apenas um segundo, mas se recupera, esboçando um sorriso. Já quero bater nele. – Ah. Não é Shelby.

– Não exatamente – diz Aaron devagar, e nossa, *nossa*, eu me sinto um lixo.

– Bem, ei, cara, bom ver você – diz Sawyer, se recuperando. Se não o conhecesse, pensaria que ele era um cara bem decente. – Estou, hã, fazendo ovos, se estiver interessado.

– Obrigado, mas preciso ir – responde Aaron, recuando pela porta. – Preciso trabalhar. Só vim ver se o pai de Serena estava bem.

– Acabei de falar com Soledad, e ela disse que ele está ótimo.

– Era Sol? – pergunto, esquecendo por um momento o massacre que ocorre diante de meus olhos.

– Bem, então acho que é isso. – O olhar de Aaron sai de mim para Sawyer, depois retorna. – Acho... acho que, ah, vejo você por aí, Reena.

– Aaron... – O que vou dizer? Fui horrível com ele, com essa pessoa boa, essa alma que me trouxe flores e me fez sorrir nos piores dias. Não há desculpa no mundo.

Não importa, na verdade; Aaron já saiu pela porta.

– Lembranças a seu pai por mim – grita ele, olhando para trás, afastando-se como se minha casa estivesse pegando fogo e eu fosse burra demais para perceber e me salvar.

– Merda – digo quando o carro dele sai da entrada da garagem. – Merda!

– O quê?

Viro para Sawyer, descontrolada.

– Cale a boca.

– Ah, por favor. – Sawyer segurou o máximo que pôde; agora sorri. – Não é tão ruim.

– Não, na verdade, é *muito* ruim. Você não entende. Definitivamente não entende. – Penso em como Shelby já está com raiva de mim. Acho que acabo de aniquilar nossa amizade de vez. – Eu acabei de me ferrar totalmente.

– Bem. – Sawyer me olha de esguelha com malícia. – Eu não diria *isso* exatamente.

– Eu mandei calar a boca!

Sawyer revira os olhos.

– Posso fazer uma pergunta? Você gosta dele? Ou ele é só, tipo, prático? Porque preciso dizer, Reena, ele é o equivalente humano a uma tigela de trigo moído.

– Vá para o inferno, Sawyer. Você não o conhece. Aaron é um cara muito legal.

– Assim como aquele apresentador, o Mister Rogers, mas isso não é motivo para correr para a cama com ele.

– Em primeiro lugar, com quem eu corro para a cama não é da sua conta. Em segundo lugar, por falar em coisas sobre as quais você não sabe nada, ele era um namorado muito bom. – Viro e saio batendo os pés até a cozinha. – Em terceiro lugar, Mister Rogers está morto!

Aquilo faz Sawyer parar por um momento.

– Mister Rogers está morto?

– Há anos!

Ele me segue pela sala de jantar, parando para ajeitar o cabelo de Hannah.

– Pode parar de fugir sempre que tento conversar com você?

– Olha quem está falando em fugir – disparo de volta, desligando o forno e recolocando os ovos na geladeira.

Sawyer faz uma careta, e parece que talvez aquela frase em especial esteja ficando batida para ele.

– Bem, estou aqui agora. – É tudo o que diz.

– Certo. – Salto pela cozinha como uma bola de *pinball*, jogando itens diversos na mochila sobre a cadeira: celular, chaves, biscoitos para Hannah, duas caixas de suco, um dinossauro de pelúcia. – Até que sinta a coceira ou a ânsia ou o que quer que o obrigue a fazer as coisas ridículas que faz e dê o fora de novo e eu volte para onde comecei, mas agora eu afastei completamente o único cara em minha vida inteira que me tratou bem.

Sawyer não gosta disso. Seus lábios macios se contraem.

– Eu tratei você bem.

– Ã-hã. Principalmente na parte em que deu o fora sem nem ter a decência de inventar uma mentira qualquer, como dizer que estava indo ali comprar cigarro.

– Por quanto tempo vai usar isso contra mim?

– Até que eu não esteja mais irritada com isso!

– Então, para sempre?

– Você sumiu durante dois anos! Voltou faz duas semanas!

– Sabe, o que eu adoro em relação a tudo isso é como você esquece convenientemente que também estava de saída quando parti. Você me dizia isso todos os dias.

– Eu ia para a faculdade!

– Você ia sair daqui um ano inteiro antes de precisar e nunca mais voltaria. Ia fazer algo ótimo e incrível e cem vezes melhor do que o restaurante e esta cidade, e cem vezes melhor do que eu.

– Sawyer, não seja tão infantil. Eu nunca disse isso.

– Você disse de cem maneiras diferentes. Ia embora de qualquer forma. Eu só achei que poderia me adiantar.

– Meu Deus. – Reviro os olhos, tento pensar por um momento e, ao fazer isso, só consigo chegar a uma conclusão lógica. Eu me sinto má como um cão raivoso. – Isso foi burrice nossa.

Sawyer me olha com desconfiança.

– O quê?

– Isto. – Abro os braços. – Ontem à noite, esta manhã, tudo. Foi uma péssima ideia. Eu estava chateada. Não deveria ter deixado que você...

– Me *deixado*? – explode ele. – Você veio atrás de mim! Eu estava pronto para dormir na porcaria do sofá!

– Tanto faz. Não importa. O que importa é que estou desequilibrada, e você me deixa assim. Voltou faz trinta segundos e eu já estou agindo como uma idiota de novo.

– Bem, *isso* não é tão longe da verdade.

Nossa, estou tão frustrada com ele. Estou frustrada minha vida inteira.

– Vá se ferrar.

– Que legal. – Sawyer também está com raiva. – Quer saber? Vamos esquecer tudo.

– Quer saber? Vamos.

– Ótimo – diz ele com calma, mas os olhos frios estão bem abertos. – Nunca aconteceu.

# 44

*Antes*

– O que vai vestir? – indagou Sawyer.

Olhei para o espelho enquanto apoiava o telefone entre a orelha e o ombro. Era a sexta-feira depois de eu ter recebido a carta da Northwestern; Sawyer deveria me buscar em vinte minutos para o que, ele prometeu, seria um Encontro Muito Importante. – Por quê?

– Porque quero saber se não estaremos vestindo a mesma roupa.

– Cale a boca. – Era a metade de maio, estava desconfortavelmente quente. – Tudo que visto me faz suar. Então, talvez nada.

– Entendo. – Ele estava sorrindo, dava para ouvir. – Boa ideia. Esteja pronta em dez minutos, está bem? Vamos comemorar. Minha namorada entrou na faculdade esta semana.

Dirigimos até South Beach naquela noite, as janelas do jipe totalmente abaixadas; o ar-condicionado enfim quebrara algumas semanas antes, e eu sentia o cheiro do mar e do verão. Charley Patton cantava para o calor: *Took my baby to meet the mornin' train*... Sawyer mantinha uma das mãos em minha perna conforme seguíamos pela 95, interrompendo o contato de vez em quando para esfregar um músculo que se contraía em seu maxilar.

– Gosto de seus pulsos – comentou ele de súbito, olhando para o lugar em que minhas mãos repousavam em meu colo. Sawyer tracejou a parte de baixo de meu antebraço com a ponta do dedo.

Olhei para ele desconfiada.

– Meus pulsos?

– É – disse ele, meio sorrindo enquanto trocava de faixa. – Relaxe. Não tenho, tipo, um fetiche estranho com pulsos. Só gosto dos seus. São pequenos. Como ossos de passarinho.

– Ossos de passarinho – repeti.

– Sim. – Parou Sawyer. – Está vendo? Estragou o momento.

– Estava criando um momento?

– Eu estava tentando!

Gargalhei.

– Desculpe. Faça de novo.

– Não! – falou Sawyer. – Não tem mais clima. – Mas ele também estava gargalhando.

South Beach estava iluminada como um parque de diversões, toda cheia de prédios estilo *art déco* e fachadas de lojas em neon, mas a Breezeway, nosso destino, fazia a Prime Meridian parecer o bar do hotel Ritz. Precisamos descer um beco escuro e cheio de lixo para chegar à porta, e imaginei como Sawyer podia saber aonde ir. *Você veio de carro até aqui para me trazer para* este lugar *quando todo o bairro de South Beach está iluminado como o Natal?* Era o que eu queria perguntar, mas não estava a fim de briga.

Sawyer segurou minha mão enquanto desviava pela multidão com habilidade, me puxando consigo como um peso morto. Para mim, parecia que ele gostava de multidões, de aglomerados grandes e barulhentos de pessoas. Parecia ser bom em lugares assim.

Sawyer me soltou ao chegar ao bar, olhando através da fumaça como se procurasse alguém.

– Espere aqui – disse ele no meu ouvido. A respiração de Sawyer fazia cócegas, agitou meu brinco pendurado.

– Por quê? – Semicerrei os olhos, desconfiada. Precisei falar alto para ser ouvida por cima da música, algo retumbante e alto que não reconheci. – Aonde vai?

– Espere um segundo. Vamos jantar logo depois disso, prometo.

Suspirei e segui para o banheiro. Tinha tomado um refrigerante no caminho. Quando terminei, matei o tempo lendo as pichações na parede ao lado do recipiente vazio de Tampax, inventando histórias na cabeça para combinar com as iniciais rabiscadas, os corações desenhados, os xingamentos. Eu estava ficando muito boa em matar tempo. Meus sapatos grudavam no chão, e eu abria caminho em direção à saída quando ouvi o grito de uma mulher, mais alto do que a barulheira.

– O que está acontecendo? – perguntei a um cara levemente embriagado enquanto dobrava a esquina do pequeno corredor que abrigava os banheiros. Tinha ficado mais cheio desde que eu saíra, e não consegui ver a ação.

– Dois idiotas se atracando – contou-me ele depois de me olhar de cima a baixo de um modo que me fez estremecer. Então, como se talvez aquilo não tivesse sido claro o suficiente: – Briga.

Olhei em volta em busca de Sawyer, fazendo uma oração rápida que eu sabia ser inútil. Na ponta dos pés, tentando ver por cima da multidão, percebi que um dos idiotas se atracando era, definitivamente, meu namorado. De repente, nossa pequena viagem a Breezeway fez muito mais sentido.

– Só pode ser brincadeira – falei, caindo na real. Eu conseguia ver o segurança e o atendente do bar se aproximando para separá-los e fiquei de pé, congelada, por segundos intermináveis, pensando se deveria me mover na direção deles ou fugir. Fiquei assustada quando um punho acertou a bochecha de Sawyer e senti um gosto ácido subir por minha garganta conforme ele recuava e acertava os dedos fechados em punho na boca do outro cara. Sawyer era bom de briga, percebi, entorpecida, então me virei e abri caminho em meio à multidão na direção da porta.

Eu estava correndo e entrando no beco antes mesmo de o cara com quem Sawyer falou à porta o empurrar para fora do bar.

– Cara, não estou doidão – dizia ele, mas o segurança não parecia ligar. – Ele começou, juro.

– Ele é seu? – perguntou o homem para mim.

Quase respondi que não. Sawyer nos olhava, deprimido.

– É, acho que sim – respondi. – Obrigada. Desculpe. – O segurança assentiu, deu de ombros e se virou para entrar; peguei a chave do carro de Sawyer do bolso traseiro dele ao caminharmos na direção da rua. Eu estava cansada de dirigir. – Entre no carro – falei.

– Reena, aquilo deveria ter sido muito rápido, mas aquele cara...

– Não fale – interrompi.

– Íamos a outro lugar...

– Eu disse para não falar comigo! – Dei partida no carro. – Foi por isso que me trouxe até aqui? – Exigi saber. Sawyer não respondeu, porque eu tinha dito a ele que não o fizesse, acho, então continuei. Estava quase em lágrimas, de tão irritada. – Sério? E tentou fazer parecer um encontro. Porque eu entrei na *faculdade*? Cruzes. Não acredito. Sinceramente, não acredito em você.

– Deveria ser um encontro – murmurou Sawyer. – Eu ia levar você a outro lugar. Só teria levado um segundo, se aquele cara não tivesse sido um babaca.

– Certo. É culpa dele. É culpa do seu *traficante.* – Encolhi o corpo ao olhar para as articulações feridas nas mãos de Sawyer. Havia sangue escorrendo delas. – Isso é ridículo. – Olhei pela janela, liguei o pisca-alerta. – Sabe que isso é ridículo? Não é a vida real. Não é assim que eu sou.

– O que está fazendo? – perguntou Sawyer, em vez de me responder.

– Estou parando na farmácia.

– Por quê?

– Porque vou comprar coisas para sua mão! Nossa!

– Estou bem.

– Foi mordido! Quer pegar raiva?

Ele deu uma gargalhada.

– Ninguém vai pegar raiva.

– Quer pegar Aids? – Quase vomitei as palavras. Desliguei o jipe no estacionamento e, depois de hesitar por um instante, guardei a chave no bolso.

– Legal – disse Sawyer. – Aonde, exatamente, acha que vou? Acha que eu a deixaria aqui?

– Quem sabe o que diabo você faria? – Bati a porta e segui para a farmácia, onde gastei o dinheiro que tinha com água oxigenada, gaze, um tubo de Neosporin e outro refrigerante. Desejei estar com meu pai, Shelby, Soledad, até mesmo Lauren. Não queria voltar para o carro. Sentia Sawyer se afastando tanto que eu não conseguia alcançá-lo e não sabia como parar.

A caixa avaliou minhas compras e me olhou com um pouco de compaixão, então disse:

– Espero que sua noite melhore.

– Obrigada. – Precisei olhar para a luz fluorescente para não chorar.

– Droga, Sawyer – resmunguei, ligando a luz do teto do jipe. Ele parecia pior do que eu pensava. Ia ficar com o olho roxo. Joguei o refrigerante para ele, e Sawyer colocou a garrafa sobre o olho, que inchava depressa. Queria que ele estivesse com dor de cabeça. – Sabe, por que eu quero fazer faculdade se posso ficar aqui e bancar a sua babá?

– Não faço ideia. Merda – xingou Sawyer quando a água oxigenada tocou os nós dos dedos dele, a respiração ruidosa como o ar que sai de uma bexiga. – Isso dói.

– Bom.

– Olhe, não se incomode – disse Sawyer, puxando a mão para longe. – Eu mesmo cuido disso. Vamos embora.

– Está bem. Como quiser. – Dei marcha à ré no jipe. Odiava aquele carro, aquela cidade e todo o estado da Flórida. Pensei em acelerar para o norte, na direção de Alligator Alley, em fazer o carro sair da estrada em direção ao pântano. – Não acredito que vai agir assim.

– Bem, você não vai precisar me aturar por muito tempo – observou Sawyer, jogado no assento. Ele cruzou os braços.

– Sinceramente? Está com raiva de mim por causa da Northwestern?

– Não estou com raiva de você por causa de nada.

– Mentiroso. – Suspirei. – Você sabia que eu iria. Falei desde o início que sairia daqui.

– Sério?

– Sério – repeti, e ficamos em silêncio por um tempo depois disso, o som do rádio abafado pela força do vento. O suor descia, nojento, da minha nuca. Por fim, apenas falei. – Quero conversar sobre Allie agora.

Aquilo chamou a atenção dele.

– O quê?

– Você me ouviu.

– Quer falar sobre isso agora?

– Quando seria um momento melhor? – perguntei. – Estamos nessa há seis meses e praticamente não conversamos sobre isso.

Sawyer suspirou. Ainda pressionava a garrafa de refrigerante contra o rosto, e imaginei, por um momento, se a mão dele poderia estar quebrada.

– O que tem ela?

– O que fez você gostar dela?

– Reena, por que quer fazer isso?

– Apenas responda!

– Não sei! – respondeu Sawyer, suspirando ruidosamente, a cabeça encostada no assento. Por fim, ele começou a falar. – Ela era muito... aberta, acho. E tranquila. Como se nada jamais a preocupasse. – Imaginei se ele a estava descrevendo daquela forma especificamente para me magoar, para ressaltar as diferenças entre mim e minha melhor amiga, a antiga namorada e a nova, ou se nós duas éramos apenas opostos extremos e Sawyer não conseguia dizer de outro modo. – Ela era só... divertida.

Divertida. Certo. Respirei fundo, olhei para uma placa na estrada e virei à direita em uma curva aberta.

— Isso tudo teria acontecido caso ela não tivesse...? — Parei de falar.

— Ela *morreu*, Reena. — Sawyer não estava olhando para mim, olhava pela janela, observando as luzes que passavam piscando. — Você pode muito bem dizer, se vamos falar sobre isso. Se ela não tivesse morrido.

— Se ela não tivesse morrido. — Engoli em seco. — Você iria querer ficar comigo se Allie não tivesse morrido?

— Qual é o seu problema, hein? — perguntou Sawyer. — Podemos não fazer isso?

— Apenas responda!

Houve um longo silêncio. Ele parecia avaliar as opções.

— Não sei — respondeu Sawyer. — Não sei! E tem merdas que você não sabe sobre mim e com certeza tem merdas que não sabe sobre aquela noite...

— Bem, então me *conte*!

— Não *posso*!

Não discuti. O que estava esperando, de verdade? Com certeza era perigoso que eu dirigisse daquele jeito. Com certeza teria sido mais inteligente parar, resolver tudo. Mas eu estava cansada agora e queria ir para casa. Parei de repente diante de um sinal que não percebi que estava vermelho.

— Cuidado — falou Sawyer, baixinho.

— Cale a boca — respondi.

Seguimos em silêncio pelo resto do caminho, a cantoria do rádio era o único som dentro do jipe. *Sabe que errou comigo...*

O céu era de um roxo profundo e pesado quando parei na entrada da garagem de Sawyer. Provavelmente choveria. A casa amarela parecia assombrada. Reuni coragem.

— Você precisa de ajuda, Sawyer.

– Ah, por favor. – Ele fez um ruído de desdém do fundo da garganta. – Não comece.

– Bem, você precisa!

– Pare.

– Você não está na faculdade, tem metade de um emprego que está sempre à beira de perder, fica doidão o *tempo todo*...

– Não fico! – interrompeu ele.

– Sinceramente, Sawyer, a única coisa que tem a seu favor agora sou eu, e você está fazendo o possível para estragar isso também!

– Certo – murmurou ele. – Só eu estou estragando isso.

– Não posso fazer nada se vou embora!

– A *questão* não é você ir embora! – gritou ele.

– Então qual *é*?

Sawyer não respondeu.

– Bem?

Ainda nada.

– Você gosta disso? – Exigi saber. – Fingir ser sempre o valentão? Está sendo bacana para você?

– Você vive me perguntando isso. Gosta de ser sempre a boazinha? Acha legal?

– Não estou sendo boazinha, Sawyer! Estou sendo eu mesma!

– Bem, talvez seja isso que eu faço também. Só estou sendo eu mesmo.

– Esse não é você!

– Talvez seja.

– Então, não conheço você.

– Talvez não. – Ele suspirou, abriu a porta do jipe e saiu.

– Você pensa em parar com essa porcaria toda num futuro próximo? – gritei pela janela.

Ele riu.

– Que porcaria seria essa?

– Você sabe que porcaria! – Eu queria bater em Sawyer. Queria ser muito má. – Quer saber, Sawyer? Essa sua originalidade está começando a cansar.

Sawyer se encolheu, então ficou muito parado.

– A minha *originalidade*? – perguntou ele baixinho. E, nesse momento, percebi que tinha ido longe demais.

– Olhe, desculpe – falei. – Não quis... eu só...

– Esqueça.

– Sawyer...

– Preciso sair daqui – disse ele, quase para si mesmo. Ficou de pé e cruzou o quintal, e eu mal me dei conta. As mãos dele eram como aranhas brancas sobre os cabelos. – Vejo você por aí, Reena.

Dessa vez, Sawyer não me deu um beijo de despedida.

# 45

## Depois

Deixo Hannah com Stefanie e dirijo rápido demais até o hospital, com uma muda de roupas e um sanduíche para Sol no assento do carona, ao meu lado. Ela tem uma aparência arrasada, mas meu pai parece bem, considerando a situação: ele está grogue e abatido, um soro preso ao dorso da mão. Tenho cinquenta coisas para contar a ele, mas nenhum de nós diz nada e me sento na beira da cama enquanto assistimos ao *Today Show*, um trecho incrivelmente chato sobre encontrar os melhores vegetais no verão. Aquilo me faz querer mirtilos. Fico inquieta. Penso em como ele ficaria desapontado se soubesse que passei as últimas doze horas repetindo todos os erros estúpidos que já cometi com Sawyer, ou se esse é o tipo de decisão errada que papai espera de mim depois de tanto tempo. Sinto-me tola acima de tudo, por me deixar acreditar que poderia fazer dar certo depois de tudo o que aconteceu.

– Você me assustou – digo a papai por fim. Quero dizer *desculpe*, mas não sei por onde começar. – Não faça de novo.
– Sim, senhora. – Ele assente e se recosta nos travesseiros, a pele sob os olhos pálida e cinzenta. A barba de um dia se espalha pela face. – Soledad já me deu um sermão.
– Voltarei mais tarde com Hannah – prometo, encaminhando-me para a saída. Dou um beijo na testa de papai e não choro até chegar ao estacionamento, como se eu tivesse um ferimento grave.

Sawyer aparece dez minutos antes das sete para assumir o lugar de Joe, que me entrega uma bala Dum Dum de caramelo para Hannah antes de voltar para casa, para a esposa. Sawyer cresceu atrás daquele bar, assim como o resto de nós, e logo se acomoda em meio ao Southern Comfort e ao xarope de romã, preparando-se como se jamais tivesse partido.
Tento ao máximo não observar, não reparar que ele lança um sorriso experiente para uma mulher de meia-idade com maquiagem pesada ou fala de beisebol com dois executivos que estão na cidade para uma conferência. Mesmo assim, o restaurante não está muito cheio, e não temos muito o que fazer. Eu me escondo na cozinha por um tempo, conto a Finch o que está acontecendo com meu pai.
Às oito da noite, o lugar enche o bastante para que eu consiga entrar em um tipo de ritmo estranho e familiar: contas divididas e azeite, facas e pratos sobressalentes. Faço meus pedidos de bebidas pelo computador no corredor dos fundos e nem olho para Sawyer.
Por fim, ele repara que não estou reparando, me encara quando sigo para a cozinha equilibrando pratos sujos nos

braços. Não sei o que estou esperando exatamente, mas não é o sorriso impassível de âncora de noticiário que Sawyer me lança.

– Precisa de alguma coisa, Reena? – pergunta ele.

Preciso, na verdade; só não registrei no sistema ainda.

– Duas Amstels – digo a Sawyer, sem rodeios. É a primeira coisa que digo a ele a noite toda.

Sawyer ergue as sobrancelhas, provocando.

– Qual é a palavra mágica? – pergunta ele.

Faço cara de raiva.

– Sawyer, cale a boca e pegue as cervejas para mim.

– *Irritada* – diz ele, e me mostra a língua. Sawyer se vira para pegar os copos, os músculos se movendo por dentro da camisa de uma forma que faço o possível para não reparar. Reviro os olhos para disfarçar, tentando parecer bastante irritada.

– Sabe – digo a Sawyer, com malícia –, se fosse você, tomaria cuidado com o que faço com essa língua.

– Ah, é? – O olhar dele percorre meu corpo de cima a baixo descaradamente. – Onde seria o lugar perfeito para ela?

– Sério? – Meu estômago se revira com tanta força que quase dói, como partes de carro raspando uma contra a outra. Ainda estou segurando quatro pratos sujos. – Cale a boca. – É tudo em que consigo pensar.

Sawyer sorri.

– Por que sempre me manda calar a boca? – pergunta Sawyer com simpatia.

– Por que você sempre merece? – rebato, e sigo para deixar os pratos no cesto. Volto um minuto depois e o encontro inclinado sobre o bar, as duas cervejas esperando.

– Por que escolheu Hannah? – pergunta Sawyer, como se estivesse retomando o fio de uma conversa anterior, como se estivéssemos conversando como velhos amigos durante toda a tarde.

– Hã? – Tiro as garrafas do bar. – Escolhi Hannah para o quê?

Agora é a vez de Sawyer revirar os olhos.

– Sabe o que estou perguntando. O que significa?

– *Graça de Deus.*

Ele assente em aprovação, pensativo.

– Boa escolha.

– Eu tinha um livro.

– Eficiente – diz Sawyer, então: – E quanto ao seu?

– Serena? – Dou de ombros e entrego as cervejas, então volto, mas não deveria. – Exatamente como soa. Recebi o nome errado.

– Nada – diz Sawyer, sacudindo a cabeça. Ele ainda está inclinado sobre o bar, a cabeça de cabelos castanhos próxima como se ele acreditasse que eu fosse contar algum segredo. – Já procurou meu nome?

– Não – respondo, então, porque aquilo parece magoá-lo (e, sinceramente, que conversa era *aquela*?). Franzo o cenho. – Tudo bem, pode parar?

Sawyer franze a testa também.

– Parar com o quê? – pergunta ele, como se não soubesse de verdade.

– O que está fazendo – digo. Sinto-me tão estupidamente perto do limite ali, parece que qualquer coisa pode me descontrolar. Por algum motivo, um papo fútil é pior do que a pior das brigas. – De perguntar sobre nomes. De ser meu coleguinha.

– Estou sendo civilizado.

– Bem – digo a ele –, *não seja.*

Sawyer ri com deboche.

– Isso é muito maduro.

– Você, por acaso, tem sentimentos?

Ele me encara.

– Se tenho *o quê?*

– Sentimentos – repito; talvez não estivesse falando alto o bastante. – Tem algum? Ou aconteceu algum acidente genético?

Por um momento, Sawyer fica boquiaberto, sacudindo a cabeça levemente.

– Tudo bem – diz ele, por fim, e abre o tampo de madeira, indo até a frente do bar. Ele segura meu braço, sem carinho. – Chega.

– O que está fazendo? – sussurro quando Sawyer me puxa pelo corredor dos fundos, além do escritório e da cozinha. Ele abre a tranca da porta do pátio e a empurra. – Me solte – digo a ele. – Está chovendo.

– Sem sacanagem. É a Flórida. – Sawyer se vira para me encarar depois que saímos, meio cobertos pela marquise sobre a porta. O ar está quente e abafado, meu ombro direito fica molhado. – Sabe, isso é clássico – diz ele, como se não conseguisse mesmo acreditar que ainda estamos tendo esta conversa depois de tanto tempo. – Isso é *ótimo.*

– O que é? – pergunto, fingindo-me de burra. Não quero fazer aquilo. Não agora.

– *Você*, logo *você*, me perguntando se tenho sentimentos. – Ele esfrega os olhos com o osso dos pulsos. – Sabe, sempre achei que fosse bobagem quando as pessoas diziam que você era a rainha do gelo, como se, talvez, só não conhecessem você muito bem, mas sinceramente, a esta altura...

– Você não tem tanta certeza? – Passo por ele. – Bem, não posso dizer que não avisei. – Empurro Sawyer e me dirijo à porta, *terminei* aqui, terminei com ele, mas Sawyer pega meu braço de novo.

– *Reena* – diz Sawyer em tom afiado. – Pode parar?

Sacudo a cabeça.

– Olha, desculpe – digo a Sawyer, tentando me afastar do jeito mais claro que consigo, como se fosse possível com ele. – Ontem à noite, tudo aquilo, só estou...

– Não peça desculpas – ordena ele. – Olha, eu não... só não quero que seja mais um modo de nos afastarmos, está bem?

Ah, por favor.

– *Nos* afastarmos? – Olho para ele, desconfiada. – Eu estava *bem* aqui.

– Eu sei – concorda Sawyer. – E agora não confia nem um pouco em mim, eu sei disso também. Foi bastante clara. – Sawyer se aproxima de minha orelha. – Mas acho que está feliz por ter acontecido daquele jeito.

Dou um riso de deboche.

– Ah, é, foi incrível.

– Estou falando sério – diz Sawyer, e percebo pela voz dele que está mesmo. – Acho que secretamente você amou porque isso lhe dá uma desculpa para se fechar para todos e não dar a ninguém a chance de mexer com você. – Sawyer se aproxima, nós dois ainda sob a marquise do pátio, aquele lugar que conhecemos a vida toda. – Mas a verdade é que não me deixou mexer com você desde o início. Nunca me deixou ir tão fundo. E agora pode me manter a distância e dizer a si mesma que mereço, e talvez eu mereça, mas isso é uma pena, porque não é o bastante desta vez. – Sawyer me encosta contra a parede externa do restaurante, sem me deixar espaço, como se quisesse ter certeza de que eu sei que ele não vai embora. – Você me entendeu, Reena? Quero mais do que isso.

Sacudo a cabeça de novo, desejando não precisar ouvi-lo.

– Shelby nunca vai me perdoar. – É o que sai.

– *Porcaria*, Reena – diz ele com a voz mais alta; ah, estou deixando Sawyer irritado. – Pode, por favor, me deixar entrar por *um segundo*?

– Sério? – indago. Sinto-me um pouco maior, meus ombros se expandem. – Deixar *você* entrar? O tempo todo em que estivemos juntos, tentei fazê-lo falar comigo.

Aquilo chama a atenção de Sawyer.

– Sobre o quê? – pergunta ele, parecendo genuinamente curioso.

– Sobre tudo! – digo a ele. – Sobre nossa família, sobre seus amigos, sobre Allie...

– Dei a Allie a chave do carro dela.

– O quê? – É tão repentino que acho que ouvi errado, e, quando olho para o rosto de Sawyer, vejo que ele se surpreendeu. Por um segundo, apenas nos encaramos, recalibrando a conversa, mas depois ele respira fundo e prossegue.

– Na noite em que ela morreu. – Parece que é fisicamente doloroso para Sawyer dizer aquilo, como se as palavras tivessem gosto de cascalho ou osso. – Eu estava com a chave dela. E deixei que ela pegasse.

Eu não... parece que Sawyer fala mandarim.

– Mas nós estávamos juntos na noite em que ela morreu – digo, ainda sem entender. – Na sorveteria.

– Antes disso. – Sawyer exala, passa as mãos pelos cabelos. De repente, o rumo daquela conversa mudou por completo; agora era sobre muito mais do que apenas nós dois. – Antes de eu ir para o restaurante. Estávamos em uma festa com umas pessoas. Lauren e todas elas. Não fomos juntos de carro, mas ela me deu a chave porque não quis levar bolsa. Allie tinha aquela bolsa enorme idiota, sabe? – Sawyer dá de ombros e segue para o outro lado do pátio; embora ainda esteja chovendo, troca o porto seguro da marquise pelo escorrega no fundo do pátio. Depois de um minuto, sigo-o.

– Ficamos lá por, tipo, uma hora – diz ele, oscilando um pouco o corpo, mexendo, como por reflexo, na costura da calça de trabalho. – Talvez uma hora e meia. E começamos a discutir.

– Tudo bem – falei, baixinho. Eu me sento ao lado de Sawyer no escorrega, como fizemos na noite logo após o funeral de Allie. Facilita, de alguma forma, não precisar encará-lo. Consigo ouvir os ruídos do restaurante exatamente como da última vez que fizemos aquilo, a mesma sensação submersa de que o mundo externo não tem nada a ver comigo e com ele. – Estou acompanhando até agora.

Sawyer assente.

– Ela disse que ia embora – continua ele depois de um minuto. Meu coração está acelerado dentro do peito. – Ela gritou para que eu devolvesse a chave, e não estava... não estava bêbada, sabe? Não estava caindo. Mas tinha tomado umas duas cervejas e havia aquela expressão nos olhos dela, e... – Sawyer se interrompe de súbito e dá de ombros, indefeso. Ele parece dez anos mais velho. – Eu nunca, jamais, deveria tê-la deixado ir. Mas deixei. Joguei a chave para Allie e disse a ela que desse o fora, se era assim que se sentia em relação às coisas, e eu...

– ... e você foi para o restaurante e me encontrou.

Sawyer assente como se todo o fôlego tivesse saído de dentro dele. A chuva escorre pela minha nuca.

– Então – diz ele por fim, olhando para o outro lado do pátio; *Dê o fora*, foi o que Sawyer disse a ela, e ela deu. – Agora você sabe.

Agora eu sei.

Por um bom tempo, nenhum de nós diz nada; a chuva cai sobre o concreto. Penso em Sawyer levando esse segredo pelo país. Penso em Allie morrendo sem nunca ter vivido. Choro um tempo, sentada ali, no escorrega, me lembrando da fita roxa que não usei nas semanas seguintes ao acidente, como se nenhum pedaço bonito de gorgorão pudesse se fechar sobre o que quer que eu tivesse perdido. O braço de Sawyer é quente e úmido contra o meu.

– Por que brigaram? – pergunto a Sawyer enfim.

– Por sua causa. – Assim, sem nenhuma hesitação: ele ergue a cabeça para me olhar, a expressão irônica, triste e sincera. – Estávamos brigando por causa de você.

– De mim? – Meu estômago vai parar em algum lugar perto dos sapatos. Não acredito que essa era a verdade durante todo o tempo em que estivemos juntos. Não acredito que ele não me contou antes. – *Por quê?*

– Ela disse que você estava apaixonada por mim.

Ouço um ruído, um soluço engasgado baixinho, e levo um minuto para perceber que sai de minha boca.

– O quê? – Consigo dizer. – Ela disse... *o quê?*

Sawyer dá de ombros.

– Você me ouviu – murmura ele, uma casualidade simples no tom que não deixa dúvida em minha mente de que Sawyer diz a verdade. – Ela disse que você estava apaixonada por mim, embora jamais fosse admitir, e que era apaixonada há muito tempo, e ela achava... – Ele sacode a cabeça. – Ela achava que eu também amava você.

– O quê? – pergunto de novo, repetindo isso como um disco riscado. Minha primeira reação é de vergonha completamente irracional em nome da Serena de quinze anos, embora, com nossa filha grande o bastante para andar e falar, provavelmente seja tarde demais para me sentir humilhada pela ideia de que Sawyer saiba que eu tinha uma queda por ele na época. Mesmo assim, saber que Allie me delatou assim, usou meus sentimentos mais íntimos como algum tipo de moeda emocional deturpada em uma discussão bêbada com o namorado... dói. Pela centésima milésima vez, desejo que ela não tivesse batido o carro e desaparecido para sempre, mesmo que fosse apenas para que eu pudesse dizer a ela que aquilo foi cruel.

Por outro lado, eu também a traí. Penso na primeira vez que Sawyer me beijou, no capô do jipe, do lado de fora da sorveteria, na última noite da vida de Allie. Não há limite para as formas como conseguimos decepcionar uma à outra como melhores amigas, Allie e eu. Isso faz com que eu me sinta absurdamente triste.

– Se faz alguma diferença, não acho que ela pretendia magoar você – diz Sawyer agora, observando meu rosto como se estivesse tentando ler hieróglifos gravados ali. – Acho que ela só estava... chateada. – Ele dá de ombros mais uma vez, sincero e arrependido. – E, de toda forma, não estava errada.

Eu o encaro. Hesito.

– O que quer dizer...?

– Está brincando? – Sawyer me olha como se eu fosse louca, como se ainda estivéssemos em margens completamente diferentes do rio. – Por que acha que fui atrás de você naquela noite, Reena? Para ver se era verdade. *Eu deixei minha namorada bêbada com a chave do carro dela* e fui atrás de você, entende isso? Por que diabo eu teria feito aquilo se não me importasse se era ou não verdade?

– Ã-hã. – Sacudo a cabeça com teimosia, recusando-me a acreditar naquilo. – Você jamais prestou um pingo de atenção em mim antes...

– Não, *você* jamais prestou um pingo de atenção! – A voz de Sawyer se eleva. – Estava muito preocupada dando um jeito para que eu jamais soubesse como se sentia em relação a mim, para não se sentir envergonhada ou vulnerável ou *o que fosse*... – Ele para e sai do escorrega. Então se vira e me encara. – Bem, adivinhe, Reena? Eu jamais soube como você se sentia em relação a mim. – Sawyer mexe levemente os ombros elegantes, que mal se movem. É a coisa mais triste que já o vi fazer. – Então, acho que venceu.

Nós nos olhamos por um momento, a chuva ainda ciciando sem parar ao redor e meu coração batendo rápido como asas de mariposa, tão pequeno e sussurrante em meu peito. Sei que só depende de mim aqui, que Sawyer me contou a pior e mais sincera coisa em que consegue pensar. Lembro-me da briga que tive com Allie na noite da festa: *Você quer vencer esta briga, Reena?* Nem mesmo parece que venci coisa alguma.

– Significa serrador – digo a ele, limpando chuva ou lágrimas do rosto com o dorso da mão fria e encharcada. Não sei por que de repente parece que faz diferença.

Sawyer se sobressalta fisicamente ao ouvir minha voz. Ele me olha e hesita.

– Hã? – pergunta ele.

– Seu nome – consigo dizer depois de um momento. – Aquele que serra.

Não era o que ele estava esperando; o modo como o corpo dele se curva torna isso indubitavelmente claro. Mesmo assim, Sawyer consegue sorrir.

– Faz sentido, acho. – É tudo o que me diz. E oferece a mão para me levantar.

# 46

## *Antes*

Deixei Sawyer em casa depois de nossa horrível noite em South Beach, dirigi de volta para casa e caminhei diretamente para o banheiro do primeiro andar. Vomitei tudo o que tinha comido o dia todo.

*Tudo.*

Sentei no piso de azulejo por um bom tempo depois disso, a cabeça contra a parede, esperando que o estômago se acalmasse, que minha respiração ficasse controlada. Solucei por um tempo, sentindo-me patética. Achei que minhas entranhas estivessem mesmo revoltadas. De manhã, Soledad me levou torrada e chá, se sentou na beira do colchão e leu romances em espanhol, o polegar acariciando distraidamente a curva de meu pé enquanto ela me ouvia tentando não chorar.

– O que aconteceu? – perguntou Soledad uma vez, perto da hora do almoço. Dei de ombros com a cabeça nos travesseiros da cama.

Eu me sentia melhor na hora do jantar; pensei em ligar para ele, mas decidi não fazer isso.

Fiquei sentada, acordada, na cama até o sol nascer.

Na manhã depois daquela, vomitei de novo. Então, passei um dia sem sentir nada.

Depois de novo no dia seguinte.

(Foi quando comecei a pirar.)

Dirigi até a farmácia em Pompano Beach para comprar um teste de gravidez e fui até a casa de Shelby para fazê-lo. Abracei os joelhos na tampa do vaso de cobertura felpuda. Shelby se sentou de pernas cruzadas no chão.

– Apenas olhe por mim, está bem? – pedi, observando o segundo ponteiro se mover no relógio devagar, devagar. Não conseguia parar de pensar que aquilo não podia estar acontecendo comigo. Eu quase nem estava nervosa, indício do quanto tinha certeza de que não era possível. Tínhamos tomado cuidado, não tínhamos? Eu cuidei para que nos preveníssemos. – Apenas... olhe.

– Estou olhando – falou Shelby, esgueirando o olhar para o palito e franzindo a testa. Ela vestia bermuda jeans e uma camiseta com estampa de Mario Bros. – Mas não está... não está fazendo nada ainda.

– Como assim não está fazendo nada? – Exigi saber, inclinando o corpo para a frente para pegar o palito da mão dela. – Precisa estar...

Shelby puxou o palito de volta; olhou de novo para a imagem atrás da caixa.

– Reena – disse ela então, e parecia pedir *desculpas*. Fechei os olhos para não precisar ver.

# 47

## Depois

Há complicações após a cirurgia de meu pai, sangramentos que requerem uma segunda operação. Passamos uma semana de dias e noites naquela sala de espera, Cade, Soledad e eu, alternando, indo para casa tomar banho, jantando Coca-Cola Diet e salgadinhos das máquinas de petiscos. A mãe de Shelby deixa panelas em nossa porta. Lydia leva mudas de roupa. Hannah pega um resfriado de verão que nos mantém acordados à noite e me transforma, para todos os propósitos, em figurante de algum filme de apocalipse zumbi; Sawyer aparece no hospital para tirar Hannah de minhas mãos por vinte e quatro horas, me entrega um Tupperware cheio de risoto que sei que ele mesmo fez.

– Eu devia um jantar a você – diz Sawyer, apoiando a bebê no quadril.

– Você me deve mais do que jantar – digo a ele, mas não há emoção de verdade por trás disso. Pego a mão livre de Sawyer, aperto um pouco, apesar de não querer. – Obrigada.

Sawyer sorri.

– De nada.

Não conversamos muito, minha família. Cade anda de um lado para outro. Leio revistas. Soledad reza. Ela parou de comer quase completamente; penso em Jesus no deserto, lutando contra seus demônios por quarenta dias.

– Sobre aquela coisa – diz Soledad de repente certa noite, quando chego para liberá-la para ir para casa. Ela está assistindo Leno com os olhos pesados. – Eu não deveria ter dito aquilo a você. Não deveria ter mandado você pensar. Eu sei que pensa.

– Tudo bem. – Dou de ombros. – Não importa.

– Mas importa.

– É – digo. – Acho que importa. – Estendo uma sacola de comida para a viagem e penso em como Cade e eu costumávamos nos espancar quando éramos crianças, e então esquecíamos a briga um minuto depois, assim que algo mais importante surgia, como se nada tivesse acontecido. Talvez seja assim que as famílias funcionem. – Trouxe comida para você. O drive-thru era o único lugar aberto.

– Obrigada, querida. – Soledad suspira. – Sawyer está com a bebê?

– Ã-hã.

– Ele sabe cuidar dela – diz Soledad. – Preciso reconhecer isso em Sawyer.

Penso em Seattle, em bosques chuvosos e café em manhãs de neblina. Penso no ar desértico, quente e árido. Penso no centro do país, no verde interminável, e quero tanto, tanto, tanto sair deste lugar.

– É – digo a ela. – Precisa mesmo.

\* \* \*

A caminho de casa, na manhã seguinte, paro na Target e pego um guia das estradas da parte continental dos Estados Unidos.

Hannah e eu dividimos um sanduíche de manteiga de amendoim com geleia na cozinha quando a campainha toca – não uma, mas cinco ou seis vezes seguidas, incessantemente. Caminho, descalça, pela sala de estar com a bebê apoiada no quadril e escancaro a porta: ali está Shelby, do outro lado, vestindo uma camiseta da sra. Pac-Man, e ostenta uma carranca, estendendo uma enorme bandeja de vidro de brownies mistos.

– Eu que fiz – diz ela, ríspida, empurrando os brownies para mim. – Coma ou não.

Estendo a mão livre como um reflexo, quase não consigo pegar a bandeja sem deixar cair. Com tudo o que tem acontecido ultimamente, nossos caminhos não se cruzam há algumas semanas.

– Obrigada – digo a ela, um pouco chocada; então, tento sorrir: – Você os envenenou?

Os olhos de Shelby se semicerram.

– Eu deveria – bufa ela. Shelby estica os ombros, entrando em casa. – Eu disse a você que não seria sacana contanto que você não fosse sacana – anuncia ela, se jogando no sofá. – Bem, você *foi* sacana. Mas vou ser legal.

Hesito, sem entender por completo, apoiando a bandeja de brownies sobre a TV.

– Mesmo?

– Sim, mesmo. – Ela ainda parece irritada, mas estende os braços para pegar a bebê, espera eu entregar Hannah e a aconchega na curva do braço cheio de sardas. Minha menina tagarela com alegria, ela ama Shelby, sempre amou.

Shelby passa o polegar pela orelha coberta pelos cabelos ralos de Hannah. – Acho que ninguém te deu um tempo. Então, estou te dando um.

Imediatamente sinto um nó subir até minha garganta. Minhas mãos flutuam, meio descontroladas, na lateral do corpo.

– Você sempre me deu tempo – consigo dizer, a voz falhando um pouco, e eu não a mereço, não mereço alguém tão determinado quanto Shelby para me ajudar a travar minhas batalhas. – Você é minha melhor amiga.

Shelby inclina a cabeça para o lado, curvando um pouco as laterais da boca, como se talvez tivesse medo de que eu a comovesse também.

– Ah, pare – diz Shelby, irritada. E em seguida: – Você também é minha melhor amiga.

Bem, isso basta, estou chorando de verdade quando me sento no sofá, tudo tão dolorosamente perto da superfície o tempo todo.

– Desculpe – digo a ela, quase emocionada demais para dizer as palavras. – Não quis sacanear seu irmão. Não quis estragar tudo.

Shelby passa um dos braços em volta de meus ombros, está segurando Hannah e eu.

– Eu sei – diz ela, a têmpora ruiva roçando levemente a minha. – Também peço desculpa. Deveria ter vindo logo, quando seu pai ficou doente. Isso foi bem sacana da minha parte.

– Achei que você fosse me odiar para sempre – digo a ela, e percebo que é verdade: tive certeza de que nossa amizade tinha seguido o mesmo rumo de minha amizade com Allie e que eu perdera Shelby para sempre e jamais conseguiria encontrar o caminho de volta. Sinto-me absurdamente aliviada por ela estar ali.

Shelby sorri.

– Eu jamais poderia odiá-la, bobinha – diz ela. – Amo você demais para isso. – Shelby suspira um pouco, me aperta. Espera eu me acalmar. – Shh, Reena. Você ficará bem. – Ela repete um minuto depois, mas baixinho: – Você ficará bem – promete Shelby em voz baixa, e algo na voz dela me faz acreditar.

# 48

*Antes*

Fiquei sentada no chão do banheiro de Shelby por um tempão, a testa encostada na beira da banheira, sem falar. A porcelana estava fria e lisa contra minha pele. Shelby apoiou as costas na porta, de pernas cruzadas e paciente, passando a ponta da caixa de papelão sob a unha. Eu conseguia ouvir a mãe de Shelby se movendo pela cozinha, fazendo jantar e cantando com o rádio, o som da vida em movimento.

Eu estava grávida.

*Eu.*

– Meu Deus, Shelby – sussurrei por fim, apoiando as mãos na banheira e erguendo o rosto. Quando levantei a cabeça, ela pareceu pesada o bastante para se soltar de meu pescoço por completo. Desejei que um pântano me engolisse. Desejei minha mãe. – O que vou *fazer*?

Precisava contar a Soledad.

Precisava contar a meu pai.

Precisava contar...

Ah, *Deus*.

Joguei água no rosto e dirigi para o sul, pela 95, para Sawyer e a casa de estuque aos pedaços. A noite caía, as palmeiras eram silhuetas cinzentas e graciosas contra o céu que escurecia. Corri. Corri *muito*, na verdade, e também estava chorando de novo e, ao virar à esquerda na Powerline Road I, estive a centímetros de bater em uma picape amarelo-canário e quase me matar.

Eu quase me matei e matei meu *filho*.

A buzina estridente sumiu, longínqua, e encostei assim que pude, as duas mãos tremendo ao volante. Pensei em Allie e em escapar por pouco, imaginei por que as coisas acontecem do jeito que acontecem. Eu sentia falta dela mais do que nunca, se é que era possível. Minha respiração vinha em soluços engasgados e insanos.

– Parabéns, cara – falei de repente, conversando com ela como se estivesse sentada no banco do carona ao meu lado, os pés para o alto do painel e cantando com o rádio, a cabeça para trás, para rir alto e forte. Eu nunca tinha feito aquilo antes, não em todos os meses desde que Allie morrera. – Você estava certa. Eu não conseguiria lidar. Não *consigo* lidar, e... teria sido ótimo se você tivesse ficado por aqui para me ajudar.

Carros passavam zunindo pela avenida. Allie não respondeu.

Por fim, me recompus o suficiente para dirigir o restante do caminho até a casa de Sawyer, deslizando em silêncio ao longo do meio-fio do outro lado da rua. Desliguei o motor e saí, os chinelos afundando na grama seca e espinhosa. Os restos de duas garrafas de cerveja quebradas estavam espalhados na calçada, verdes e afiados.

Encarei por um bom tempo a casa baixa e extensa. Parecia pior do que eu me lembrava, coberturas de alumínio sujas sobre as janelas e uma mancha esquisita de ferrugem surgindo no exterior, perto da porta. Um cone de trânsito laranja aleatório estava caído no jardim. Antes eu achava que fosse algum clubinho exótico, romanticamente aos pedaços. Agora só parecia destruída.

As janelas estavam escuras, mas o jipe de Sawyer estava na entrada da garagem, e eu me convencia a atravessar a rua e tocar a campainha quando a porta da frente se abriu e lá estava ele: cabisbaixo e felino, irritado e triste. Eu mal reconheci o rosto de Sawyer. Ele havia emagrecido assustadoramente, percebi. Não tinha reparado nisso antes. Os ombros despontavam, esquisitos, sob a camiseta, como fibra de vidro ou granito.

Na verdade, pensei, enquanto estava de pé ali: era estranho, mas pareciam asas.

Sawyer não me viu. Ele não estava olhando. Segurava uma mochila, algum acessório velho e ridículo de acampamento que eu sabia que era do pai dele porque meu pai também tinha um. Eles os tinham comprado juntos quando eram adolescentes, na época em que costumavam fazer coisas como acampar.

Sawyer cruzou o gramado, jogou a mochila no banco de trás do jipe e passou para o banco do motorista. Eu fiquei de pé ali e o observei, estupefata. Não sabia aonde ele ia. Não sabia quanto tempo ficaria fora. Esperei enquanto o motor ligava, alto e revoltado – Reena ao fundo, observando, como sempre. As lanternas traseiras brilhavam como duas brasas vermelhas.

*Espere*, quase gritei, mas não gritei, e aquele seria meu fardo. Em vez disso, fiquei de pé no acostamento e observei

Sawyer desaparecer, as luzes sumindo a distância como se eu acordasse de um sonho.

Fiquei ali um bom tempo, os pés enraizados à calçada, e em minha mente, a quietude começou a fazer um sentido doentio. Eu não iria a *lugar algum*, percebi, entorpecida – nem faculdade, nem Chicago, nem na direção do pôr do sol para ver o mundo. Era o fim. Sawyer tinha partido – *partido*, partido, eu já sabia, do modo como sabemos que temos fome ou que está prestes a chover – e eu teria de ficar em Broward. Eu teria de fazer aquilo – o que quer que *aquilo* fosse – sozinha.

Eu estava chorando de novo, silenciosa e burra, bem ali no meio-fio como uma grandessíssima tola. Todo aquele planejamento cuidadoso, todos aqueles mapas e revistas, aquelas noites em que sonhei acordada até dormir. Os lugares que exploraria, as histórias que escreveria quando chegasse lá – e para quê? Baixei o rosto para a calçada encharcada e rachada, senti os limites da vida se fecharem ao meu redor. O ar estava pesado e opressivo, empurrando a superfície de minha pele.

Por fim, depois de muito tempo, me recompus, enxuguei os olhos e esfreguei as palmas das mãos contra a calça jeans. Respirei fundo e me dirigi ao único destino que fazia sentido naquela bifurcação.

Entrei no carro e segui para casa.

# 49

## *Depois*

Meu pai recebe alta no meio de agosto, dez quilos mais magro e com aparência consideravelmente pior. Ele passa a maioria dos dias na sala de estar ou na fisioterapia, grogue ou irritado, mas está vivo, e isso é bom o bastante por enquanto. Entramos em uma nova rotina, todos nós, os Montero, cheia de remédios e listas. Começo a fazer o jantar. O silêncio cai como uma mortalha. Algumas vezes na semana, o jipe de Sawyer ronca no meio-fio e ele leva Hannah para o parque ou para o zoológico por algumas horas.

– Como você está? – pergunta ele, sempre, quando levo Hannah para fora.

– Bem – digo a ele, e observo Sawyer desaparecer na rua.

Durante o dia, sou uma filha dedicada. Podo o jardim. Coloco sal na sopa. À noite, leio meu atlas como uma *Bíblia*, imaginando a fuga.

As coisas prosseguem assim por um tempo, um zumbido constante e o murmúrio do ar-condicionado central, até uma tarde, quando desço após colocar Hannah para dormir e encontro papai sentado no sofá, mudando de canal.

– Precisa de alguma coisa? – pergunto automaticamente. – Está com fome?

– Estou bem – diz ele. Então, desliga a TV e fala: – Venha aqui um minuto, minha filha.

Sinto meu estômago revirar – um formigamento quente de culpa e ansiedade, embora saiba que houve um tempo em que me sentia mais segura com papai do que com qualquer outra pessoa no mundo.

– O que foi? – pergunto, tentando não parecer assustada. Minhas mãos se movem diante de mim como borboletas. Meus dedos dos pés se contraem contra o tapete.

– Sente-se – diz papai, e me sento na beira do sofá ao lado dele, os pés ainda plantados no carpete como se a qualquer segundo eu pudesse dar um salto e correr.

– Eu quero conversar com você sobre aquele jantar – diz ele.

– Desculpe – falo de imediato, tentando evitar o sermão inevitável: se ele vai gritar comigo de novo, prefiro assumir logo a culpa e acabar com aquilo, adiantar a coisa toda. Meus livros estão empilhados na escrivaninha do quarto. Tenho provas na próxima semana. – Não deveria ter perdido a calma daquele jeito.

– Não é isso – diz papai, o que é surpreendente. Ele sacode a cabeça, suspira um pouco. – Devo desculpas a você.

– É que tem sido muito difícil... – Paro. – Deve?

– Devo. – O discurso dele parece travado, como se tivesse praticado. Espero. – Você estava certa, Reena – começa papai depois de um momento –, sobre o que disse à mesa. Não protegi você depois... – Ele faz uma pausa, tenta de novo. – Depois que a bebê nasceu. Eu estava com raiva.

Você sabe disso. Eu lhe disse coisas horríveis e tenho vergonha de mim mesmo por isso. Desculpe. – Papai engole em seco. – Essa não é a vida que imaginei para você.

Dou de ombros, as mãos ainda se torcendo no colo. Eu as enfio entre os joelhos para fazê-las parar.

– Não é a vida que imaginei para mim também.

– Eu sei. Mas, como seu pai, acho que pareceu... pareceu um fracasso pessoal para mim, ver você perder a chance de estudar em Northwestern. Um bebê aos dezesseis... não é a forma como a criei. Desculpe se é difícil para você ouvir, mas é verdade.

Minhas bochechas estão quentes.

– Eu *sei*.

– Mas isso não é desculpa. – Papai suspira de novo; ele parece tão velho agora, o rosto levemente flácido. – Agi muito mal depois que me contou que estava grávida. Muito mal, uma porcaria. Você provavelmente precisava de mim mais do que nunca na vida inteira, e o que eu fiz? Virei as costas.

Começo a negar, um reflexo absurdo. É bizarro ouvi-lo falar assim. Afinal, assinto.

– É – digo a ele, praticamente o máximo que consigo falar. – Tem sido difícil.

– Mas olhe para você – diz papai. – Você se virou muito bem. É responsável. Aceitou sua cruz. Faz um bom trabalho com Hannah. Talvez pense que não reparo nisso, mas reparo.

Sinto os olhos começarem a se encher de lágrimas, aquele nó familiar na garganta. É como se eu estivesse prestes a chorar durante os últimos dois anos.

– Obrigada.

– Sei que muita gente a abandonou na vida – diz papai, e é quando as lágrimas caem de verdade. Ele se aproxima um pouco, apoia a mão pesada em minhas costas. – Sua mãe e Allie. Sawyer. E eu também. – O braço dele desliza para baixo, ao redor de meu ombro, e papai me puxa para perto; ele tem cheiro de sabão em pó e lima. – Mas o que quero dizer, querida, é que isso não vai acontecer de novo, está bem? Não vou a lugar nenhum. Não importa o que aconteça, o que faça ou aonde vá... não vai me perder de novo.

Bem, isso faz tudo desabar. De repente, é como se ele tivesse me dado permissão para me soltar de tudo a que tenho me agarrado com tanta força – a culpa e o medo com os quais caminho desde a noite do ataque cardíaco dele, o ódio absurdo que está entocado dentro de meu peito. Apoio a cabeça no ombro de papai e me permito chorar um pouco, deixo uma mancha molhada na camisa dele como não faço desde que era menina. Meu pai acaricia meu cabelo. Sei que isso não consertará tudo entre nós – temos muitos, muitos quilômetros a percorrer –, mas parece, no mínimo, um começo.

– Tem outra coisa – diz ele depois que me recomponho um pouco, soluçando, mas não mais chorando. A mão dele ainda está em minhas costas, uma sensação familiar após tanto tempo. – É sobre Sawyer.

– Sinceramente? – resmungo. – Não tem nada acontecendo entre mim e Sawyer.

– Não é isso. – Papai sacode a cabeça. – Embora qualquer decisão que tome em relação a ele seja exatamente isso, sua decisão. – Ele pigarreia de novo, endireita o corpo. – Tem algo que jamais contei a você sobre Sawyer, sobre o momento logo antes de ele partir.

Sinto as sobrancelhas se erguerem; só consigo imaginar.
– O quê?

Papai estende a mão para pegar o copo d'água na mesa e toma um longo gole antes de continuar.

– Ele veio aqui, aqui em casa. Procurando você.

– Espere – digo, hesitando. – Antes de partir de vez?

Papai assente.

– Foi quando as coisas entre nós não estavam tão amigáveis, e não o convidei para entrar, mas o carro de Sawyer estava cheio de todo tipo de porcaria, como se fosse viajar. – Papai apoia o copo de volta na mesa. – Eu não sabia, na época, que ele estava partindo, mas também nunca lhe contei que ele veio.

Fico sentada ali por um minuto, recalibrando. Parece que fui atingida por um guindaste. Penso em Sawyer do lado de fora de minha casa naquela noite: *se eu tivesse pedido que fosse comigo, acha que teria ido?* Limpo as palmas das mãos suadas na calça jeans. Talvez nem fosse isso o que Sawyer queria naquele dia – talvez eu esteja entendendo errado –, mas, se havia um monte de coisas no carro dele, significa que no dia em que o vi fazer as malas e deixar a casa de estuque em ruínas para sempre, Sawyer foi se despedir antes de partir.

– Bem. – Papai se senta um pouco mais para a frente e suspira, parecendo exausto. – Só queria dizer, Reena, que peço desculpas por ter sido tão duro com você. Eu a julguei, e isso foi um erro. Se tem alguma coisa... eu gostaria de tentar compensar.

Fico confusa por um momento, tentando encaixar todas as peças – pensar em alguma solução, um plano para viver nossas vidas de um novo modo. Estou prestes a dizer a papai que esqueça, que nós dois só precisamos de tempo – quando, de súbito, me ocorre, tão óbvio e aterrorizante quanto o Livro do Apocalipse.

– Preciso de sua benção para uma coisa – digo a ele.

Papai hesita por um momento: ele acha que tem a ver com Sawyer, tenho certeza, mas, para seu crédito, ele cede.

– Pode dizer.

Ergo a cabeça, limpo os olhos e encaro papai com determinação.

– Vou fazer uma viagem.

# 50

## *Antes*

Depois de voltar da casa de Sawyer, fechei a porta do meu quarto e guardei todos os livros de viagem, joguei mapas na lixeira. Arranquei os pôsteres de Paris e de Praga. Peguei o casaco de inverno que tinha comprado para Chicago. ("Sei que estou me adiantando um pouco", dissera Soledad quando me mostrou o catálogo, "mas é bom estar preparada."), e o enfiei no armário, bem no fundo, no lugar em que Sawyer e eu tínhamos nos agarrado na tarde do casamento de Cade e Stef. Imaginei que conseguia sentir o cheiro dele, de leve, como sabonete.

Precisei fazer duas pausas para vomitar.

Quando enfim terminei, sentei no meio do chão do quarto por um tempo, olhei em volta para as prateleiras vazias e para as paredes nuas. Inclinei o corpo e encarei o teto, as duas mãos no estômago. Chorei por um tempo. Pensei.

Por fim, caminhei escada abaixo, para onde Soledad estava refogando cebolas, sussurrando uma letra de Dolly Parton.

– Molho de carne – disse ela para mim, em vez de oi, então: – Não sabia que estava em casa. – Apoiou a mão fria em minha bochecha, como se estivesse verificando se eu estava com febre, algo que ela sentia, mas não podia comprovar. – Está se sentindo melhor?

Dei de ombros e então a abracei, impulsivamente e com força. Soledad tinha um cheiro de roupa limpa, familiar, de baunilha e casa.

– Estou bem – consegui dizer, inspirando o cheiro de Soledad para tentar me manter equilibrada. – Estou bem.

– Bom – disse ela, e beijou minha têmpora. Soledad pareceu surpresa, e me ocorreu que talvez eu não a deixasse me abraçar fazia um tempo. – Arrume a mesa, então.

Fiquei pela casa um tempo depois daquilo, lendo ao lado de Soledad e seguindo meu pai na jardinagem, colhendo minúsculos morangos vermelhos. Eu queria, de maneira um pouco bizarra, passar algum tempo com os dois enquanto ainda tinha a oportunidade: sabia que os perderia de qualquer maneira, como se eu fosse me mudar para o outro lado do mundo. Sabia que os dois jamais me olhariam da mesma forma de novo – e, sinceramente, eu não tinha certeza de que desejava que olhassem. Mesmo assim, parte de mim já sentia saudade deles, e eu queria aproveitá-los enquanto podia.

Então, sequei os tomates, ajudei Sol com o jantar e me acostumei com o modo como minha vida seria. Sentei no quintal sob as laranjeiras e tentei dizer a mim mesma que poderia ser o bastante, que eu poderia ser feliz daquela forma, que não estava apavorada e sozinha, que as paredes não estavam se fechando dos dois lados.

Achei que ele pudesse ligar. Observei o telefone como uma sentinela.

Ele não ligou.

No sábado à noite, meu pai estava zapeando entre filmes antigos na TV a cabo, tônica e lima na mesa ao lado. Ele me olhou com um pouco de curiosidade quando entrei.

– Oi, querida – disse papai, e me abraçou com o braço pesado. Ele parecia tão feliz ao me ver que quase partiu meu coração. – Não vai sair?

– Não – falei, e fiz o máximo que pude para manter a voz tranquila. – Vou ficar bem aqui.

Todos, menos eu, levaram mais de uma semana inteira para perceber que Sawyer tinha partido.

Acho que não podia culpá-los por completo. A frequência de Sawyer no trabalho e nos jantares em família era esporádica, para dizer o mínimo; ele ia e vinha da casa de estuque aos pedaços conforme queria. Então, quando não apareceu para os turnos durante uns dois dias e depois uns dois dias depois desses... bem.

– Droga, Sawyer. – Ouvi Roger murmurar uma noite, cuidando das torneiras do bar no meio da correria do jantar. – Um chute no meu saco.

Se eu suspeitasse que Sawyer não voltaria tão cedo – e era mais do que uma suspeita, sinceramente; era algo que eu sabia bem no fundo – decerto não contaria. Não estava falando quase nada. Eu ia para a escola, trabalhava no restaurante e mantinha a mente rigorosa e tediosamente vazia; sempre que tentava pensar no que estava acontecendo ou fazer algum tipo de plano, meus pensamentos apenas...

se dissipavam. Eu me sentia debater ao longo dos dias, enroscada em um emaranhado espesso de cobertores, tudo abafado e vindo de algum lugar distante.

Não sabia como lidar com o que estava vindo.

Então não lidei.

Isso funcionou por um tempo. Fiquei na minha. Sabia, em algum lugar no canto mais escuro de minha mente, que precisaria contar em algum momento, sobre Sawyer e tudo o mais, mas, conforme os dias se passavam, alguma parte pequena e insana de mim começou a achar que talvez eu tivesse inventado a coisa toda. Talvez tivesse imaginado fazer o teste no banheiro de Shelby. Talvez nunca tivesse ficado com Sawyer.

Uma tarde, no fim de maio, entrei pela porta da frente um pouco mais tarde do que o normal, depois de ter passado uns bons quinze minutos encarando o conteúdo do armário sem qualquer ideia de que livros poderia precisar levar comigo, então consegui virar duas vezes em ruas erradas conforme voltava para casa da escola. Era um pouco assustador. Eu tinha problemas de motivação demais para me importar.

Eu iria direto para o andar de cima, para o quarto – tinha passado muito tempo encarando a parede –, mas papai e Soledad estavam sentados no sofá, lado a lado, como dois soldadinhos de chumbo.

– Oi, Reena – disseram eles quando entrei.

Hesitei.

– Hã – falei, deixando a mochila no chão, onde fiquei. Eu me sentia levemente enjoada. – Oi.

Meu primeiro pensamento foi que sabiam, de alguma forma, sobre o bebê, que tinham intuído, apenas por me conhecerem, e a onda de alívio que senti naquele momento foi violenta e imensa. Então, percebi que não era nada disso.

– Precisamos conversar sobre Sawyer – disse Soledad para mim. – Roger e Lydia precisam saber onde ele está.

– Sawyer? – repeti. Senti uma vontade repentina e ridícula de gargalhar. – Não faço ideia.

– Reena – disparou papai –, não é hora de brincar...

– Leo – interrompeu Soledad; então se virou para mim: – Soube dele? Vocês dois brigaram?

Sacudi a cabeça uma vez e me sentei com força na poltrona, a sensação era de um colapso físico. De repente, estava muito, muito cansada.

– Ele deu o fora – falei, dando de ombros. – Não sei para onde. Mas acho que não vai voltar.

Aquilo pegou os dois de surpresa; não sei o que estavam esperando que eu contasse, mas não era aquilo.

– Quando? – perguntou Soledad, baixinho.

– Há uns dez dias? – chutei. Os dias tinham começado a se misturar numa escuridão interminável, semanas inteiras passavam como um borrão. Eu não conseguiria guardar aquele segredo por muito mais tempo. – Duas semanas?

Papai ouvia em silêncio, o olhar sombrio fixo em minha direção.

– Reena, querida – disse ele, obviamente espantado. – Por que não contou?

Respirei fundo, ergui o queixo para entrar na dança.

– Há muitas coisas que não contei – comecei.

Dizer que papai não aceitou bem minha gravidez seria como chamar um furação de nível cinco de brisa inconveniente. Ele gritou – Cristo, ele *gritou* comigo, todo tipo de acusação odiosa em que jamais quero pensar de novo. Chorei. Soledad chorou. E papai chorou também.

Então, veio a calmaria.

Soledad entrava em meu quarto algumas noites, esfregava minhas costas e sussurrava orações em meus ouvidos. Shelby segurava minha mão e me contava piadas. Elas faziam o que podiam para me acalmar, para me fazer sentir menos sozinha; mesmo assim, passei aqueles longos e embaçados meses sem ter certeza de nada, apenas da sensação de estar gritando de pé na beira de um precipício, esperando por um eco que se recusava a vir.

# 51

*Depois*

Então, acontece. Eles encontram uma substituta para mim no restaurante; Cade compra pneus novos para minha van. Volto para casa do último dia de provas – uma de múltipla escolha do professor Orrin que, juro, ainda tinha a URL impressa no canto inferior – e encontro Soledad e papai tomando chá na cozinha.

– Hannah está dormindo? – pergunto, deixando a mochila no balcão. Precisamos sair para comprar alguns suprimentos de última hora, protetor solar e cadernos, romances em versão audiolivro. A programação é cair na estrada no fim da semana.

Soledad sacode a cabeça e olha na minha direção por cima da enorme xícara de cerâmica.

– Está no jardim – diz ela, depois de engolir. – Com Sawyer.

Não é o que estou esperando. Viro-me para papai, um pouco boquiaberta. Ele olha de volta com uma expressão que não é bem um sorriso.

– As coisas mudam – diz ele, cedendo, as sobrancelhas arqueadas com um toque de interesse. A cor de papai está bem melhor ultimamente. – Você, mais do que ninguém, deveria saber disso.

Sorrio, não consigo evitar, um sorriso incrédulo que contrai a lateral da minha boca.

– Acho que sim – digo a ele, e vou para fora, para o calor. Sawyer e Hannah estão sentados em uma espreguiçadeira lendo *The Runaway Bunny*, o rosto de Hannah está corado e sonolento e encostado em Sawyer como se ela o conhecesse a vida inteira. Penso no primeiro dia em que Sawyer a segurou, como pareceu travado e apavorado, e me surpreendo por um momento com a rapidez com que ele aprendeu a nadar. Sento no pátio para ouvir, colocando os pés sobre uma espreguiçadeira e esperando que o coelho volte para casa.

Normalmente, quando um livro termina, Hannah já está agitada e pronta para o próximo ou está entediada e quer brincar; hoje, no entanto, ela fica onde está, como se estivesse esperando alguma coisa. Sawyer acaricia os cabelos castanhos de Hannah e os afasta do rosto dela.

– Soube que estava partindo – diz ele para mim após um momento, os olhos ainda na bebê, na curva delicada do maxilar dela, na marca de nascença na lateral da boca de Hannah. Ela parece um pouco com nós dois, é a verdade.

Assinto e viro o rosto, concentrando-me nos tomateiros pesados e maduros. Deveria parecer mais satisfatória a ideia de que desta vez será ele quem vai ser deixado para trás.

– Parece que estou – respondo.

– Pensou bem?

– É claro – digo, com um pouco de emoção. Sinto os ombros se endireitarem, penso no itinerário que planejei tão cuidadosamente a vida inteira. – Tenho dinheiro guardado. Sou esperta e ficaremos bem. – Dou de ombros. – Se acontecer alguma coisa com a qual eu não saiba lidar, minha família está a um telefonema de distância. Quero que Hannah cresça vendo os lugares, sabe? Quero que ela sempre saiba o que há lá fora.

– Calma aí. – Sawyer sorri, despreocupado. Hannah está caindo no sono diante de meus olhos. – Não foi o que quis dizer. É claro que sei que não iria se não achasse que é uma boa ideia para a bebê.

Hesito, olho para ele por um minuto.

– Então...?

– Então. – Sawyer dá de ombros. Mesmo assim, não está me olhando. – Não sei. Acho que eu poderia ter sido um bom pai.

Fecho os olhos por um momento e me recosto na espreguiçadeira. Se tivessem me dito seis semanas atrás que esta conversa nem sequer existia no reino da possibilidade humana, eu teria rido até a lateral do meu corpo ficar dolorida e repuxada.

– Eu sei. – É tudo em que consigo pensar.

– Eu jamais, jamais, pediria para você não ir, Reena – diz Sawyer baixinho. – Vá. Faça o que precisa fazer. Já estraguei seus planos uma vez nesta vida. Não vou fazer isso de novo. – A bebê está dormindo agora, tranquila contra o peito dele; Sawyer muda o peso quente dela de lado em um gesto que reconheço como o que executo centenas de vezes por dia, uma série de reajustes pequenos e necessários. – Mas acho que só estou dizendo que estarei aqui quando e se você decidir voltar.

Por um segundo, apenas encaro Sawyer. Ele só pode estar brincando. Deve estar *louco*.

– O que vai fazer, *esperar* por mim? – pergunto, rindo um pouco. – Em Broward?

Sawyer não ri.

– É o plano. – É tudo o que ele diz.

– E fazer *o quê?*

Sawyer considera por um momento, aquela expressão pensativa exagerada que ele faz para disfarçar o fato de que já pensou.

– Quem sabe? – pergunta Sawyer por fim, e sei que não receberei outra resposta direta dele esta tarde, assim como sei que ele já se decidiu. – Manter meu bronzeado?

– Você é louco – digo. Sawyer inclina a cabeça para dar a entender que *possivelmente*, e reviro os olhos para ele, irritada e sentindo uma afeição estúpida ao mesmo tempo. Uma brisa morna e úmida faz dançarem as folhas dos coqueiros. – Meu pai acabou de me contar – falo. – Que você veio aqui antes de partir. Eu não sabia.

Sawyer ergue as sobrancelhas, assente um pouco.

– É, bem – diz ele, inclinando o queixo em minha direção. – Provavelmente foi melhor assim, não? Você mesma disse que não teria ido.

– Eu disse teoricamente.

– Não teria ido – diz Sawyer para mim, então sorri. Ao redor do pescoço, o pingente prateado de meia-lua que ele deu a Allie anos antes, enferrujado e familiar. Imagino quando e como ele o pegou de volta. É estranho ver o pingente de novo depois de tanto tempo, pedaços de nossas vidas antigas deslizando, despercebidos, para dentro das novas. – E estaria certa.

Não sei o que responder àquilo, então não digo nada, brinco um pouco com a costura da almofada e inclino o rosto na direção do sol. Sawyer se inclina para trás e fecha os olhos. Hannah apenas cochila, meiga e alheia, sonhos secretos flutuando dentro da cabecinha de bebê dela.

# 52

*Antes*

Eu me formei, pelo menos.

Era uma sonâmbula durante a cerimônia, sentada, vestindo a beca enorme e preta no auditório com ar-condicionado, ouvindo a oradora citar dr. Seuss enquanto tentava não vomitar. Shelby estava sentada três fileiras diante de mim e ficava olhando para trás e fazendo sinal de positivo com o polegar. Minha maior realização do dia foi conseguir atravessar o palco e pegar o diploma inútil sem cair no choro.

A sra. Bowen foi falar comigo depois, me abraçou para me parabenizar e pediu para conhecer minha família.

– Vocês criaram uma vencedora aqui, com Reena – contou a eles, alegre; se ficou espantada ao ver que o humor de todos naquele que era o mais promissor dos dias estava bem sombrio, ela não demonstrou. – Mal posso esperar para saber como ela vai se sair na Northwestern.

Houve um momento de silêncio nessa hora – provavelmente apenas um ou dois segundos, embora, para mim, parecesse ter durado algo em torno de nove meses e uma vida inteira. Soledad *murmurava* distraidamente. Papai pigarreou. Eu conseguia senti-los me observando, atônitos, mas, no fim, apenas abri meu maior e mais artificial sorriso e disse à sra. Bowen que ela não era a única.

Tentei continuar trabalhando nos turnos normais do restaurante, mas no fim ligava para dizer que estava doente com tanta frequência que, afinal, me substituíram por alguém novo, uma loira platinada com o rosto pálido e cheio de espinhas. Ela era legal o suficiente, e uma trabalhadora decente, contou Shelby, mas Lydia implicava com a menina até o fim.

– Mama LeGrande está pronta para a batalha – avisou Shelby depois de passar lá em casa com um filme, uma revista e um punhado generoso de fofocas que, ainda bem, não eram sobre mim. – Acho que agora deve ser um ótimo momento para contar a ela que sou lésbica.

Sorri.

– Lydia não se importaria com o fato de você ser lésbica – falei, folheando o tabloide lustroso. A TV tagarelava alegremente ao fundo. – Mas você poderia contar a meus pais, se quisesse. Talvez redirecione um pouco da raiva desta que vos fala.

Shelby não sorriu.

– Você não precisa fazer isso, sabe – disse ela de súbito. Estava pintando as unhas dos pés de azul-escuro, as janelas abertas para o calor grudento do lado de fora porque o cheiro me deixava enjoada. O jeans rasgado dela estava enrolado até a panturrilha. – Reena.

Suspirei um pouco, rolando sobre a cama para encarar o teto. Havia marcas desbotadas de fita adesiva ali, sobras de um pôster da ponte do Brooklin que Allie tinha me ajudado a pendurar quando estávamos no ensino fundamental. Eu o tirei junto com o resto.

– É, eu sei.

– Não, sério. Não quero, tipo, acertar você na cabeça com um panfleto do programa Filhos Planejados nem nada. – Shelby me olhou com determinação. – Mas realmente não precisa.

Gargalhei, mesmo sem vontade, um ruído sombrio e vazio.

– Acha que não pensei nisso? – perguntei, me apoiando em um cotovelo. – Acha que isso simplesmente não me ocorreu? É claro que pensei nisso, Shelby.

Shelby fechou o esmalte, os pés apoiados no batente da janela.

– Então? – perguntou ela.

– Então nada. – Dei de ombros sobre os travesseiros, resignada. – Papai me odiaria, para início de conversa.

– Entendo – falou Shelby devagar. – Mas não querer que seu pai fique com raiva de você não é motivo suficiente para ter um filho aos dezesseis anos.

– Obrigada, Capitã Óbvia. – Fiz uma careta. – Não disse que ele ficaria com raiva de mim. Disse que ele me *odiaria*. Quero dizer, ele já me odeia, mas é o tipo de ódio que talvez eu consiga ver diminuir depois de um tempo. Se fizesse um aborto, poderia muito bem fazer as malas e esquecer que um dia tive família. – Brinquei com um fio solto na colcha, observando-o se soltar. – De qualquer forma, não é nem isso de verdade.

– Tudo bem – disse Shelby. Ela passou o polegar no dedão do pé para ver se o esmalte estava seco, então se aproximou e deitou com a barriga para baixo na cama, ao meu lado. Os olhos verdes dela estavam atentos e curiosos. – Então o que é, de verdade?

Dei de ombros levemente, tentando pensar em como explicar – como dizer a ela que de algum modo estranho eu já tinha traçado uma linha entre minha vida antiga e a nova. Como dizer a ela que eu apenas sentia aquilo bem no fundo. Apesar de não querer, já tinha começado a pensar na pessoa crescendo dentro de mim como uma *pessoa*, um coração meio formado batendo, constante, sob o meu. Certa noite, já bem tarde, encontrei uma tabela no Google que falava sobre o tamanho do bebê em relação a diferentes tipos de frutas: *seu bebê é uma uva, seu bebê é uma manga*. Éramos eu e esse bebê do tamanho de uma manga agora, era como eu me sentia. Éramos tudo o que tínhamos no mundo.

– Não sei – falei por fim, virando-me para Shelby. Puxei os joelhos até a altura do peito. – Entendo que isso vai mudar minha vida inteira, Shelby. É só que... – Parei de falar e dei de ombros de novo, determinada e com medo. – Minha vida já mudou.

Shelby me olhou como apenas uma amiga de verdade consegue, como se o que eu tivesse dito fizesse algum fiapo de sentido. Então, ela suspirou.

– É, tudo bem, então, baby – disse ela baixinho. – Hora do *rock and roll.*

# 53

*Depois*

Shelby traz uma garrafa de vinho e meio litro de sorvete na sexta-feira e sobe as escadas aos galopes, como um cavalo, para me ajudar a fazer as malas.

– Tem certeza de que não quer que eu vá com você? – pergunta ela de novo, dobrando pela segunda vez uma calça jeans e a enfiando na mala sobre minha cama. Vou levar poucas coisas. Hannah está sentada perto, brincando com o carneiro e o patinho. – Seremos como Thelma e Louise, mas sem o assassinato e a morte ousada.

Gargalho.

– Eu adoraria que você viesse – digo –, mas preciso que volte para a faculdade para ganhar muito dinheiro e me sustentar quando eu estiver velha e acabada.

– E manter o estilo de vida com o qual você se acostumou?

– Exatamente.

– Bem, já tenho minhas ordens, então. – Ela suspira. – Mas como vou sobreviver o resto do verão sem você... ainda precisa ser definido.

– Ah, pare – falo. – Nós nos encontraremos em Boston antes do que você pensa. E, até lá, você estará ocupada com Cara, a *hipster* que vai se formar em comunicação política.

Shelby faz uma careta para expressar que *é justo*.

– Verdade – admite ela, dando um sorriso secreto. – Eu pretendo me ocupar.

Vou perder a visita da namorada de Shelby por dois dias: partiremos amanhã, Hannah e eu, em uma viagem breve pelo país em meu carro velho aos pedaços. Parece fingimento, mas é muito sério desta vez: afinal, não se pode escrever sobre viagens sem jamais ter ido a lugar algum, e já chega de ficar sentada aqui esperando que minha verdadeira vida me encontre. Tenho um atlas gigante, uma dúzia de cadernos em branco e nenhum plano verdadeiro, exceto pegar minha menina e partir. Estou apavorada e animada.

Shelby se joga na cama, erguendo Hannah até a altura do peito e sorrindo.

– Oi, menininha – diz. Então, ela se volta para mim. – Está tudo bem agora? Com seu pai e Sol?

– Eu não diria isso exatamente. – Pego algumas regatas da cômoda e as jogo na cama. – Mas melhor. Eu me sinto melhor com isso. Bem o suficiente para ir.

– Graças a Deus. – Ela faz uma careta. – Estava na hora. É isso que me deixa louca em vocês, católicos. Torturam uns aos outros por coisas que acabaram durante o Sacro Império Romano. Forçam todo mundo a se punir, punir e punir, até o fim do mundo, amém. Me deixa louca.

Olho para ela.

– O que acabou de dizer?

– Eu disse que me deixa louca.

Fico de pé, parada, por um minuto.

O que tenho feito senão exatamente isso?

*Acima de tudo, tende profundo amor uns pelos outros, pois o amor cobre uma multidão de pecados.* Isso é Pedro. De Pedro eu sempre gostei.

– Ei! – Shelby semicerra os olhos. – O quê?

– Nada. – Salto para a cama com minhas duas garotas preferidas e dou um longo apertão nas duas. – Nada mesmo.

É bem cedo quando chego à casa de Sawyer, o sol nascente sobe cinzento e chuvoso atrás de mim. Parei no posto de gasolina para abastecer e pegar provisões de última hora; Hannah está dormindo na cadeirinha do carro, desmaiada pela madrugada. O rádio murmura um som baixo e tranquilizador.

Pego algumas pedrinhas dos canteiros no jardim da frente dos LeGrande, depois atravesso o aglomerado de coqueiros no gramado e as atiro, uma a uma, na janela dele. Ainda nem são sete horas, mas já está úmido, o brilho do ar encharcado da Flórida sobre minha pele.

Nada acontece. Seguro a respiração: é um gesto idiota, muito mais do que poético, mas fazia um sentido bizarro quando eu estava a caminho dali. Estou prestes a desistir, então Sawyer levanta a persiana e olha.

– Isso é para mim? – pergunta ele. Mesmo vendo de um andar abaixo, ele tem um sorriso e tanto.

Sorrio de volta, um sorriso grande e brilhante, e ergo o enorme copo de raspadinha na mão livre em um cumprimento de noventa e nove centavos.

– Parece que sim.

Sawyer assente um pouco, sonolento e impressionado.

– Está cedo. – É tudo o que ele diz.

– Eu sei. Não queria desperdiçar tempo. – Hesito e então falo: – Só parei para descobrir se você queria fazer uma viagem.

Mesmo lá embaixo consigo ver as sobrancelhas castanhas dele se arquearem.

– Aonde vai? – pergunta Sawyer, inclinando-se um pouco mais para fora da janela, como se estivesse tentando ver melhor meu rosto.

Dou de ombros e ergo as mãos, um pouco sem reação.

– Não tenho certeza – admito, ainda sorrindo. Parece incrivelmente poderoso dizer. – Mas trouxe muitos cadernos.

– Ah, é? – pergunta Sawyer, fingindo casualidade. – Vai escrever um pouco?

– Estou pensando nisso – digo, superficial como ele. Parece que estamos circundando alguma coisa aqui, como se talvez nós dois soubéssemos aonde aquilo vai dar. Como se talvez sempre soubéssemos. – Vou começar em Seattle.

– Ah, é? – Sawyer assente em aprovação. – Seattle é bom – diz ele, tranquilo. Os dedos bronzeados de Sawyer se fecham na moldura da janela. – Vai quando?

– Agora mesmo.

Sawyer não diz nada por um momento, então:

– Uau. – Ele me olha como se me conhecesse desde sempre. Como se eu o surpreendesse todos os dias. Sawyer endireita o corpo na janela, alto e familiar; o copo está molhado e pesado em minha mão. – Sei lá. Pode esperar cinco minutos para eu me vestir?

Gargalho de repente, como se alguma coisa borbulhasse dentro de minhas veias. Não percebi até aquele segundo que estava prendendo a respiração, mas expirar é um alívio enorme, anos e anos de tensão sendo drenados.

– Acho que posso – respondo, ainda rindo; *rindo*, sério, como não faço há séculos. Como Allie e eu costumávamos fazer quando éramos pequenas, brincando no quintal. – Isso parece bom.

– Que bom – responde Sawyer, e começa a abaixar a persiana. – Fique aí. Já desço.

– Tudo bem – digo, e depois: – Ei, Sawyer?

Ele para, volta o rosto para mim.

– Sim? O que foi?

Fico de pé ali. Reúno coragem. Respiro tão fundo que parece que o ar vem do chão sob meus pés, então dou um salto:

– Amo você, sabia?

– Eu... – Sawyer para de falar, um sorriso grande, brilhante e feliz. Ele parece uma criancinha. – Eu sei – diz Sawyer depois de um momento. – Mas, *nossa*, Reena. – Ele gargalha um pouco, incrédulo. – Como é bom ouvir.

É bom *dizer*, quero responder, mas percebo que terei um país inteiro para fazer isso. Um continente inteiro. O mundo inteiro. O sol está nascendo, alaranjado, um círculo brilhante no céu.

– Venha – grito, erguendo o queixo. – Desta vez, eu dirijo.

# Agradecimentos

A lista de pessoas responsáveis por transformar *Duas vezes amor* em realidade é tão longa que me deixa perplexa. Um simples *obrigada* parece absurdo e inadequado, mas minha gratidão é profunda: a Josh Bank, a Sara Shandler e a Joelle Hobeika, da Alloy, por me escolherem da pilha e, muito literalmente, fazerem com que meus sonhos se realizassem – eu não imaginaria uma equipe mais esperta, inteligente e hilária. A Alessandra Balzer e todos na Balzer+Bray, pela energia e pela sabedoria intermináveis. Para as adoráveis moças da Fourteenery, pelo apoio moral e pelas centenas de e-mails bobos e perspicazes. A Shana Walden, a Adrienne Cote, a Erin Guthrie e a Rachel Hutchinson: elas sabem por quê. A Chris, a Frank e a Jackie Cotugno, por aturarem meu tipo especial de mania perpetuamente distraída por quase trinta anos, e a Tom Colleram, que é e sempre foi o meu mais sincero norte. Agradeço todos os dias por minhas bênçãos. Amo muito todos vocês.